Ich will dich doch bloß heiraten!
Roman

Gerrit Jan Appel wurde 1973 geboren. Auch wenn er schon lange in Nordrhein-Westfalen lebt, hat er seine im Norden liegenden Wurzeln nie abschütteln können und will dies auch gar nicht.

In seinen Büchern, wie u. a. *Rat mal, wer das Essen kocht* (2016), *Frag doch das Vanilleeis* (2014) und *Wodka für die Königin* (2011), erzählt Gerrit Jan Appel mit trockenem Humor, Herzlichkeit und norddeutschem Lokalkolorit von Menschen auf ihrer turbulenten Reise durch diese kleinen verrückten Dinge, die sich Leben und Liebe nennen.

In dem Band *Rummelpott* (2015) hat er sich seiner zweiten literarischen Leidenschaft gewidmet und seine Zuneigung zum Norden mit der Liebe zu bedächtig, aber wirkungsvoll erzählten Schauergeschichten in der Erzähltradition viktorianischer Autoren aus der "Goldenen Ära der Geistergeschichte" von etwa 1850 bis zum Ende des ersten Weltkrieges verbunden.

Gerrit Jan Appel ist verheiratet und lebt im Ruhrgebiet.

GERRIT JAN APPEL

Ich will dich doch bloß heiraten!

ROMAN

Bibliografische Information der Deutschen Nationalbibliothek:
Die Deutsche Nationalbibliothek verzeichnet diese Publikation
in der deutschen Nationalbibliografie, detaillierte bibliografische
Daten sind im Internet über http://dnb.dnb.de abrufbar

Originalausgabe
1. Auflage November 2017
© 2017 by Gerrit Jan Appel

Herstellung und Verlag:
BoD - Books on Demand, Norderstedt

ISBN: 978-3-7460-3529-1

Für
Anne & Norbert

Christoph schaute *Drei Haselnüsse für Aschenbrödel*. Man hatte ihn nämlich aus der Küche geworfen. Also fläzte er sich auf dem Sofa und stopfte eine Pfeffernuss nach der anderen in seinen Mund. Er sah nicht ein, warum man nicht wie sonst auch einfach Würstchen und Kartoffelsalat auf den Tisch bringen konnte, doch sein Vorschlag war bei Holger auf strikte Ablehnung gestoßen.

»In jedem anderen Jahr kein Problem, aber doch nicht diesmal. Wie sieht das denn aus?«

»Reichlich übertrieben.«

»Deine Meinung. Und jetzt raus mit dir.«

Auch beim Herrichten der Festtafel war Christoph nicht erwünscht. Holgers Großmutter Alma-Henriette, familienintern nur als die göttliche Jette bekannt, hatte sich jede Hilfe verbeten. Wenigstens lag Corgi Charly neben ihm und ließ sich ausgiebig kraulen.

Holger kam aus der Küche. »Hier ist das Stövchen.«

»Danke, Junge, aber langsam wird es ein bisschen eng auf dem Tisch.«

»Habe ich es nicht gesagt? Würstchen und Kartoffelsalat«, tönte es vom Sofa rüber. »Eine Schüssel, eine Platte, fertig.«

»Ja, ja«, winkte Holger ab.

»›Ja, ja‹ heißt ›Leck mich am Arsch.‹«

»Ja, ja.«

Holger ging zum Fenster hinüber. Die Dielen des alten Fachwerkhauses knarzten unter seinen Schritten. Draußen fielen weiße Flocken vom Himmel. Jede tanzte ihren eigenen wirren Tanz und schien mit den anderen nur den Weg nach unten gemeinsam zu haben.

»Die weiße Weihnacht kommt wie gerufen, aber muss es gleich so viel sein? Hoffentlich kommen sie durch.«

»Warum sollten sie nicht?« Unbeeindruckt schob sich Christoph eine weitere Pfeffernuss in den Mund. »Sie kommen ja nicht mit der Knutschkugel von meiner Mutter.«

»Darum mache ich mir die wenigsten Sorgen. Bloß wenn das Schneetreiben erst mal so dicht ist, dass die Fehmarnsundbrücke gesperrt wird, hilft ihnen nicht einmal mehr Papas Cherokee.«

»Nun übertreib mal nicht.« Die göttliche Jette hielt prüfend ein Glas gegen das Licht der Deckenlampe. »Die paar Flöckchen reichen noch lange nicht für eine Sperrung. Obendrein ist es viel zu mild, wahrscheinlich bleibt das Zeug nicht mal liegen.«

»Wir werden also nicht einschneien?«, fragte Christoph.

»Zumindest nicht heute.«

»Aber morgen?«

»*Das* mag angehen. Eine starke Schneefront kann buchstäblich über Nacht anrücken. Wäre nicht das erste Mal. Wenn man es recht bedenkt, ist der Winter achtundsiebzig-neunundsiebzig noch gar nicht so lange her. Was sind denn in meinem Alter schon dreiunddreißig Jahre?«

Fast ihr ganzes Leben hatte Alma-Henriette Lüders geb. Stüdemann auf dem Dünenhof am südwestlichen Ortsrand von Burg auf Fehmarn verbracht. Über achtzig Jahre waren mittlerweile zusammengekommen, mehr als fünfzig davon war sie Hausherrin eines Ferienhofes gewesen, nachdem die Landwirtschaft sich als nicht mehr rentabel erwiesen hatte. Zuerst gemeinsam mit ihrem Mann Klaas, später als Witwe. Das hatte ganz gut geklappt, denn der Hof gehörte zu den eher mittleren Anwesen, die man durchaus mit einer kleinen Crew bewirtschaften konnte. Groß genug, um neben einem Auskommen und auch einen bescheidenen Wohlstand zu sichern, wenn man nicht gerade exorbitante Ansprüche an das Leben hatte. Es gab fünf Ferienwohnungen im großen Wohnhaus, zwei im Altenteilerhaus, eine in der Tenne und zwei Studioapartments in einer ehemaligen Stallung. Dazu gab es eine große Spielscheune, Leihfahrräder und ein riesiges Außengelände mit Spielplatz, Hundewiese, Liegewiese und Grillterrasse. Auf zusätzliche Neubauten, die in Prospekten so klangvolle Namen wie Haus Shanty oder Villa Seegras trugen, hatten Jette und Klaas verzichtet.

Einziger Angestellter war für ewige Zeiten der alte Matten gewesen, der in jungen Jahren als Knecht auf den Hof gekommen und nie wieder gegangen war. Seit auch Matten seine letzte Ruhe auf dem Friedhof von St. Nikolai gefunden hatte, halfen ein paar Frauen aus der Umgebung, die sich etwas dazuverdienten. Während der Hauptreisezeit im Sommer wurden bisweilen zusätzliche Saisonaushilfen angeheuert. Was den letzten Rest an landwirtschaftlichem Kram wie das Mähen der großen Wiesen oder die Pflege des Obst- und Gemüsegartens angegangen war, fanden sich auch immer noch zuverlässige Hände, die keine Arbeit scheuten. Die Nachbarschaftshilfe funktionierte bestens, denn freilich revanchierte man sich bei nächster Gelegenheit.

Erst im vorletzten Jahr hatte Jette sich eingestanden, dass die alten Knochen allmählich müde wurden, und das Geschäft an ihren Enkel übergeben. Der hatte dafür eigens seinen Job in einer Spedition aufgegeben, war von Hamburg nach Fehmarn gezogen und hatte sich das alte Knechtshaus hergerichtet, eine hübsche kleine Fachwerkkate mit Reetdach.

Nach einer eingehenden Bestandsaufnahme hatte Holger sich dafür entschieden, den Hof wie bisher weiterzuführen, getreu dem Motto »Never change a winning team.« Seine Großmutter hatte keine Ahnung, was das bedeutete, denn sie sprach kein »Auswärts«, wie sie es ausdrückte. Aber sie zeigte sich genau so froh wie ihre guten Geister, dass mit Holger nicht die Pferde durchgegangen waren und er davon absah, den Hof vollkommen auf den Kopf zu stellen. Nur ein paar behutsame Modernisierungen bei der Ausstattung und ein höheres Augenmerk auf ökologisch vertretbaren Fremdenverkehr, sonst nichts. Die langjährigen Stammgäste honorierten diese Entscheidung, indem sie dem Dünenhof weiterhin die Treue hielten.

Jetzt gerade war Holger in die Küche zurückgekehrt und holte den Weihnachtsbraten aus dem Ofen. Das Fleisch sah großartig aus, es war keinen Millimeter geschrumpft. Es machte eben doch einen Unterschied, ob man im Supermarkt kaufte oder einen guten Draht zu den Bauern der Umgebung hatte.

Der verführerisch durch das ganze Haus ziehende Duft lockte zuallererst Charly an. Er setzte sich neben sein Herrchen und blickte erwartungsvoll an ihm hoch. Holger bedachte ihn mit einem strafenden Blick.

»Mein Lieber! Bilde dir bloß nicht ein, dass du etwas abbekommst. Du hast dir keine Freunde gemacht, als du heute Morgen draußen Karnickel gejagt hast und stundenlang nicht wiedergekommen bist.«

Der Vorwurf prallte an Charly ab wie Wasser an einer Ente. Er fiepte leise und schaute Holger aus melancholischen braunen Kulleraugen an.

»Du bist und bleibst ein alter Halunke.« Holger holte ihm ein Stück Wurst aus dem Kühlschrank. Die Fellnase wusste genau, welche Knöpfe sie drücken musste.

Christoph betrat die Küche und sang dabei eine Strophe aus einem bekannten Weihnachtslied, die er auf eigenwillige Weise umgedichtet hatte: »*Der Schnee ist knöcheltief, das Haus ist voller Mief. Jetzt weiß ich instinktiv: Das geht gehörig schief...*«

Holger wirbelte herum und zeigte mit dem Schneebesen drohend auf Christophs Brust. Der hob beide Hände.

»Was willst du mit dem Rührer - sprich?!«

»Erschlagen dich, verstehste mich?«

»Wiesoweshalbwarum? Was habe ich verbrochen?«

»Tu nicht so unschuldig, Christoph Collingsen! Angesichts der hier herrschenden Wohlgerüche von ›Mief‹ zu singen ist ja wohl eine Frechheit sondergleichen!«

»Aber es reimte sich doch so gut.« Lachend schlang Christoph die Arme um Holgers Taille und drückte ihm einen Kuss auf den Mund. Seit über zwei Jahren waren sie nun ein Paar. »Du weißt genau, dass das Gegenteil der Fall ist! Es duftet wie immer sensationell.«

»Es sei dir verziehen. Aber jetzt lass mich bitte in Ruhe weitermachen.«

Christoph musterte das Durcheinander aus unzähligen Töpfen, Schüsseln, Tellern und Kochbesteck. »Du hast ja schon immer einen Staatsakt aus deinen großen Menüs gemacht, aber ich finde, in diesem Jahr treibst du's besonders dolle.«

»Ist das ein Wunder? Du weißt doch selber, dass wir mehr vorhaben als nur die übliche Raubtierfütterung.«

»*Wir*?« Christoph schaffte es, das Wort auf drei Silben zu dehnen. »Du weißt, dass *ich*...«

»Nu' fang nicht wieder damit an!«

»Lass dich doch mal 'n büschen ärgern.« Christophs Lächeln spielte sich nur um die Mundwinkel ab, seine Augen erreichte es nicht. »Eigentlich ist es völlig egal, was heute auf dem Teller landet. Es könnte ebenso gut Bauschaum sein. Ich werde den dringenden Verdacht nicht los, dass meine Geschmacksnerven versagen werden, je näher der entscheidende Moment kommt.«

»Frag mich mal. Grußkarten aus handgeschöpftem Papier wären leichter gewesen.«

»Dann hätte es wenigstens heute Würstchen mit Kart...«

»Collie!«

»Jungs?« Vom Wohnzimmer aus verschaffte sich die göttliche Jette Gehör. »Da draußen kommt so ein großer schwarzer Kasten die Zufahrt entlang gekrochen.«

»Das dürften sie endlich sein.« Holger wischte sich die Hände ab, drehte alle Herdflammen auf die kleinste Stufe und folgte den anderen zur Haustür.

»Das sieht ja aus wie in einem Prospekt!«, stellte Charlotte Collingsen fest, als sie aus dem Geländewagen von Holgers Eltern stieg und den großen Platz musterte, um den sich die Gebäude des Dünenhofs scharten. Hier und da hatten Holger und Christoph große alte Stalllaternen aufgestellt, die weihnachtliches Licht verbreiteten, doch der wahre Blickfang war ein mit Geschenkpaketen geschmückter alter Pferdeschlitten, den Holger auf einem Antikmarkt gefunden hatte. Davor lag ein leeres Pferdegeschirr mit Zaumzeug auf dem Boden. An den Schlitten gelehnt war ein hölzernes Schild, auf das »Kaffeepause« aufgemalt war. Der Clou war das daran festgeklebte Knöllchen für falsches Parken.

»Eigentlich ist das zu jeder Jahreszeit so.« Christoph nahm seine Mutter liebevoll in die Arme. »Frohe Weihnachten, Muddi.«

»Das kann ich mir lebhaft vorstellen und ich ärgere mich zutiefst, dass ich nicht schon früher mal hergekommen bin. Frohe Weihnachten, Chris.«

»Wir haben dich oft genug eingeladen«, erinnerte Holger.

»Du weißt doch, dass ich nicht mehr so gerne lange Strecken fahre.«

»Du hättest nur etwas sagen brauchen, Charlotte, wir nehmen dich im Sommer genau so gerne mit wie jetzt«, schaltete sich Holgers Mutter ein. »Wo wir gerade dabei sind: Irgend etwas kommt mir anders vor als bei unserem letzten Besuch.«

»Es schneit«, antwortete Holger.

»Du bist ein oller Sabbelbüddel. Ich meine am Haus.«

»Ach, so - ja, das stimmt. Ich habe den Zaun machen lassen. Die Fensterläden sind auch gestrichen.«

»Das sieht man sofort.«

»Wenn man vorher nur lange überlegt, stimmt's?«

»Reiß dich zusammen, Junge! Du magst mir über den Kopf gewachsen sein, aber nicht über die Hand.« Angelika Clausen lächelte trotzdem.

»Kinners, ich will nicht drängeln«, mahnte Christoph, »doch ich glaube, in der Küche ist etwas auf dem besten Wege anzubrennen.«

»Himmel, meine Sauce! Jetzt können wir den Braten trocken essen! So'n Schietkrom!«

Es gab dann aber doch Sauce, weil Holger das ganz große Malheur wie jeder erfahrene Koch verhinderte. Nämlich mit einem frischen Topf, einem feinem Sieb, Butter, Crème fraîche, Zuckerkulör, einem beherzten Griff ins Gewürz-regal und etwas Rotwein. Heute musste sich ohnehin kei-ner mehr ans Steuer setzen, Christoph hatte die Studio-apartments für die Weihnachtsgäste hergerichtet. Wenigs-tens das hatte er gedurft.

Man begab sich zu Tisch. Schon mit der Vorsuppe ver-loren sämtliche Schwüre, ganz sicher auf Diät und Choles-terin Rücksicht zu nehmen, ihre Gültigkeit. Es wurde ohne Reue geschlemmt.

»Da merkt man mal wieder, wie sehr man sich daran gewöhnt hat, es sich mit Würstchen und Kartoffelsalat ein-fach zu machen«, stellte Charlotte Collingsen fest. »Man muss erst wieder ein echtes Weihnachtsmenü vorgesetzt bekommen um zu merken, wie sehr man das vermisst hat.«

Worauf Holger sich mächtig aufplusterte, bis Christoph ihm zuflüsterte: »Wenn du keine Ohren hättest, könntest du jetzt im Kreis grinsen.«

»Lass den Tünkram, du Klookschieter. Sag lieber dein anderes Sprüchlein auf.«

»Jetzt schon?«

»Desto eher haben wir es hinter uns.«

»Okay...« Christoph spürte, wie sein Herz in einen deutlich schnelleren Takt wechselte. Räuspernd erhob er sich und klopfte mit dem Sorbetlöffel an sein Weinglas. »Ihr Lieben! Zuerst einmal vielen Dank dafür, dass ihr in diesem Jahr die Feiertage bei und mit uns verbringen wollt. Die Bescherung soll es ja erst nach dem Essen geben, doch eine Kleinigkeit wollen Holger und ich jetzt schon... tja, wie soll ich sagen... auf den Tisch bringen.«

Holgers Eltern und Christophs Mutter sahen einander fragend an. Nur die göttliche Jette blieb unbeeindruckt. Sie war eingeweiht.

»Holger und ich haben lange überlegt, wie wir es anstellen sollen. Zuerst haben wir daran gedacht, einfach eine Münze zu werfen, doch das fanden wir unpassend. Mit dem Glück spielt man nicht. Also sind wir auf die Idee gekommen, dass ich als der Ältere das Reden übernehmen werde. Das kommt dem bekannten Ritual irgendwie am nächsten. Obwohl seine Klappe sonst nie stillsteht, war Holger wahrscheinlich noch nie so froh darüber, der Nesthaken zu sein, wie jetzt.«

»Na warte, du olles Miststück«, presste der zwischen zusammengebissenen Zähnen hervor. »Den Nesthaken kriegst du wieder, verlass dich drauf.«

»Klappe«, zischte Christoph zurück. »Du hättest dich ja freiwillig melden können. Hast du aber nicht, also ist für dich jetzt Sendepause.«

»Du hast wohl nicht mehr alle Matrosen an Deck, du kleiner...«

»Ruhe da im Gepäcknetz!«

Christoph hob sein Glas. Rasch stellte er es wieder ab. Er war ziemlich grün im Gesicht geworden und röchelte wie von unsichtbaren Tentakeln gewürgt. »Entschuldigt mich einen Moment.«

Er stürzte aus dem Raum, gefolgt von verwunderten Blicken. Holger rutschte nervös und ein bisschen dämlich grinsend auf seinem Stuhl hin und her. Aus der Diele hörte man die Badezimmertür zuschlagen, gefolgt von gedämpften Geräuschen akuten Unwohlseins.

Nach ein paar Minuten kehrte Christoph mit schweißglänzender Stirn zurück.

»Tut mir leid, das stand nicht im Drehbuch. Also das Ganze nochmal von vorn. Seid mir nicht böse, wenn es jetzt furchtbar kitschig wird. Aber ich mache das zum ersten Mal und muss mich auf das verlassen, was ich aus dem Kino kenne.«

»Henne, hör auf zu gackern und leg endlich das verdammte Ei«, murmelte Holger.

Christoph ging wohlweislich nicht darauf ein. Er griff erneut zu seinem Glas.

»Liebe Muddi, von Herzen hast du Holger schon lange in der Familie aufgenommen, was uns sehr glücklich macht. Nun möchte ich ihn aber noch so richtig mit Brief und Siegel bei uns haben - ich hoffe, das kannst du dir genauso gut vorstellen wie ich. Liebe Angelika, lieber Michael: Darf ich bei euch offiziell und in aller Form um die Hand eures Sohnes anhalten?«

»Schon wieder leer.«

Christoph musterte unschlüssig den leeren Pappbecher. Entweder wurde die Lust auf seinen Lieblingsjoghurt immer größer oder der Hersteller hatte wieder einmal bei der Verpackungsgröße gepfuscht.

Er kuschelte sich tiefer in seinen Sessel und lauschte der warmen Stimme von Ella Fitzgerald. Eigentlich hatte er seine Buchhandlung in Altona während der ersten Januarwoche geschlossen gehalten um einige Dinge zu erledigen, die er sonst gerne vor sich herschob. Gründliches Ausmisten, zum Beispiel. Besonders der alte Büroschrank mit den hölzernen Jalousien brauchte dringend Aufmerksamkeit. Das Ding hatte ganz zu Anfang in seinem Laden gestanden, als dieser noch vom Vorbesitzer geführt worden war. Irgendwann hatte Christoph ihn in seine alte Wohnung verfrachtet, in monatelanger Kleinarbeit mühsam aufgearbeitet und im Wohnzimmer stimmungsvoll als Aufbewahrungsort für Kleinkram und Souvenirs in Szene gesetzt. Bei einem verheerenden Feuer im Haus war der Schrank das einzige Möbelstück gewesen, das sich bei den Aufräumarbeiten retten ließ und den Umzug in die jetzige Wohnung mitmachte. Dort war er noch ein paarmal hin und her geschoben worden, bis er endgültig im Arbeitszimmer gelandet war, wo er seitdem als Lager für allerlei

Kleinzeugs diente, das »bei Gelegenheit« gesichtet und ordentlich eingeräumt werden sollte. Das Alter an sich und die vielen Umzüge hatten den Schrank ziemlich instabil werden lassen. Es wurde Zeit, ihn komplett leerzuräumen und festzustellen, ob ihm ein weiterer Umzug zuzumuten war oder der Sperrmüll drohte.

Spätestens bis zur Hochzeit wollte Christoph die Wohnung vermietet oder verkauft haben, das stand weniger fest als die Tatsache, dass er künftig auf dem Dünenhof wohnen würde. Das konnte allerdings nur dann im vorgesehenen Zeitrahmen über die Bühne gehen, wenn er endlich mit den Vorarbeiten dazu anfing.

Seufzend rutschte Christoph vom Sessel auf den Fußboden und widmete sich den Wäschekörben, in die er den Schrankinhalt geschaufelt hatte. Er griff in den ersten Korb wie in die Lostrommel auf dem Rummelplatz und zog einen alten Kassenzettel heraus

»Kinder, wie die Zeit vergeht.«

Die Rechnungssumme wies einen exorbitant hohen Preis für ein Paar Schuhe aus und war noch in D-Mark ausgezeichnet. Kein Wunder, denn der Datumsstempel trug das Jahr neunzehnhundertsiebenundneunzig. Als nächstes erwischte er die Rechnung für eine aus Japan importierte CD, vierundsechzig Euro zuzüglich Porto und Zollgebühr für gerade mal zehn Lieder, von denen er neun schon gehabt hatte.

»Was macht man nicht alles aus Liebe zur Musik?«

Es war erstaunlich, wie wenig echte Souvenirs sich anfanden. Das meiste war Beifang, der sich aus purer Faulheit angesammelt hatte, die paar Meter zum Papierkorb zu gehen. Der große blaue Müllsack füllte sich schnell.

Ganz unten im Korb fand Christoph einen großen Umschlag. Er nahm ihn und zog ein Foto von der Größe eines Briefbogens heraus.

»Das ist ja mal eine Reise in die Vergangenheit!«

Er blickte auf eine Gruppe von vier jungen Männern. Die alte Clique. Johlend saßen sie in dem Boot einer Wildwasserbahn und hatten die Arme nach oben gerissen. Die letzte Schussfahrt kurz vor dem Ende. An jenem Tag hatten sie sich in einem Freizeitpark ausgetobt, bis dieser seine Pforten geschlossen hatte. Wie lange war das jetzt eigentlich her? Er konnte sich gar nicht mehr genau erinnern, nur daran, dass er und Holger sich da schon ein paar Jahre gekannt hatten.

Eigentlich war das mit ihm und Holger damals vor Urzeiten lediglich ein One Night Stand bei Tageslicht gewesen. Nach dem Abbau von überschüssigen Hormonen war eben nur Platz für eine gute Freundschaft geblieben. Hatten sie zumindest gedacht. Noch heute konnte sich Christoph manchmal selber in den Hintern treten, weil sie soviel Zeit damit verloren hatten, sie sich diesen Tünkram einzureden.

Sofort verwarf er den Gedanken wieder. Es hatte genau so kommen müssen. Wenn man es näher betrachtete, waren sie die schwule Ausgabe von Harry und Sally. Jeder hatte seine Zeit für sich gebraucht. Und seine Abenteuer, erfolgreiche und Riesenpleiten gleichermaßen. Erst dann waren sie erwachsen genug gewesen für das, was sie jetzt hatten.

Erwachsen. Was bedeutete das eigentlich?

Die Frage hatten sie sich damals an dem Tag im Freizeitpark gestellt. Das heißt, später am Abend war es gewesen, bei einem nicht ganz legalen Lagerfeuer am Ostseestrand. Sie hatten nicht nur geredet, es war auch einiges passiert.

Christoph schaute noch einmal in den Umschlag. Ganz unten waren ein paar zerknitterte Zettel. Er fischte sie hinaus und las sie.

»Tja. So viel zum Thema ›erwachsen werden.‹«

Christoph versank so tief in Erinnerungen, dass er erst beim dritten Läuten aus der Diele ins Jetzt zurückkehrte.

Als er die Wohnungstür öffnete, fegte ein grellbunter Wirbelsturm gefolgt von einer schweren orientalischen Parfümwolke herein und kam ohne Umschweife zur Sache: »Gut, dass du da bist. Ich brauche einen Lover. Sofort. An dieser Stelle kommst du ins Spiel.«

Von Frauen über siebzig wurde allgemein erwartet, dass sie in gediegener Lebensweisheit langsam zur Ruhe kamen. Es gab nichts, was Claire Markuse weniger zu tun gedachte. Deswegen trug sie auch heute einen knallroten Hosenanzug zu grünen Pumps und einen orangefarbenen Schal. Obendrein schrieb sie historische Romane mit, wie sie es nannte, »tüchtig Sex, Kitsch und Intrigen.« Beim Sex war sie einmal so tüchtig gewesen, dass ihr Verlag das Manuskript mit der Begründung, einen Platz auf dem Index der jugendgefährdenden Schriften könne man sich nicht leisten, rundweg abgelehnt hatte.

Christoph folgte seiner Nachbarin aus der Wohnung unter ihm, die gleich in die Küche durchgerauscht war. »Ich? Dein Lover? Claire, nach all den Jahren müsstest du endlich wissen, dass du für mich da oben zuviel und da unten zu wenig hast.« Er zeigte abwechselnd auf Claires wogenden Busen und ihre Gürtelschnalle.

»Schnack nicht so einen Unfug. Ein guter Schwimmer kennt beide Ufer.«

»Vielen Dank für diesen Bericht zur Lage der Nation, doch zwanzig Minuten höchst unangenehmen Knutschens und etwas Petting oberhalb des Bauchnabels mit Jeannine aus der Parallelklasse haben mich schon mit vierzehn davon überzeugt, dass es nur ein Ufer gibt, an dem ich mich aufhalten möchte.«

»Nun fühl dich nicht gleich geschändet. Du sollst ja auch nur so tun, als ob. Für einen Nachmittag. Vielleicht auch zwei. Höchstens.«

»Ich kann dir nicht folgen.«

»Dabei ist es so einfach: Bei einer Lesung Ende November hat sich so ein alter Knacker in mich verguckt. Seitdem taucht er bei jeder Veranstaltung auf. Blumen, Pralinen, Lavendelseife und schmalzige Briefe, gezeichnet mit ›Ergebenst, Ihr Friedrich Mäkelt.‹ Igitt!«

»Oh-la-la... Bahnt sich da etwas an?«

»Christoph, seit mein Ex mich nahezu in den Ruin getrieben hat, bin ich mit Kerlen durch. Ab und zu darf nochmal einer auf den Hügeln meiner Lust Schlitten fahren, aber ich will nichts Festes mehr. Selbst wenn ich mir nochmal einen Kerl auf Dauer zulegen sollte, dann bestimmt keinen Postbeamten a. D., für den das aufregendste Ereignis der Woche das kostenlose Blutdruckmessen in der Apotheke ist!«

»Kannst du ihm nicht einfach höflich einen Korb geben?«

»*Einen?* Christoph, der hat schon so viele Körbe von mir bekommen, dass jeder andere Kerl freiwillig schwul geworden wäre. Streich das, schlechtes Beispiel.« Claire schüttelte energisch den Kopf. »Nein, nein. Ich fürchte, bei dem hilft nur die Holzhammermethode. Ich muss mich vor ihm mit einem jungen, sexy und potenten Toyboy zeigen. Am nächsten Dienstag habe ich wieder eine Lesung und du wirst mich begleiten.«

»Warum ausgerechnet ich?«

»Weil du jung und sexy bist, wegen der Potenz müsste ich deinen Zukünftigen fragen. Außerdem kann man so das Nützliche mit dem Spaß verbinden«, fuhr Claire fort. »Lass uns einfach mal wieder etwas völlig gegen den Strich Gebürstetes tun. Das haben wir schon lange nicht mehr gemacht. Und was haben wir nicht früher alles angestellt.«

»Ich würde sagen, artig sein gehört beim Ausgehen nicht zu unseren stärksten Tugenden.«

»Das magst du wohl sagen! Weißt du noch - die neapolitanische Nacht bei dem edlen Italiener in Eppendorf? Als es uns nach zwei Stunden Variationen auf *O sole mio* zu langweilig geworden ist, haben wir auf Teufel komm raus miteinander geturtelt und am Ende sogar die extra langen Spaghetti wie Susi und Strolch gezuzelt. Bis man uns höflich-bestimmt vor die Tür gesetzt hat.«

»Du hast ja recht. Aber irgendwann muss doch mal gut sein mit sowas. Alles hat seine Zeit.«

Claire sah ihn befremdet an. »Sag mal, was ist eigentlich aus dir geworden? Vorgestern hattest du schon keine Lust, mit mir in die *Rocky Horror Show* zu gehen. Dabei hatte ich extra neue Netzstrümpfe zu meinen Stilettos gekauft. Es ist ja hinlänglich bekannt, dass ein Heiratsantrag nicht nur das schönste Kompliment ist, das ein Mann macht, sondern in den meisten Fällen auch das letzte. Aber bei dir scheint sich das auch auf die Lebenslust auszuwirken. Wie soll das erst werden, wenn du mit Holger verheiratet bist?«

Entspannte Zufriedenheit lag auf Holgers Gesicht. In der Nacht hatten sie zweimal wunderbaren Sex gehabt. Er schlief gerne mit Christoph. Während das ein oder andere Paar nach zwei Jahren vielleicht schon die ersten Abnutzungserscheinungen beklagen konnte, waren die beiden immer noch für Überraschungen gut. Nicht, dass sie die Akrobatik aus einschlägigen Filmchen nachturnten. Solche Verrenkungen bekam man nur hin, wenn man vorher Aufwärmübungen wie vor einem Triathlon absolvierte, was deutlich zu Lasten der Spontaneität ging. Wer wollte das schon?

Es waren die kleinen Klassiker, die sie variierten - wenn auch bisweilen mit zweifelhaftem Erfolg. Als Christoph bei einem Spiel mit verbundenen Augen einmal ganz sachte einen Eiswürfel auf Holgers Brustwarze getupft hatte, war dieser vor Schreck so zusammengefahren, dass er aus dem Bett gefallen war. In seiner blinden Suche nach Halt hatte Holger sämtliche Kissen und vor allem Christoph mitgerissen. Tränen lachend hatten sie danach auf dem Fußboden gelegen. Der Einfachheit halber waren sie gleich dort liegen geblieben und eingeschlafen, ohne dass mehr passiert wäre. Schön war es trotzdem und die Rückenschmerzen am nächsten Morgen absolut wert gewesen.

Holgers seliges Erinnerungslächeln verzog sich, als ein

markantes Aroma ihn langsam aus dem Schlaf zog. Es war kein Brandgeruch, Gott sei Dank. Trotzdem schlug er irritiert die Augen auf. Ganz ohne Zweifel - da lag ein intensiver Odeur in der Luft, den es gar nicht geben durfte.

»Charly? Hast du schon wieder Blähungen von dem dusseligen Trockenpansen?«

Dann fiel ihm ein, dass er alleine für ein paar Tage nach Hamburg gefahren war und die göttliche Jette auf Charly aufpasste. Schlaftrunken tapste Holger in die Küche. Christoph stand am Herd und rührte in einem großen Topf, was an sich nicht ungewöhnlich war. Es war der Schal, der das Bild störte. Den hatte er sich nämlich als eine Art Mundschutz umgebunden.

»Was zum Teufel machst du da?«, fragte Holger.

»Grünkohl. Isst du doch so gerne.«

»Dem kann ich nicht widersprechen«, gab Holger zu. »Aber *du* hasst das Zeug doch wie die Pest. Dir wird sogar schlecht davon. Unseren Bummel über den Weihnachtsmarkt in Eutin hast du offenbar schon vergessen?«

»Das war in der Tat etwas peinlich…«

»Etwas? Du hast genau vor den Grünkohlstand gereihert!«

»…aber ich wollte mich einfach mal revanchieren. Du machst mir doch auch Schweser.«

»Da liegt der kleine Unterschied: Ich kann gebackenes Kalbsbries einfach nur nicht ausstehen. Kotzen muss ich davon nicht.«

»Wird mir jetzt auch nicht passieren.«

»Ach, deswegen läufst du rum wie die Dalton-Brüder beim Überfall auf die Postkutsche?«

Christoph blieb die Antwort schuldig. Er öffnete einen der Hängeschränke und reckte sich nach dem obersten Fach. Es kam, wie es kommen musste: Die provisorische Atemmaske verrutschte. Im selben Moment platzte eine Luftblase im Kochtopf und eine beachtliche Wolke Grünkohlaroma stieg Christoph direkt in die Nase. Sofort wurde der Baum von Mann aschfahl im Gesicht und begann zu würgen. Die Dose mit dem Kümmel fiel scheppernd auf den Fußboden.

»Das konnte ja nicht gut gehen.« Holger zog ihn vom Herd weg. »Geh mal 'ne Runde spazieren. Derweil entsorge ich das Malheur hier, klare auf und lüfte ordentlich durch.«

Christoph riss sich los. »Nein, ich will das jetzt schaffen. Du hast dein riesiges Weihnachtsmenü gehabt, jetzt lass mich gefälligst Grünkohl kochen.«

»Pfüh! Wenn du unbedingt willst, dann mach doch. Ich dränge mich niemandem auf.« Holger entschwebte hoheitsvoll. Gleich darauf war er wieder da. »Collie, wir müssen reden.«

»Was habe ich nun schon wieder verbrochen?«

»Gar nichts. Nur wenn wir nicht ewig verlobt bleiben wollen, sollten wir aktiver daran arbeiten, diesen Zustand zu verändern. Die Sache ist ziemlich ins Stocken geraten.«

»Einverstanden. Können wir das irgendwo über einem kleinen Frühstück besprechen, nur nicht hier? Langsam prügelt dieser Duft etwas zu heftig auf mein Zäpfchen ein.«

»Vielleicht hättest du nur Würstchen und Kartoffelsalat machen sollen«, sagte Holger mit süffisantem Unterton. Worauf Christoph ihm die Zunge herausstreckte.

Frisch geduscht und angezogen, fuhren sie etwas später auf die andere Seite der Alster nach Hoheluft, wo sie vor einigen Wochen ein bezauberndes neues Bistro entdeckt hatten.

»Also, Schnuffel«, begann Christoph, als sie vor zwei dampfenden Tassen mit heißer Schokolade saßen, »was muss man für einen solchen Tag alles bedenken? Ich habe da ein echtes Erfahrungsdefizit.«

»Vielleicht sollten wir mit dem Einfachsten beginnen:

Ein Termin muss her. Ich für meinen Teil würde ganz gerne selber erfahren, wann wir denn nun endlich ein ehrbares Paar werden.«

»Wie wäre es mit dem vierzehnten Februar?«

»Collie, das sind nicht mal mehr drei Wochen - nachher denken die Leute noch, wir... O mein Gott! Ist es etwa gar...? *Müssen* wir etwa heiraten? Bist du...?«

»Denk es gar nicht erst zu Ende.«

Ein junger Kellner erschien und setzte das bestellte Frühstück auf dem Tisch ab. »Die Rühreier brauchen leider noch einen Moment. Als kleine Überbrückung habe ich Ihnen diese beiden hausgemachten Lassi mitgebracht. Die kommen natürlich nicht auf die Rechnung.«

»Oh, vielen Dank.«

»Gerne doch.«

»Du musst zugeben, dass der Termin ein bisschen knapp angesetzt ist«, nahm Holger den Faden wieder auf. »Allein wegen des Papierkrams. Das bekommen wir in so kurzer Zeit gar nicht alles zusammen.«

Christoph schnitt sein Brötchen auf und belegte es mit Käse. »Da könntest du recht haben. Welche Termine bieten sich noch an?«

»Könntest du dir einen Tag in der zweiten Maiwoche vorstellen?«

»Warum ausgerechnet da? Im Mai ist keiner unserer Jahrestage.«

»Ich weiß, es ist in erster Linie praktisch gedacht, aber in der Woche habe ich das komplette Logis noch voll mit Handwerkern. Lieschen Fedderke lässt doch ihre Pension am Schwanenteich sanieren. Die Jungs sind den ganzen Tag unterwegs und wir brauchen nicht befürchten, beim Köpfen der ersten Sektflasche gestört zu werden.«

»Ich glaube, die Idee ist wirklich nicht schlecht«, erwiderte Christoph. Er hielt seine leere Kaffeetasse in die Höhe. Der Kellner hinter seiner Theke nickte verstehend und machte eine neue fertig. »Anfang bis Mitte Mai steht alles in schönster Blüte und wir geben uns im Beisein unserer selig seufzenden Mütter unterm blühenden Kirschbaum den Kuss fürs Hochzeitsfoto. Wenn das nicht was fürs Herz ist, weiß ich es auch nicht.«

»Also sind wir uns einig? Hochzeit: Zweite Maiwoche auf dem Hof?«

»Absolut einig.«

»Fein. Nächster Punkt: Die Gästeliste. Wir wollen es doch nach wie vor nicht so riesig halten, oder?«

»Nicht wirklich. Ich fürchte, wenn wir es an die große Glocke hängen, läuft die ganze Chose irgendwann aus dem Ruder. Du weißt schon. Fehmarn. Bauerninsel. Alteingesessene Familien. Traditionen. Die Ahnenväter deines Clans haben sich wahrscheinlich schon dort angesiedelt, als die Erdkruste nach dem Urknall gerade anfing, sich abzukühlen.«

»Ja, und?«

»Mensch, da haben wir doch keine Hochzeit mehr. Das wird ein Volksfest. Tausend Leute, von denen wir nicht mal die Namen kennen und die wir eigentlich gar nicht dabei haben wollen, weil sie nicht wegen uns kämen, sondern wegen ihrer alten Verbindungen zur göttlichen Jette. Einladen müssen wir sie aber, weil ›man das so macht.‹ Ich verzichte dankend!«

Holger verschluckte sich beinahe an seinem Pastramibagel. »Du hast ja drollig altmodische Vorstellungen von einer Landhochzeit. Klar, ein paar Familien machen das immer noch. Aber die Zeiten, als du die halbe Insel einladen musstest, weil alles andere dein gesellschaftlicher Untergang gewesen wäre, sind nun wirklich vorbei.«

»Sicher?«

»Ganz sicher. Aber du hast schon recht, in einem kleineren Rahmen fühle ich mich auch wohler. Nur die engste Familie, Trauung im Rathaus, zum Mittagessen laden wir in ein Restaurant, zuhause machen wir noch einen kleinen Umtrunk, fertig. Is' was?« Holger hatte Christophs Stirnrunzeln bemerkt.

»Essen im Restaurant? Ich weiß nicht recht.«

»Warum denn nicht? Willst du nach dem Jawort einfach raus auf den Wochenmarkt und am Imbisswagen ein Fischbrötchen aus der Hand mümmeln?«

»Das nun nicht gerade, aber ich finde, Würstchen mit Kartoffelsalat tun's auch.«

»Collie!«

»Sorry, aber du warst derjenige, der vorhin wieder damit angefangen hat. Im Ernst: Das Essen müssen wir schon selber ausrichten. Glaubst du, die göttliche Jette lässt es sich nehmen, das Festmenü zu kochen? Sie war schon ziemlich füünsch, Weihnachten nicht an die Töpfe zu dürfen.«

»Stimmt, das habe ich nicht bedacht. Wenn wir ihr sagen, dass sie einfach mal nur genießen soll, jagt sie uns mit Schimpf und Schande vom Hof und führt ihn wieder selber.«

»Eine sehr realistische Einschätzung. Worum müssen wir uns noch kümmern?«

»Um unseren Namen. Wie wollen wir heißen?«

»Collingsen, Clausen - wie immer wir uns auch entscheiden, beides hat denselben Vorteil.«

»Der da wäre?«

»Es bleibt bei HC und CC. Keiner von uns muss sich neue Monogramme in die Manschettenknöpfe schnitzen lassen.«

»Es sei denn, wir nehmen einen Doppelnamen.«

»Nie und nimmer!« Christoph schüttelte den Kopf so heftig, dass ein Halswirbel bedenklich knackte. An manchen Tagen merkte er durchaus, dass er die magische Vierzig überschritten hatte.

»Was hast du dagegen?«

»Hast du vergessen, dass ich wegen der guten alten Sitte,

die Großväter zu ehren, gleich drei Vornamen habe, die ich wegen der blöden Bindestriche obendrein immer und überall angeben muss? Würde ich deinen Namen als Zusatz annehmen, käme Christoph-Wilhelm-Johannes Collingsen-Clausen dabei heraus. Das passt doch in kein Formular!«

»Deine Sorgen möchte ich haben.«

»Du, das ist jetzt schon ein ganz reales Problem für mich. Was meinst du, wie viele amtliche Dokumente ich in meinem Leben versaut habe, weil ich mit dem Platz nicht ausgekommen bin. Frag mich lieber nicht.«

»Mache ich ja gar nicht. Ich will einfach wissen, wie heißen werden.«

»Auf jeden Fall möchte ich einen gemeinsamen Namen, da gibt es kein Verhandeln. Das ist doch neben dem Trauring das schönste Symbol nach außen, dass man zusammengehört.«

»Geht mir genau so. Ich kann Ehepaare, die auf einen gemeinsamen Namen verzichten, wirklich nicht verstehen. Schwule Paare erst recht nicht. Unsere Rechte sind schon gering genug. Wir dürfen es ja nicht mal offiziell Ehe nennen. Da spucke ich nicht noch auf die paar Zugeständnisse drauf, die sie uns gnädigerweise gemacht haben.«

»So sehe ich das auch.«

Holger schüttelte sich. »Diese Harmonie macht mich ganz wuschig. Ich werde das Gefühl nicht los, dass hier gerade irgendetwas ganz gehörig schiefläuft.«

»Ich wüsste nicht wo.«

»Na, wir sind uns doch nie so schnell einig.«

»Genieße es, solange es anhält, Schnuffel. Du hast noch ein langes Leben vor dir, und ich werde jede Minute davon an deiner Seite sein. Zeit genug, um sich noch wegen ganz vieler Dinge ganz furchtbar uneinig zu sein.«

Er beugte sich zu Holger hinüber und gab ihm einen zärtlichen Kuss auf die Lippen.

»Also, nu' bin ich aber ferdich mit Jack un Büx! So ein Schweinkram!«

Die beiden Männer fuhren erschrocken auseinander.

»Scheiße, wo kommt *der* denn auf einmal her?« Christoph war sehr blass um die Nase

»Was fällt Ihnen ein, Sie... Sie verkommener Gigolo!«

Im nächsten Moment hatte Claires ungeliebter Verehrer Christoph eine dicke Ohrfeige verpasst.

Holger starrte dem wütend davon stapfenden Herren mit aufgerissenem Mund hinterher. »Mir scheint, der Typ kennt dich irgendwoher. Gibt es etwas, das du mir erklären möchtest, Collie?«

Christoph strich mit den Fingerspitzen vorsichtig über seine schmerzende Wange. Im Moment fiel ihm nur eins zu alledem ein.

»Aua.«

»Ja, aber wie *werdet* ihr denn nun heißen, verteufelt noch eins?«

»Halt gefälligst still!« Eine kräftige Hand drückte Claire zurück in den Sessel. »Dein Gezappel hätte dich beinahe eine Locke gekostet.«

Wer in einem Szenequartier erfolgreich werden, sein und auch bleiben will, muss auf Draht sein. Das traf bei Mateo Pescador zweifellos zu. Der Name war übrigens echt. Andere Coiffeure mochten Jürgen Kirchner heißen und sich Jorge Iglesias nennen, um weniger dröge zu erscheinen, doch mit einem spanischen Seemann als Vater war er wirklich auf den Namen Mateo Pescador getauft worden und eben nicht Matthias Fischer.

Der kleine, auf der Langen Reihe unauffällig zwischen einem veganen Imbiss und dem Atelier einer Modedesignerin gelegene Damen- und Herrensalon Plange hatte eigentlich nur deswegen den Sprung ins dritte Jahrtausend geschafft, weil er seit Jahrzehnten als Institution galt und damit als Kuriosum, das man einfach erlebt haben musste. Herbert Plange hatte seinen Salon noch im neunzehnten Jahrhundert in der Nähe des Rödingsmarkt eröffnet und später an den Junior übergeben, der das Geschäft seinerseits dem Erstgeborenen überlassen hatte. Als sich später der nunmehr vierte Herbert Plange frau- und kinderlos in den Ruhestand begeben hatte, war eine Ära zu Ende gegangen. Doch Einrichtungen im Vintage Style galten als schick, gerade jetzt, wo altmodische Barber Shops sich um Männer kümmerten, die den derzeit wieder schwer angesagten Vollbart nicht nur haben, sondern auch gepflegt wissen wollten. Gleichermaßen hatte ein Teil der Damenwelt beschlossen, dass Omas Coiffeur vielleicht doch nicht so trutschig gewesen war wie lange Zeit gedacht.

Auf diesen Zug war Mateo aufgesprungen, als der das Ladenlokal übernommen hatte. Die alten Stammkunden waren per natürlicher Auslese nach und nach weggestorben, doch er hatte alles so gelassen, wie es zuletzt von Herbert Plange III. eingerichtet worden war, als dieser die Pforten am Rödingsmarkt nach der großen Sturmflut anno zweiundsechzig dichtgemacht und auf St. Georg neu begonnen hatte. Lediglich eine kleine Auffrischungskur hatte Mateo allem gegönnt, nachdem er den Laden von Herbert Plange IV. übernommen hatte, der nach fünfzig Jahren zu der Überzeugung gelangt war, genug für ein ganzes Leben gearbeitet zu haben. Vor zwei Jahren hatte er sich auf sein am Wasser gelegenes Gartengrundstück auf der Billerhuder Insel zurückgezogen und schnitt nur noch seine Ligusterhecken.

Der Gefahr, vielleicht doch zu altmodisch daherzukommen, wirkte Mateo mit modernen Postern an den Wänden und einer pfiffig kontrastierenden Musikauswahl im Hintergrund entgegen. Abgerundet wurde die Atmosphäre durch ein bodenständiges Getränkesortiment mit Kaffee, Tee und Mineralwasser, ergänzt durch eine kleine, aber feine Auswahl von Softdrinks, die gerade *in* waren.

Der Laden lief seit der Neueröffnung unter Mateos Ägide wie geschmiert, auch wenn Claire und Holger im Moment die einzigen Kunden waren. Morgens um kurz nach acht konnte Mateo für gewöhnlich nur am Freitag und Sonnabend volles Haus vermelden, wenn seine Kundschaft sich für die am Wochenende anstehenden Events aufbrezelte.

»Das haben wir später beim Kuschelabend auf dem Sofa in trockene Tücher gebracht«, antwortete Holger auf Claires Ausbruch. »Erstmal hatte ich einigen Klärungsbedarf, nachdem dieser Mäkelt Collie als moralisch zutiefst verkommene männliche Nutte enttarnt und ihm eine gescheuert hatte. Die roten Striemen auf der Wange waren nach über einer Stunde immer noch zu sehen. Schöne Grüße übrigens von dem so bitter Geschundenen - das kannst du gar nicht wiedergutmachen.«

»Das werde ich wohl noch in hundert Jahren aufs Butterbrot geschmiert bekommen. Dabei war es doch nur eine Ohrfeige. So etwas muss ein gestandener Kerl schon aushalten können. Ein schlechtes Gewissen hätte ich erst, wenn Mäkelt ihm ein schickes Veilchen verpasst hätte.«

»Du Engel der Barmherzigkeit.« Holger blätterte in der Illustrierten auf seinem Schoß. »Wie hast du es nur geschafft, Christoph zu dieser Scharade anzustiften? Unberechenbarer Spinner ist doch eigentlich die Rolle *meines* Lebens.«

»Wenn du nicht auf deinem Eiland geweilt hättest, wärest du meine erste Wahl gewesen. Dich muss man nämlich nicht erst stundenlang dazu überreden. Christoph hat seine Sache im Übrigen sehr gut gemacht.«

»Zu dumm nur, dass die Tarnung jetzt aufgeflogen ist«, warf Mateo ein.

»Alles halb so wild. Als dieser Spinner mir nach der Lesung gestern alles brühwarm unter die Nase reiben wollte, habe ich nur mit den Schultern gezuckt, die Vorzüge der freien Liebe gepriesen und der Verlagsassistentin quer durch den Saal eine Kusshand zugeworfen. Eine Sekunde später hatte sich mein Problem erledigt.«

»Wenn du so weiterhampelst, hast du gleich ein ganz anderes«, warnte Mateo. »Wie soll ich dir denn da eine vernünftige Frisur machen? Wird doch alles krumm und schief.«

Der Appell an die Eitelkeit wirkte. Für ein paar Minuten konnte Mateo sich ungestört seiner Arbeit widmen. Claire summte eine alte Operettenmelodie, Holger widmete sich seiner Illustrierten.

»Ach, was ich noch fragen wollte: Wo ist Christoph eigentlich hin?«

»Wie?« Holger war ganz in einen Artikel versunken.

»Wo Christoph hin ist, möchte ich wissen. Ich habe ihn vorhin wegfahren sehen.«

»Er sieht sich zuerst in Bargteheide einen größeren Stapel Bücher aus einer Haushaltsauflösung an, und dann fährt er zu seiner Mutter nach Ohlstedt, um das Familienbuch zu holen. Am Freitag wollen wir beim Standesamt das Aufgebot bestellen.«

»Auf welchen Ehenamen habt ihr euch denn nun einigen können?«

Betont gleichgültig feuchtete Holger einen Finger mit der Zunge an, um eine Seite umblättern zu können. »Netter Versuch, aber du wirst dich genau so gedulden müssen wie alle anderen, liebste Clärenore.«

»Freundchen!« fauchte Claire. Sie hasste ihren Taufnamen wie die Pest. Gleich darauf sagte sie in weinerlichem Ton: »Nun verrat es doch deiner Lieblingsfreundin.«

»Was hat deine Tochter damit zu tun?«

»Du hast wohl lange keine mehr geknallt bekommen.«

»Also gut, weil du es bist.« Holger beugte sich vertraulich zu Claire hinüber. Er senkte die Stimme. »Unser Ehename wird...«

»Ja?«

»Kannst du dichthalten?«

»Ja, sicher doch!«

»Also gut. Also unser Ehename wird...« Holger blickte sich um wie Hühnerdieb, der jeden Moment zuschlagen will.

»Nun sag's endlich! Ich bin eine alte Frau und könnte tot sein, bis zu mal zu Potte gekommen bist!« Claire klebte förmlich an Holgers Lippen.

»Er wird... Er wird mit einem C beginnen.«

»Du bist ein olles dummerhaftiges Pastüür!«

»Es geht nicht immer nach dem Willen von älteren Damen, und mögen sie noch so liebenswert sein.«

»Was liest du da eigentlich?«

»Nichts Besonderes. Ich guck' nur so.«

»Sind die Kerle wenigstens gut ausgestattet?«

»Claire!« Mateo warf ihr im Spiegel einen bösen Blick zu »Ich hab' doch keine Schmuddelheftchen im Laden!«

»Er könnte es sich ja mitgebracht haben.« Claire schnippte mit den Fingern. »Nein, ich hab's - er schaut sich Brautmoden an!«

»Da drin?« Holger hielt ein Magazin hoch, das sich mit seinem Druck auf Recyclingpapier und der bodenständig, fast schon ein bisschen langweilig wirkenden Familie auf dem Cover wie ein Fremdkörper zwischen den ganzen Hochglanzblättern voller Supermodels ausnahm.

»Ach Gottchen, seit wann liest du *sowas*?«

»Lag halt ganz oben auf dem Stapel.«

»Ist es wenigstens lesenswert?«

»Nicht wirklich. Es hat mich aber trotzdem auf eine spannende Idee gebracht. Bevor du fragst: Es wird eine Überraschung.«

Claire schüttelte energisch den Kopf.

»Nein. Bitte nicht. Denke an unser aller Seelenheil und tu' uns das nicht an. Es ist immer das Gleiche mit dir und Christoph. Jedesmal, wenn einer von euch so geheimnisvoll tut, endet das mit einem Riesenärger.«

»Na, Mäuschen? Dein Vater war doch bestimmt König - wie hätte er sonst eine solche Prinzessin hinbekommen können?«

»Und deiner muss Flötenbauer gewesen sein. Wie hätte er sonst eine solche Pfeife hinbekommen können?«

Hanna nahm die Brötchentüte vom Tresen und trat auf die Fuhlsbütteler Straße hinaus. Der erste Tag des Jahres mit zweistelligen Plustemperaturen, und gleich drehten bei sämtlichen Kerlen die Hormone durch. Zum Glück war sie nicht auf den Mund gefallen. Der Bauarbeiter starrte ihr fassungslos hinterher, während seine mindestens zwanzig Jahre jüngeren Kollegen sich schlapplachten.

Sie ging hinüber zur Station Alte Wöhr und stieg in die S-Bahn. Ein tägliches Ritual, das es bald so nicht mehr geben würde. Sie würde nun öfter im Auto sitzen, weil ihre neuen Aufgaben im Job mehr Mobilität erforderten.

Hannas Berufswahl war ein Dorn im Auge ihrer Mutter. Die Liste der Möglichkeiten, die einem mit »so einem hervorragenden Abitur« offenstanden, sei »einfach atemberaubend. Und du verschenkst das einfach!«

Was hätte Hanna sonst tun können? Bereits im ersten Semester hatte sie erkannt, dass ihr Interesse an Psychologie ausschließlich von allgemeiner Natur war. Die Leidenschaft, die es brauchte, um einen Beruf daraus zu machen und später auch noch die mütterliche Praxis zu übernehmen, ging ihr völlig ab. Mit Beginn des zweiten Semesters war sie immer seltener im Hörsaal zu finden gewesen, dafür umso häufiger dort, wo sie sich mit einem Aushilfsjob etwas dazu verdiente. Bis der Chef sich quergestellt hatte:

»Sorry, Hanna, aber jetzt musst du mal eine Weile zuhause bleiben. Du hast so viele Stunden angesammelt, dass ich dich einfach nicht weiter beschäftigen darf, sonst landen wir beide in Teufels Küche.«

Worauf Hanna ihre Exmatrikulation eingeleitet und in der Büchertruhe Altona eine Ausbildung zur Buchhändlerin nicht nur begonnen, sondern auch drei Jahre später erfolgreich abgeschlossen hatte. Vor einigen Wochen war der Chef mit einer Flasche Sekt und einem Blumenstrauß zu ihr gekommen: »Ich weiß, acht Jahre sind eine krumme Zahl für ein Dienstjubiläum, aber es passt einfach so gut.«

Es folgte das Angebot, von der angestellten Verkäuferin zur stellvertretenden Geschäftsführerin aufzusteigen. Hanna hatte sich ohnehin schon gefragt, wie es nach der Hochzeit weitergehen sollte. Sie konnte sich nicht vorstellen, dass Christoph es lange durchhalten würde, an sechs Tagen in der Woche morgens und abends zwischen Hamburg und Fehmarn zu pendeln. Zwei Stunden pro Weg waren kein Pappenstiel. Jetzt legte er seine Pläne offen: Von den sechs Geschäftstagen je Woche wollte er nur noch an dreien in Hamburg präsent sein und die übrige Zeit auf der Insel verbringen, um sich einer neuen, noch nicht näher definierten Aufgabe zu widmen.

Für Hanna bedeutete das künftig neben zusätzlicher Verantwortung im Laden auch zusätzliche Wege außerhalb der Geschäftszeiten, um Nachlässe oder Sammlungsauflösungen zu sichten. Die Ecke mit dem Buchantiquariat war vom kleinen, aber feinen Zusatzangebot längst zur wichtigen Umsatzstütze avanciert, die genug abwarf, um die durch eBooks verursachten Umsatzrückgänge im normalen Tagesgeschäft auszugleichen. Die Büchertruhe lief rund, und Hanna freute sich auf ihre neuen Kompetenzen.

Die letzten Meter vom Bahnhof Altona zum Laden legte sie zu Fuß zurück. Um sie herum rauschte das Großstadtleben. Hupende Autos, johlende Schulkinder, Baustellenlärm, Hundegebell. Vertraute Geräusche, und wahrscheinlich fielen ihr die Rufe einer Schar Wildgänse am Himmel genau deswegen als letztes Geräusch auf, bevor sie durch die Ladentür trat und von der andächtigen Stille einer altmodischen Buchhandlung umgeben wurde.

»Guten Morgen, Chef!«

»Guten Morgen, Hanna!«

Christoph war im ÜRO - das B aus Messing hatte die Putzfrau schon vor zwei Jahren mit dem Besenstiel von der Tür gefegt. Er verglich den Wareneingang mit seinen Orderlisten.

»Warum sind heute in der Lieferung vom Großhändler dreißig Ausgaben vom *Schimmelreiter* dabei? Habe ich ein wichtiges Storm-Jubiläum verdrängt?«

»Nein, vorgestern war nur eine Lehrerin da, die ihren Schülern eine nähere Bekanntschaft mit Hauke Haien ermöglichen möchte.«

»Welch angenehme Überraschung so früh am Morgen. Es gibt wirklich noch Pauker, die sich im Deutschunterricht den Klassikern hingeben. Erinnerst du dich an den einen, der zwei Dutzend von diesen Vampirschmonzetten für Teenies geordert hat?«

»Und?«

»Hanna - so ein seichter Stoff für eine Abschlussklasse! Da wundert es mich eigentlich kaum noch, dass immer mehr Ausbildungsbetriebe die geringe Allgemeinbildung bei ihren Bewerbern beklagen.«

»Man sollte dem Lehrer zumindest zugute halten, dass er seine Jünger im Tempel der Weisheit mit etwas zum Lesen animiert, wobei zumindest eine kleine Chance besteht, dass sie sich dafür interessieren. Das ist nun wirklich keine Selbstverständlichkeit.«

»Stimmt auch wieder. Uns wurde damals einfach nur etwas nach dem Motto ›friss oder stirb‹ vorgesetzt. Manche Bücher waren danach für mich regelrecht verdorben. Erst Jahre später in meiner Ausbildung lernte ich sie wirklich zu schätzen.«

Das Glöckchen an der Ladentür kündigte einen potentiellen Käufer an.

»Was willst'n du hier?«

Holger schlenderte pfeifend ins *ÜRO*. »Ist das deine neue Art, Kunden zu begrüßen? Ich hätte schließlich ganz wer anders sein können.«

»Wohl kaum. Ich kenne nur einen, der solch schräge Tonfolgen hervorbringen kann. Nun? Wo sind sie?«, wollte Christoph wissen.

»Wer?«

»Schnuffel, du hast die Melodie zwar furchtbar verunstaltet, trotzdem war dein Versprechen, mir Tulpen aus Amsterdam zu schenken, immer noch zu erkennen. Also?«

Eigentlich hatte Holger vorgehabt, noch ein bisschen mit Christoph zu plänkeln, ehe er zur Sache kam. Doch eine gute Gelegenheit sollte man nicht ungenutzt verstreichen lassen. »Die sind noch in Amsterdam«, antwortete er daher. »Ich werde die Tulpen nämlich nicht zu dir bringen, sondern dich zu ihnen. Unter anderem.«

»Will heißen?«

»Dass du deine Pflichten als Herr über die unzähligen zwischen Pappdeckel gepressten Papierfetzen in diesen ehrwürdigen Räumen ohne Umschweife an Hanna übergeben wirst. Wir verreisen.«

»Jetzt bist du vollkommen durchgedreht.«

»Mit dieser Diagnose lebe ich seit meiner Geburt. Eine

Diskussion erübrigt sich daher. Bist du bereit?«

»Bestimmt nicht. Ich erwarte nachher ein paar Leute, die sich um die Stelle als Verkäufer beworben haben. Mit denen muss schon das ein oder andere Gespräch geführt werden. Für gewöhnlich stelle ich niemanden ein, nur weil das Foto in seiner Mappe so nett ist.«

»Das ist doch bloß das erste Vorsprechen«, mischte Hanna sich ein. »Lass mich nur machen. Soll ja *mein* Assistent werden. Sieh es als meine erste Bewährungsprobe in neuer Position an. Beim Recall bist du wieder dabei.«

»Frollein!« Christoph warf Hanna einen scharfen Blick zu. »Das klingt schwer nach Meuterei. Kann es sein, dass du nicht nur Mitwisserin, sondern aktive Komplizin bist?«

Hanna machte von ihrem Recht auf Aussageverweigerung Gebrauch.

»Habe ich es mir doch gedacht.«

»Lass das mit dem Denken«, stichelte Holger. »In deinem Alter ist das nicht ungefährlich. Du kannst ohnehin nichts mehr dagegen tun, es ist alles vorbereitet. Meine Eltern und Charlotte genießen den Komfort unseres Hauses und bespaßen Charly, die göttliche Jette kümmert sich um den Hof, die Koffer stehen gepackt in deiner Wohnung. Wir müssen uns nur noch in Bewegung setzen.«

»Mir scheint, ich habe keine andere Wahl, als mich wieder einmal willenlos einer deiner verrückten Aktionen hinzugeben.«

»Du hast es erfasst. Und hör gefälligst mit diesen wenig schmeichelhaften Spitznamen auf.«

»Ich habe doch gar nichts gesagt.«

»Ich kenne dich lange genug um zu hören, was du denkst!«

»Was denke ich denn?«

»Sag du's mir.«

»Ach, ich darf sprechen? Für gewöhnlich sollen Entführungsopfer doch genau das unterlassen, wenn ihnen ihr

Leben lieb ist.«

»Blödmann.«

»Selber.« Christoph seufzte. »Also gut. Hanna? Ich bin dann mal weg und gönne mir mit meinem Zukünftigen ein langes Wochenende in Amsterdam.«

»Viel Spaß und gute Reise.«

»Ähm...« Holger hob zaghaft den Zeigefinger wie ein eher unterdurchschnittlicher Schüler, der zufällig über eine richtige Antwort gestolpert ist. »Collie, ich glaube, du hast da etwas in den falschen Hals bekommen. Von einem langen Wochenende in Amsterdam war nie die Rede. Wir fliegen zwar dorthin, fahren aber morgen Nachmittag gleich weiter zu unserer nächsten Zwischenstation. Dort geht unsere Reise dann erst richtig los. Unser eigentliches Ziel heißt Oslo.« Hilfsbereit fügte Holger hinzu: »Das liegt übrigens in Norwegen.«

»Mensch, nu' mach hinne!«

Ulf Jersken stand in der Diele und klapperte ungeduldig mit dem Schlüsselbund. »Wenn du zu spät dran bist, bekommst du den nächsten Tadel in dein Logbuch. Das muss nun wirklich nicht sein, stehen schon mehr als genug drin.«

»Och, Mönsch«, nörgelte Phillip in seinem Zimmer. »Müssen wir da wirklich hin? Kannste mir nicht eine Entschuldigung schreiben?«

»Zu Punkt eins: Ja. Zu Punkt zwei: Nein. Es ist eine Sonderveranstaltung, als solche aber Teil des offiziellen Unterrichts, also nimmst du daran teil. Stell dich bloß nicht so an, weil dein Weisheitstempel ausnahmsweise am Wochenende nach dir verlangt. Ich musste früher sogar an jedem Sonnabend dahin.«

»Wann?«

Trotz der acht Jahre, die Ulf nun schon in Berlin lebte, blieben gewisse Worte in seinem Vokabular unumstößlich von seiner alten Heimat gefärbt. Phillip wusste das, und es bestand berechtigter Anlass zu der Vermutung, dass er nur Zeit schinden wollte. Mittlerweile waren Ulf diese Tricks hinreichend bekannt, er fiel nur noch selten darauf rein. Entsprechend knapp fiel seine Antwort aus.

»Samstag.«

»O Gott!«

»Genau. Und dann noch eine Doppelstunde Mathe gleich um acht.«

»O Gott!«

»Das hast du gerade schon mal gesagt. Komm endlich in die Puschen.«

Die zunehmende Schärfe im Tonfall ließ Phillip einsehen, dass er sich besser fügte. Zumal Ulf seit dem Frühstück leicht angesäuert war:

»Wann willst du eigentlich den Kuchen backen, Ulf?«

»Welchen Kuchen?«

»Mutti hat beim Elternabend versprochen, einen Kuchen für heute zu spenden. Aber das hat sie nicht geschafft, weil sie doch Omi zu ihrem Klassentreffen nach Neuruppin bringen sollte. Darum sollte ich dich darum bitten. Habe ich das etwa vergessen?«

»Allerdings!«

Zähneknirschend hielt Ulf nun auf dem Weg zur Schule an zwei Bäckereien und lud deren komplette Bestände an Berlinern und Amerikanern in seinen schwarzen Alfa Spider. Dabei störte ihn weniger die unnötig hohe Geldausgabe als die Tatsache, dass er sich nun mit gekauftem Backwerk blicken lassen musste.

Weltoffenheit hin, Weltoffenheit her – gelegentlich gab es eben doch noch schräge Blicke der anderen Eltern, weil zu Phillips Familie außer seiner Mutter Christiane und seinem Vater Roland auch Muttis neuer Mann Kurt und Papas Freund Ulf gehörten, die sich obendrein auch noch alle blendend miteinander verstanden. Wobei Ulf schon der zweite Mann war, mit dem Phillips Vater eine neue Familie gründete. Oliver hatte sich nach zwei Jahren Beziehung aus dem Staub gemacht, weil er sich dem Dasein als schwuler Stiefvater doch nicht gewachsen fühlte. Ein paar ganz besonders konservative Geister lasen darin und in einer verhältnismäßigem Lappalie wie nicht vorhandenem Selbstgebackenen gerne die Bestätigung sämtlicher ihrer kleingeistigen Vorurteile. Nämlich, dass solche modernen Familienkonstrukte in höchstem Maße liederlich, egoistisch und zum Scheitern verurteilt waren. Und alles auf Kosten des armen Kindes.

Dabei fühlte Phillip sich überhaupt nicht arm. Ganz besonders nicht, seit sich bei ihm die Raffinesse der Pubertierenden eingestellt hatte, aus allem die Rosinen herauszupicken. Vier Menschen, die er als Eltern betrachtete, bedeuteten automatisch ebenso viele Großelternpaare. Selbst die Eltern von Oliver schickten zumindest zum Geburtstag immer noch eine Kleinigkeit…

Während der Fahrt nach Spandau prüfte Ulf, wie gut Phillip sich auf den nächsten Test in Geschichte vorbereitet hatte. In diesem Fach waren die Noten des Jungen in den letzten Monaten alles andere als rosig gewesen.

»Wie hießen die Frauen von Heinrich VIII. in der richtigen Reihenfolge?«

»Anne… Anne… Anne Bowling.«

»Boleyn. Das war die zweite. Wenn du's als Countdown machen willst, hättest du bei der letzten anfangen müssen. Wie viele waren es noch gleich?«

»Sechs.«

»Prima. Die erste war?«

»Katharina… von…«

»Sehr gut. Weiter?«

»… von… Katharina von Estragon.«

»Aragón! Die Frau wurde in Spanien geboren, nicht in Omis Kräutergarten.«

Natürlich kamen sie zu spät, weil alle Straßen rund um die große Kreuzung nahe der Domäne Dahlem nach einem Unfall hoffnungslos verstopft waren und die Parkplatzsuche ewig dauerte. Zum Glück fiel es nicht weiter auf, denn der Lehrer, der das Eintreffen der Schüler auf diversen Listen abhaken sollte, war gerade nicht am Platz. »Bin gleich zurück. Bitte inzwischen selber eintragen«, stand ziemlich vertrauensselig auf einem kleinen Schild.

Ulf blickte sich suchend um. »Wo muss ich nun mit dem Kuchen hin?«

»Da drüben. Die Frau in der grünen Jacke ist die Mutter von meinem Kumpel Marvin. Die nimmt alles entgegen.«

»Hat sie auch einen Namen? Ich kann sie schlecht mit ›Ey, Mutter von Marvin‹ ansprechen.«

»Frau Leibnitz.«

»Na bitte, damit kann man doch arbeiten.«

Die Schule hatte zu einem Wohltätigkeitslauf auf dem Sportplatz eingeladen. Für jede gelaufene volle Runde von vierhundert Metern wollte ein Unternehmen aus der Nachbarschaft fünf Euro spenden, der in einen Fonds zur Sanierung der altersschwachen Aula fließen sollte. Bei sechshundert Schülern und dem vom Direktor erbetenen Pensum von mindestens drei Runden pro Person, gerne ratenweise über den Tag verteilt, keine schlechte Aussicht.

Ulf stellte sich bei Frau Leibnitz vor und lieferte den Kuchen ab. Ihr Sohn Marvin ging erst seit Ende der letzten Osterferien in dieselbe Klasse wie Phillip, aber die beiden waren gleich vom ersten Tag an dicke Tunke gewesen.

Phillip fand sich derweil am Startpunkt ein. Zur eigenen Überraschung spürte er unerwarteten Ehrgeiz. Er wusste, dass sein Tempo zu wünschen übrig ließ, aber darauf kam es schließlich nicht an. So oder so wollte er mindestens fünf Runden schaffen.

Nach der zweiten Runde brauchte Phillip eine Pause. Er scherte aus dem Läuferfeld aus und holte sich eine der kostenlos ausgegebenen Flaschen mit Mineralwasser. Als er ausgetrunken hatte, rülpste er zweimal herzhaft und ging wieder auf die Piste. Diesmal stockte ihm der Atem, als er die Zielgerade erreichte. Ausgerechnet mit denen!

Der Tag war für Phillip gelaufen. Er schäumte immer noch, als er nach dem letzten Zieleinlauf geduscht und umgezogen zu Ulf ging.

»Wow! Sieben Runden!«, gratulierte Ulf. »Dafür gibt's doch bestimmt eine Urkunde, oder?«

»Ach, lass mich zufrieden.«

»Was hast du? Bist du immer noch stinkig, weil ich dich nicht habe schwänzen lassen?«

»Quatsch mit Soße.«

»Was ist es dann? Ich wüsste schon ganz gerne, was ich falsch gemacht habe, damit ich es für die Zukunft abstellen kann.«

»Musstest du dich ausgerechnet mit dem Hohlmannschen und der Papperitz zusammentun?«

»Junger Mann, erstens nennt man die Dame immer zuerst. Zweitens heißt es *Frau* Papperitz und *Herr* Hohlmann. Drittens verstehe ich dein Problem nicht. Das sind doch ganz verträgliche Zeitgenossen.«

»Jede Wette, das haben deine Eltern von den Paukern, mit denen du am wenigsten klargekommen bist, auch gesagt.«

Das saß! Ulf schluckte, dachte kurz nach und gelobte Besserung. Vorläufig nur pro forma, denn ob das wirklich richtig war oder ein weiterer Rüffel opportun gewesen wäre, musste er noch mit Roland besprechen. Der hatte einfach einen Erfahrungsvorsprung.

Phillip ahnte nichts von diesen Überlegungen und verzieh Ulf gnädig. »Prima«, sagte der. »Dann lass uns jetzt fahren. Denk dran, wir sind noch mit Papa verabredet.«

Das schrille Geräusch einer Trillerpfeife verhieß Ungeduld. Wie zur Beruhigung antwortete ein etwas satterer Pfeifton in Moll. »Bleib ruhig, Kollege«, schien er zu sagen, »ich mach ja schon.«

Pünktlich um sechs Uhr siebenundvierzig setzte der Zug sich langsam in Bewegung und ließ den Bahnsteig hinter sich. Die Morgendämmerung hatte begonnen und tat ihr Bestes, sich gegen ein hartnäckiges Wolkenband durchzusetzen, außerdem nieselte es. Zur Linken waren die Überreste eines nahezu vollständig abgetragenen Feldes von Rangiergleisen und ein sanft ansteigender Deich nur schemenhaft auszumachen. Die meisten Reisenden an Bord des stählernen Lindwurms hatten nicht das Gefühl, wirklich viel zu verpassen.

Holger und Christoph hatten Glück. Ihr norwegischer Waggon war der einzige, bei dem die Abteilfenster zur rechten Seite lagen. So erhaschten sie von ihrem *Kupé No. 3*, wie auf dem Ticket stand, wenigstens noch einen Blick auf das Terminal der Englandfähre und ein hell erleuchtetes Containerschiff, das sich nach langer Reise gerade in den Europoort schob.

Nach wenigen Kilometern überfuhr der Zug eine Drehbrücke. Gleich dahinter rollte er in den Bahnhof von Maassluis, wo ein rotes Signal ihn zum Halt zwang. Er wurde von einem Regionalzug überholt, wenig später setzte er sich wieder in Bewegung. Im Schritttempo rumpelte der Zug über ein paar Weichen, nach denen er schneller wurde und an winterkahlen Feldern entlang rauschte, ehe dichter werdende Bebauung die Außenbezirke einer größeren Stadt ankündigte: Rotterdam.

Kleine Qualmwolken flogen draußen vorbei, ein wenig davon wehte durch das einen Spalt breit heruntergelassene Fenster herein und ließ mehr als nur erahnen, dass der Zug von einer Diesellok gezogen wurde. Man durfte gar nicht an den CO_2-Fußabdruck dieser Reise denken.

Das hatten die beiden Männer in No. 3 auch gar nicht vor. Sie gaben sich ganz ihrer Reiselust hin, was keine Selbstverständlichkeit war. Die Fahrt zum Flughafen zwei Tage zuvor war von angestrengtem Schweigen geprägt gewesen. Das hatte wenig Raum für einen Streit gelassen, denn weder Holger noch Christoph hatten Lust verspürt, sich von der Airport Security einsammeln zu lassen. Der gewisperte Wortwechsel auf dem Fußmarsch zwischen Taxi und Check in war dann entsprechend kurz, aber umso heftiger ausgefallen. Erst in der Wartelounge vor dem Gate waren sie in Form von verlegenem Grinsen überein gekommen, den Urlaub zu genießen. Bei zwei im Zeichen des Stier geborenen Persönlichkeiten gehörte Hitzköpfigkeit einfach zum Programm. Entweder lebte man damit oder nahm Reißaus. Eins musste man den beiden in diesem Zusammenhang lassen: Feige waren sie nicht.

An der Abteiltür klopfte es. Ein freundlicher Steward, der sich als Trygve vorstellte, trat ein und brachte das Frühstück, welches Holger und Christoph gestern Nachmittag bereits während der Busfahrt von Amsterdam zu einer kleinen Pension im Strandviertel von Hoek van Holland vorbestellt hatten.

»Hm!«, machte Christoph nach dem ersten Bissen in sein

Croissant wolllüstig. »Das ist die beste Erdbeermarmelade, die mir je vorgesetzt wurde.«

»Na, bitte. Alleine dafür hat sich der Trip also schon gelohnt.« Holger lehnte sich entspannt zurück.

»Wie bist du nur auf diese Idee gekommen?«

»Reiner Zufall. Bei Mateo lag neulich so ein Blättchen über Startups und Crowdfundingprojekte. In einem Artikel ging es um den Veranstalter für diese Reise. GART nennen die sich - Golden Age of Railway Travelling. Ich wollte erst gar nicht weiterlesen, weil mir dieses Englische gleich wieder auf den Geist ging. Können die nicht einfach von der Goldenen Ära der Bahnreisen sprechen? Ist doch nicht so schwer, oder sehe ich das...?«

»Schnuffel... Du schweifst wieder einmal ab.«

»Oh. Ja. 'Tschuldige.«

»Kein Problem. Da wir jetzt hier sind, kombiniere ich messerscharf, dass du trotzdem weitergelesen hast?«

»Genau. Weil ich Claires Neugierde nämlich noch viel schlimmer fand und der Artikel an sich ganz interessant war. Es geht bei GART um Reisen auf den Spuren klassischer Fernzüge. Nur eben nicht mit dem überbordenden Luxus eines Orient Express, sondern im Standardkomfort der ganz normalen Reisezüge. Du weißt schon - *downsizing* und so. Der einzige Unterschied besteht darin, dass in den wichtigsten Städten längs der Route die Fahrt für ein paar Stunden Sightseeing oder sogar einen ganzen Tag unterbrochen wird.«

»Und wir folgen jetzt...?«

»Im Großen und Ganzen dem alten Nord-West-Express von Hoek van Holland nach Kopenhagen mit Kurswagen nach Stockholm und Oslo. Die Fährpassage von Großenbrode nach Gedser entfällt natürlich.«

»Logisch, die gibt es ja schon seit Ewigkeiten nicht mehr.«

»Nicht nur deswegen.« Holger war bestens vorbereitet. »In Nordrichtung hat der Zug immer den Weg über Jütland und Fünen mit Halt in Odense genommen.«

»Hans Christian Andersen!«

»Uuuuuiiii! Sowas weißt du?«

»Ich bin schon ein Schlauer, nicht wahr?« Christoph verschränkte zufrieden die Arme vor der Brust.

»Das trifft sich gut. Ich fand Grips schon immer spannender als Aussehen.«

Sie lachten.

»Nun aber mal ganz im Ernst, Schnuffel«, sagte Christoph. »Warum mussten wir auf einmal so dringend nach Goudaland? Hätte das nicht bis zu den Flitterwochen warten können?«

»Über die Dringlichkeit in Bezug auf die Destination wage ich keine Auskunft zu geben«, erwiderte Holger. »So toll ich dieses Konzept auch finde - es wäre nicht das erste Startup, das noch vor dem ersten Jahresabschluss wieder eingeht. Ich hatte an etwas ganz anderes gedacht. Ist dir schon mal aufgefallen, dass wir unser Pferd vom falschen Ende aufzäumen?«

»Du sprichst mal wieder in Rätseln.«

Holger setzte sich zu Christoph auf die andere Seite des Abteils und nahm seine Hand. »Bedenke einfach, dass unsere Hochzeit nur zweiundsiebzig Stunden nach dem Tag stattfindet, an dem wir unseren Kram endgültig zusammenschmeißen wollen, und ziehe daraus deine eigenen Schlüsse.«

»Da gibt es nichts zu ziehen. Es passt haargenau zu uns zwei Chaoten.«

»Schön, dass du so gelassen bist. Mich hat es in leichte Panik versetzt.«

»Du bist schon immer ein zu großer Sicherheitsdenker gewesen.«

»Okay, bei manchen Dingen übertreibe ich wohl ein kleines bisschen...«

»Hust!«

»...aber bei lebensverändernden Entscheidungen finde ich das durchaus gerechtfertigt. Wer weiß, ob das überhaupt mit uns klappt, so als dauerhaft unter einem Dach lebendes Paar.« Holger spielte mit seiner Serviette. »Wir haben noch nie wirklich zusammengelebt.«

»Ach? Komisch. Ich meine, da hätte es mal eine Zeit gegeben, nachdem meine alte Wohnung ausgebrannt ist. Da bin ich bekanntlich bei dir auf der Langen Reihe eingezogen.«

»Das ist ja auch gehörig in die Hose gegangen, wenn ich daran erinnern darf. Außerdem zählt das gar nicht. Da waren wir bekanntlich noch kein Paar und ich habe die Bude ziemlich rasch an dich abgetreten, weil die göttliche Jette mir den Hof angeboten hat.«

»Manchmal frage ich mich, ob du das nur gemacht hast, weil unsere WG so gar nicht funktioniert hat.«

Holger überlegte für einen Moment. »Sagen wir, es hat den Prozess beschleunigt. Aber eine Veränderung hätte es so oder so gegeben. Es war einfach die Zeit dafür. Konnte ja keiner ahnen, dass du mich bis auf die Insel verfolgst. Jedenfalls dachte ich, wir könnten wenigstens eins in der richtigen Reihenfolge machen, nämlich die erste gemeinsame Urlaubsreise. Selbst das haben wir bisher noch nicht hinbekommen, dabei soll das der ultimative Test sein.«

»In einem zwanzig Quadratmeter großen Hotelzimmer mit Meerblick und eigenem Bad hätte das mindestens genau so gut geklappt wie hier mit kaum mehr als einem Fünftel der Fläche und Gemeinschaftsdusche.«

»Im Hotel wäre vielleicht die Erdbeermarmelade nicht so gut gewesen.«

Mit diesem Totschlagargument erklärte Holger die Diskussion für beendet.

Während der nächsten Stunden fuhr der Zug durch die niederländische Landschaft, bis er zwischen Hengelo und Bad Bentheim die Grenze zu Deutschland passierte. Gegen

Viertel nach elf rollte er in Osnabrück ein. Einige Fahrgäste nutzten den Aufenthalt für den Lokwechsel, um Fotos von diesem Ereignis zu machen. Andere standen in den offenen Türen und rauchten. Für mehr reichte die Zeit nicht. Es sollte rasch vorangehen, weil das Ziel für den ersten größeren Aufenthalt noch vor ihnen lag. Außerdem wurde ab zwölf Uhr das Mittagessen serviert.

Gemächlich zuckelte der Zug durch Niedersachsen. Immer wieder verließ er die Hauptstrecke und kam auf Nebengleisen zum Stehen, weil der reguläre Verkehr Vorfahrt hatte.

Um kurz vor eins betraten Holger und Christoph den Speisewagen, wo sie von einem Steward empfangen und an ihren Platz geleitet wurden. Holger ließ seinen tourismusgeschulten Blick schweifen. Der Anspruch, dem Zug auch im Inneren der historischen Waggons eine originalgetreue Atmosphäre zu verleihen, wurde bis in kleinste Details hinein erfüllt. Selbst die Speisekarte war ein Faksimile des Originals aus den Fünfzigerjahren des letzten Jahrhunderts. Nur das gelegentliche *Ping* der Mikrowelle in der Küche verriet, dass man nicht völlig ohne moderne Errungenschaften auskam.

Der Steward nahm ihre Bestellung entgegen und entfernte sich mit einer angedeuteten Verbeugung. Christoph zog den Flyer für den ersten großen Zwischenstopp aus seiner Hosentasche. Die Idee, Hamburg mit den Augen des Touristen auf Durchreise zu erkunden, fand er noch spannender als die Aussicht auf die erste Nacht voller ungewohnter Geräusche im Schlafwagen, während sich um den Zug herum das nächtliche Leben des Bahnhofs Altona abspielte. Er vertiefte sich in die Beschreibungen der angebotenen Touren.

Holger malte sich unterdessen aus, wer wohl diesen Zug vor fünfzig, sechzig Jahren benutzt haben mochte. Geschäftsleute aus der zweiten Reihe, deren Spesenkonto einen Flug London - Kopenhagen nicht hergegeben hätte. Wissenschaftler auf dem Weg zu irgendwelchen Kongressen. Vermutlich auch die jungen Inhaber der ersten Interrailtickets. Mit Sicherheit waren nicht so viele Vergnügungsreisende an Bord gewesen wie jetzt. Wobei dem Ehepaar am Tisch auf der anderen Seite des Gangs Vergnügen nicht gerade ins Gesicht geschrieben stand. Ihr Essen nahmen sie rein automatisch zu sich und schienen weder dessen appetitliche Anrichtung noch den augezeichneten Geschmack wahrzunehmen.

Der Steward trat zu ihnen. »Herr Werner? Frau Werner? Darf ich Ihnen vielleicht noch ein Dessert bringen? Unsere Mousse au Chocolat ist wirklich empfehlenswert. Oder vielleicht das Grießflammeri mit Himbeersauce?«

Ohne den Blick für eine Sekunde zu heben, schüttelten beide die Köpfe. Ihre ganze Konzentration galt einem Heftchen, das zwischen ihren Tellern lag. Mit solchen Typen hatte Holger bisweilen auch auf dem Dünenhof zu tun. »Schulmeister-Touris« nannte er sie im Stillen, weil sie mit einer vorbereiteten Liste abzuhakender Aktivitäten anrückten, völlig unspontan waren und obendrein akribisch prüften, ob die Angaben in ihren Reiseführern auch wirklich korrekt waren. Genuss war ein Wort, das sie im Fremdwörterlexikon nachschlagen mussten.

Der scheinbar allein reisende Mann einen Tisch weiter strahlte eine deutlich entspanntere Haltung aus. Holger schätzte ihn auf Mitte dreißig. Die auf anständiger Länge gehaltenen, aber ansonsten ungezähmten kastanienbraunen Haare und der Sieben-Tage-Bart zu einem dunkelgrauen Sakko und Rollkragenpullover unterstrichen seine Erscheinung. Er war keine offensichtliche Schönheit, dafür besaß er eine erotische Energie, die ihn außerordentlich anziehend machte. Zudem schien er eine über eine hochgewachsene Statur mit elend langen Beinen zu verfügen, denn die Beengtheit bei Tisch bereitete ihm trotz der ausgestrahlten Gelassenheit ein gewisses Unbehagen. Holger schätzte ihn auf mindestens eins neunzig, vielleicht sogar eins fünfundneunzig, und er hatte eine Schwäche für solche Mannsbilder.

Überhaupt gefiel ihm der ganze Kerl ausgesprochen gut. »Der Fremde im Zug.« Eigentlich ein Krimi, doch Holger dachte an ein ganz anderes Abenteuer. Die Vorstellung von einem kleinen Stelldichein in dem engen Schlafwagenabteil eines rhythmisch über die Schienen schaukelnden Zuges löste ein aufregendes Kribbeln an seinem ganzen Körper aus. Im nächsten Moment erschrak er. Was war bloß mit ihm los? Solche Gedanken von einem überzeugten Nestbauer wie ihm?

Wenn Holger es ehrlich betrachtete, bereitete genau das ihm zunehmend Herzklopfen, je näher die Hochzeit kam. Für den Rest des Lebens nur noch mit »dem Einen« war als Vorstellung sehr schön, als herannahende Realität hingegen leicht beängstigend. Sie waren jetzt beide auf halber Lebensstrecke. Mit etwas Glück lagen noch mindestens dreißig Jahre vor ihnen. Was tat man in so einer langen Zeit bloß, um es nicht irgendwann langweilig werden zu lassen?

Christoph bekam von Holgers unangenehmen Gedankenspielen nichts mit. Er gluckste vor sich hin, denn natürlich bot das Ausflugsprogramm die üblichen Verdächtigen bei den Hamburg-Highlights an: Hafentörn mit der Barkasse (um diese Jahreszeit lausig kalt), abendliches Shopping auf der Mönckebergstraße (auch nicht viel wärmer) und das unerlässliche Musical.

»Ha, ich hab' was für uns gefunden!«, rief er. »Betreutes Amüsieren. Kiezführung unter der Leitung eines ehemaligen Zuhälters. Reeperbahn, Große Freiheit, Kultkneipen, Beatles-Platz und ganz wichtig: Stripschuppen! Schnuffel, das sehen wir uns an! Wenn wir schon als Touristen in der Stadt sind, geben wir uns auch die volle Dröhnung.«

»Och, nö. Das muss doch nicht sein. Ich hatte daran gedacht, mal schnell rüber nach St. Georg zu fahren und bei dir in der Wohnung ordentlich zu duschen. Ich habe mir vorhin dieses Gemeinschaftsding angeschaut - ischa doch 'n büschen lütt und eng. Eher ein Gepäckschließfach mit Handbrause als ein richtiges Duschbad.«

»Alter Schwede! *Du* warst derjenige, der überhaupt erst mit der Idee von diesem ultimativen Testurlaub angekommen ist. Ergo ist die Wohnung für dich genau so tabu wie für jeden unserer Mitreisenden. Du kannst hier im Zug duschen, und nachher gehst du mit mir auf die Tittentour. Basta!«

Die göttliche Jette holte die Zeitung aus dem Briefkasten und ging in die Küche, wo eine dampfende Tasse und ein Teller mit zwei belegten Brötchenhälften warteten. Das machte sie immer so, seit sie in den Ruhestand gegangen war. Wenn ihr jemand augenzwinkernd unterstellte, *Un*ruhestand träfe es eher, sah sie keinen Anlass zum Einspruch.

Es lag ihr nicht, den Rest ihrer Tage damit zu verbringen, nichtstuend in einem bequem Sessel zu sitzen und auf den letzten Atemzug zu warten. Mit ihren mehr als achtzig Jahren war sie langsamer geworden, keine Frage. Abgesehen davon ging sie immer noch aufrecht, saß kerzengerade bei Tisch und brachte ihren Arzt dazu, an seinen Fähigkeiten zu zweifeln, weil er bei ihr keine der Malaisen finden konnte, von denen Menschen in diesem Alter für gewöhnlich heimgesucht wurden.

»Wenn Sie wenigstens ein bisschen erhöhten Blutdruck hätten. Trinken Sie eigentlich keinen Kaffee?«

»Natürlich. Koffeinfreien. Eine Tasse am Vormittag, eine am Nachmittag. Sonntags gibt es auch mal zwei.«

»Alkohol?«

»Ein Glas Sekt an Altjahrsabend und eins zu meinem Geburtstag. Beim Romméabend darf es gelegentlich ein Rotwein sein.«

»Fette Speisen? Süßigkeiten?«

»Selten.«

»Sie sind ein hoffnungsloser Fall, Frau Lüders. Aber einer, von denen es mehr geben sollte. Und jetzt raus mit ihnen. Sie sind viel zu gesund, um ihre Zeit in meiner Praxis zu verschwenden.«

Ihrer eigenen Ansicht nach hatte sie ihre gute Konstitution vor allem der festen Überzeugung zu verdanken, dass längst verblichene Generationen das Sprichwort »Was rastet, das rostet« nicht aus poetischen Erwägungen geschaffen hatten. Sie führte ihren Haushalt, erledigte die meisten Besorgungen zu Fuß oder mit dem Fahrrad, war beim Verband der Landfrauen aktiv und nahm dankbar jede Gelegenheit wahr, auf dem Dünenhof zu helfen. Sie bestand nur darauf, nicht mehr wie früher schon um sechs Uhr morgens parat zu stehen. Was für ein Genuss es war, sich die Zeit für ein ausgiebiges Frühstück nehmen zu können, konnte nur der wirklich ermessen, der in seinem Leben so gut wie nie Gelegenheit dazu gehabt hatte.

Ein Klopfen an der Hintertür unterbrach Jettes Morgenritual, ehe es richtig begonnen hatte. Sie runzelte die Stirn. Sie erwartete niemanden. Nach dem zweiten Klopfen ging Jette zur Tür, wo sie sich zwei bekannten Gesichtern gegenüber sah.

»Moin«, grüßte sie erstaunt. »Was treibt euch so früh hierher?«

»Die Kälte!« Michael Clausen bibberte. »Würdest uns wohl für eine Weile Zuflucht in deinem muckelig warmen Heim gewähren?«

»Dumme Frage. Natürlich. Kommt rein.«

Ein paar Minuten später saß Holgers Vater bei Jette am Küchentisch, die durchgefrorenen Finger um eine heiße Tasse gelegt. Charly lag in seiner Lieblingsecke unter der Bank und nagte an einem Ochsenziemer.

»Warum habt ihr euch für den Besuch bei mir nicht einen

wärmeren Tag ausgesucht? Ab morgen soll es mit den Temperaturen etwas bergauf gehen.«

»Von Aussuchen kann keine Rede sein«, antwortete Michael. Er konnte bis in die kleinste Ader spüren, welchen Weg der wärmende Tee durch seinen Körper nahm. »Geflüchtet sind wir.«

»Vor wem?«

»Vor deiner Tochter und vor Christophs Mutter. Eins weiß ich seit heute: Der schrecklichste aller Schrecken ist nicht der Mensch in seinem Wahn, sondern zwei Frauen, die sich zum gemeinsamen Frühjahrsputz verschworen haben. Überraschung für die Jungs, damit sie das in diesem Jahr nicht selber machen müssen. Im ganzen Knechtshaus zieht es wie Hechtsuppe, weil sie alle Fenster und Türen sperrangelweit aufgerissen haben. Sämtliche Gardinen schwimmen in der Badewanne, und über allem liegt der liebliche Duft von irgendwelchen Mittelchen mit Inhaltsstoffen, denen wir früher im Chemieunterricht nicht zu nahe kommen durften, weil wir sonst unsere ganze Penne in die Luft gejagt hätten. Was die beiden gestern aus dem Supermarkt an Putzzeugs mitgebracht haben, hätte eigentlich nur mit einem Gefahrguttanker transportiert werden dürfen.«

Es bestand Einigkeit zwischen allen, die mit der Familie Clausen näher bekannt waren, von wem Holger das Talent für Redeschwälle mit blumigen Ausschmückungen geerbt hatte. Geübt filterte die göttliche Jette alle für sie wichtigen Fakten aus dem Wust an Informationen heraus und empfahl ihrem Schwiegersohn dann, nicht nur über alles milde hinwegzusehen, sondern auch tunlichst dafür zu sorgen, dass Angelika und Charlotte weiterhin kräftig lüfteten.

»Bete darum, dass von der Chemiekeule nichts mehr zu riechen ist, wenn Holger und Christoph Ende der Woche aus Norwegen zurückkommen.«

»Gibt es dann Ärger?«

»Und wie. Die beiden putzen doch nur mit Naturmitteln aus dem Bioladen. Was nur vernünftig ist. Ich wünschte, zu meiner Zeit hätte es schon so tolle umweltverträgliche Sachen gegeben. Mir wird ganz anders, wenn ich daran denke, was bei mir früher alles im Ausguss gelandet ist.«

Michael wiegte nachdenklich den Kopf hin und her. »Ich fürchte, die beiden werden nicht eher ruhen, bis sie nicht auch sämtliche Ferienwohnungen geputzt haben.«

Jetzt wurde die göttliche Jette doch ein bisschen unruhig. »Michael! Das musst du verhindern!« sagte sie eindringlich. »Holger bemüht sich seit letztem Jahr um so ein Öko-Zertifikat. Die Prüfer kommen unangemeldet, und wenn die auch nur ein Atom Chemie finden, kann er das für die nächste Zeit vergessen.«

»Scheiße.« Michael sprang auf. »Ich muss die beiden sofort anderweitig beschäftigen.«

Er verabschiedete sich und verschwand so hastig, dass er sogar vergaß, Charly mitzunehmen. Jette schmunzelte immer noch in sich hinein, als es kurz darauf erneut klopfte.

»Ich habe mich schon gefragt, wann du... Minchen! Ich dachte, du bist bei deiner Tochter in Lensahn?«

»In dieser Woche doch erst am Donnerstag, weil Marit und Niklas das Wohnzimmer renovieren. War das Michael, der da gerade die Straße entlanggelaufen ist, als wäre der Leibhaftige hinter ihm her?«

»War er«, antwortete Jette und ließ die neue Besucherin ein. Vor gefühlt hundert Jahren waren sie und Wilhelmine Küppers, genannt Minchen, gemeinsam zur Schule gegangen. Nun waren sie die Letzten, die aus ihrem Einschulungsjahrgang noch übrig waren. Das hatte sie enger zusammenrücken lassen. Als obendrein Letzte ihrer Familie auf der Insel war Minchen doppelt froh darüber, dass ihre alte Freundin nebenan wohnte.

Jette wusste es auch zu schätzen, dass sie im letzten Jahr in das kleine Häuschen in der Altstadt von Burg gezogen war. Der Bungalow in Altenteil, einem Weiler in der Nordwestecke Fehmarns, war ein Fehler gewesen. Wer sein ganzes Leben lang im selben Ort gewohnt hatte, für den waren selbst vierzehn Kilometer auf derselben Insel wie das Tor zu einer anderen Welt. Sie war nicht gerade für überbordende Schöngeistigkeit bekannt, aber hier hatte sie sich von der Symbolik des Ortsnamens fehlleiten lassen.

»Möchtest du auch einen Kamillentee?«

»Ich hätte lieber einen Kaffee. Mein Blutdruck ist heute etwas unten. Oder macht das zu viele Umstände?«

»Überhaupt nicht. Ich habe doch seit Weihnachten dieses Ding mit den Pads. Geschenk von Angelika und Michael.« Jette ging zum Schrank, um eine Tasse zu holen.

»Er ist immer noch ein ansehnlicher Kerl«, sagte Minchen. »Wie alt ist er jetzt eigentlich?«

»Einundsechzig, genau wie Angelika.« Jette hantierte mit der Kaffeemaschine.

»Und Holger?«

»Einundvierzig.«

»Die beiden haben früh angefangen.«

»Wir etwa nicht? War doch früher so. Volksschule bis zur achten Klasse. Mit vierzehn in die Lehre, danach drei Jahre in Anstellung, um eine Aussteuer anzusparen, und zum Schluss verliebt, verlobt, verheiratet. Je eher ein Nachfolger da war, desto besser.«

»Das hat bei dir und Klaas ja nicht so recht geklappt«, erinnerte Minchen.

»An Angelikas Stelle hätte ich den Hof auch nicht gewollt. Es ist doch ganz gleich, ob Ferienwohnungen oder Landwirtschaft, so etwas muss man im Blut haben. Sie hat es nun mal nicht.« Jette zog die Tasse aus der Kaffeemaschine, stellte sie vor Minchen ab und setzte sich zu ihrer Freundin an den Tisch. »Wenn Klaas und ich ihr das Geschäft aufgezwungen hätten, wäre sie nur deswegen zu Michael nach Hamburg gegangen, um von hier weg zu kommen. Dann wären sie wahrscheinlich längst geschieden und hätten es nicht bis zur Rubinhochzeit gebracht.«

»Vier Jahrzehnte verheiratet! Es kommt mir gar nicht so lange vor. Ich sehe Angelika immer noch in dem wunderschönen Kleid, das Kätchen Kohlhoff ihr geschneidert hat. Eine Braut wie aus dem Märchenbuch war sie.«

»Die ganze Hochzeit war ein herrliches Fest.«

Für einen Moment blickten die beiden Freundinnen versonnen in die Ferne und waren noch einmal wie junge romantische Backfische.

»Ach, Minchen«, seufzte die göttliche Jette und hob ihre Tasse. »Du glaubst gar nicht, wie sehr ich mich auf den Mai freue. Ich hätte nicht gedacht, dass ich noch einmal eine Familienhochzeit auf dem Hof erleben würde.«

»Eine richtige Hochzeit ist das ja wohl nicht.«

Krachend landete die Tasse auf dem Unterteller. »Sag mal, wie kommst du mir denn vor? Es wird ein Paar geben, die Ringe, das Ja-Wort, einen Standesbeamten - was soll daran keine richtige Hochzeit sein?«

»Das heißt doch anders. Dieses Gesetz, dass Männer und Männer...«

»Komm mir nicht mit dem Gesetz, Minchen Küppers! Das stinkt zwar zum Himmel in seiner Ungerechtigkeit, aber nicht für einen Moment glaube ich, dass du darüber wirklich Bescheid weißt. Du willst doch auf was ganz anderes hinaus.«

Eine richtige Antwort hatte Minchen nicht. Sie konnte nur »Naja, zwei Männer, Ehe, Familie, das passt doch nicht« murmeln.

»Warum hast du eigentlich damals Diederk Küppers geheiratet und nicht den Jüngsten von Wichels, den dein Vater so gerne auf eurem Hof gesehen hätte?«

»Jette, das ist jetzt aber sehr persönlich.«

»Ich nehme es auch persönlich, wenn jemand meinen beiden Jungs die Hochzeit nicht gönnt. Also?«

Minchen druckste. »Wir... ich... wir hatten uns eben lieb. Ein Leben ohne einander war für uns unvorstellbar. Wir wollten immer für den anderen da sein. Zusammen lachen und weinen. In guten wie in schlechten Zeiten. So sagt man doch.«

»Nichts anderes wollen Holger und Christoph auch. Der einzige Unterschied zu dir und deinem Diederk ist, dass da zwei Schniepel im Spiel sind statt nur einer.«

»Jette!«

»Nun hab' dich nicht so schenant. Ist doch alles menschlich. Und Mensch sein muss der Mensch! Genau darum will es mir nicht in den Kopf, dass zwei Männer oder zwei Frauen als Familie weniger wert sein sollen. Du besinnst dich doch auf Andreas und Sven, die beiden Freunde von den Jungs, die manchmal zu Besuch kommen, oder?«

Minchen nickte.

»Als Andreas letztes Jahr mit dieser Herzgeschichte im Krankenhaus gelandet ist, durfte Sven nicht zu ihm. Weil Sven kein Verwandter war. Es spielte überhaupt keine Rolle, dass die beiden schon über zwanzig Jahre zusammen sind. Die Patientenverfügung haben die vom Krankenhaus auch beiseite gewedelt. Angeblich wegen formaler Mängel. Die Ärzte und Schwestern haben nur mit dem Bruder von Andreas gesprochen. Ein Glück, dass er sich mit den beiden so gut versteht. Aber schlimm war es für Sven trotzdem. Allein für so etwas schon finde ich es so wichtig, dass auch Männer sich heiraten können. Sie wollen ja nicht nur die Rechte, sondern auch die Pflichten.«

Jette hatte sich in Rage geredet.

»Ich weiß noch genau, wie es damals war, als ich bei Klaas entscheiden musste, ob die Apparate abgeschaltet werden. Natürlich war es schwer. Aber es musste gemacht werden, und ihm seinen Frieden zu geben war das Mindeste, was ich für ihn zum Schluss noch tun konnte. Ich mag mir gar nicht ausmalen, wie es gewesen wäre, wenn ich nur hätte zugucken dürfen, weil ich es in den Augen anderer nicht wert gewesen wäre, das zu machen. Ich möchte nicht, dass es meinen Jungs eines Tages so ergeht.«

»Woher kennst du dich mit damit nur so gut aus?«

»Glaubst du, es hätte vor Holger und Christoph noch nie Homos auf dem Dünenhof gegeben?«

»Ach, du meinst diese beiden netten jungen Männer aus Frankfurt, die ein paar Jahre lang jeden Sommer Urlaub bei dir gemacht haben? Waren die's also doch. Vermutet habe ich das ja immer.«

»Bei zwei Kerlen, die sich gegenseitig ›Honischbärsche‹ und ›Zuggerbabbel‹ nennen, gibt es wohl kaum eine andere Möglichkeit. Aber die beiden meine ich gar nicht. Es war viel näher an der Familie dran.«

»Doch nicht etwa...« Minchen Küppers traute sich nicht, ihren furchtbaren Verdacht auszusprechen.

»Ach, Minchen«, seufzte Jette. »Manchmal bist du wirklich ein hoffnungsloser Fall. Doch nicht Klaas. Denk mal ganz scharf nach. Welchen in jungen Jahren sehr gut aussehenden Mann hast du bei den Dorffesten nie in Begleitung gesehen, obwohl sich sämtliche heiratsfähigen Deerns förmlich um ihn gerissen haben? Den alten Matten,«

Minchen fielen fast die Augen aus dem Kopf. »Euer Knecht?«

»Der ist nicht nur vor den Bomben aus Hamburg getürmt«, erwiderte Jette vielsagend.

»*Das* hat er euch erzählt?«

»Nicht sofort. Er wusste ja nicht, ob wir ihn vielleicht verpfeifen würden. Nach dem Krieg erst. Als man wieder reisen konnte, ist er einmal im Monat nach Hamburg gefahren. Offiziell, um Sachen auf dem Schwarzmarkt einzutauschen. Aber er hatte da auch jemanden. Knut hieß er. Ein sehr lieber Mensch, ich habe ihn einmal kennengelernt. Über dreißig Jahre waren sie zusammen, viele davon natürlich heimlich. War ja lange strafbar. Irgendwann sind die beiden dann auch mal auf dem Heimweg nach einem Kinobesuch von solchen Schweinen beim Kanthaken genommen worden, die keinen Respekt vor dem Leben kennen. Grün und blau geprügelt ist er zurückgekommen, überall Pflaster und Verbände. Da hat er es uns dann erzählt.«

Jette kam ins Stocken. Die Erinnerung daran, wie entsetzlich zugerichtet der starke, freundliche Mann, den jeder auf Fehmarn mochte, von diesem Erlebnis zurückgekehrt war, erschütterte sie immer noch.

»Die Abschaffung des hundertfünfundsiebziger Paragraphen hat er noch erlebt, das Lebenspartnerschaftsgesetz nicht mehr. Er hätte auch nichts davon gehabt. Knut ist schon fünfzehn Jahre vor ihm gegangen. Deshalb ist er zum Schluss gar nicht mehr nach Hamburg gefahren, sondern im Knechtshaus geblieben. Auch deswegen freue ich mich so auf die Hochzeit von Holger und Christoph. Endlich ein Happy End im Knechtshaus. Das hätte auch Matten viel bedeutet.«

»Wuff!«

»Siehst du, Minchen? Charly sieht das auch so.«

Eigentlich hatte Charly sich nur in Erinnerung bringen wollen. Der Knochen war abgenagt, das Nickerchen danach beendet. Allmählich wurde ihm langweilig. Aber er fand es auch gut, wenn es seinen beiden Herrchen gut ging. Ihn störte nur, dass sie sich immer aufspielten, als wären sie die Chefs im Rudel.

»Hach, ist das romantisch! Bei Schneeregen auf dem Kanonenturm des Schlosses stehen, in dem Shakespeare seinen Dänenprinzen und noch ein paar andere abgemurkst hat. So einen Valentinstag habe ich mir immer gewünscht.«

»Hör auf zu nörgeln.« Holger drohte Christoph spielerisch mit dem Zeigefinger. »Ich hatte vorgeschlagen, die Domkirche zu besichtigen, aber das wolltest du auch nicht.«

Nein, das wollte Christoph in der Tat nicht. Er versenkte seine eiskalten Hände tiefer in den Hosentaschen. Dieser Reisetag war einfach falsch getimed. Wenn man schon am Valentinstag in Kopenhagen aufwachte, sollte man die Zeit nach dem Frühstuck wenigstens mit einem Spaziergang durch den Tivoli oder zur kleinen Meerjungfrau am Langeliniekaj verbringen, aber doch nicht nach Helsingør gekarrt werden, nur damit die Reise im wiederauferstandenen Fernzug nach Oslo dem Original so nahe wie möglich kam. Er ließ seinen Blick schweifen und sah einen Touristen, der sich umständlich die Nase schnäuzte. Eine Korvette der Küstenwache, die Kurs auf das Kattegat nahm. Eine Möwe, die auf die Turmzinne kackte.

Un-glaub-lich span-nend.

Am Arsch!

Holger hatte eine ganz andere Wahrnehmung. Er genoss das Panorama mit dem kleinen, aber unglaublich geschäftigen Hafen von Helsingør, in den gerade eine der weißen Fähren aus Helsingborg einlief. Seit 1892 querten sie und ihre Vorgänger in dichtem Takt unbeirrt die schmalste Stelle der Meerenge zwischen Dänemark und Schweden, beförderten seit einigen Jahren aber nur noch Autos und Fußgänger. Deswegen nahm ihr eigener Zug inzwischen ohne Passagiere den Weg über die feste Querung zwischen dem Airport von Kopenhagen und Malmö ins schwedische Helsingborg, wo es für die Reisenden am Nachmittag wieder an Bord gehen sollte.

Abgesehen von dem kleinen Dissens über die Gestaltung des Valentinstags genossen Holger und Christoph ihren ersten gemeinsamen Urlaub. Nach der ersten noch recht unbequemen Nacht hatten sie sich mit der Enge ihres *Kupé No. 3* arrangiert. Inzwischen waren sie perfekt eingespielt, wenn es darum ging, etwas aus dem Gepäck zu holen oder sich an dem mikroskopisch kleinen Waschbecken die Zähne zu putzen. Auch die schmalen Kojen, in die Trygve abends ihre Sitzplätze verwandelte, waren mittlerweile als recht angenehme Schlafstätten akzeptiert. Albern kichernd hatten sie sogar versucht, eng aneinander gekuschelt in einer zu schlafen. Eine ganz schlechte Idee, wie das bedrohliche Knarren und Knacken suggeriert hatte. Folglich sank abends weiterhin jeder in seine eigene Koje. Die räumliche Kluft überbrückten sie, indem sie händchenhaltend einschliefen.

Trotz des Sauwetters hatte es viele Besucher ins Hamletschloss verschlagen. Beinahe schon zu viele. Genau deswegen hätte sich Holger noch gerne auf der südlichen Landzunge von Kronborg umgesehen, die wohl gerade wegen der Witterung nur spärlich frequentiert war. Doch für einen Besuch der Kasematten und der *Herakles og Hydraen*-Skulptur blieb keine Gelegenheit mehr. Es wurde Zeit, in die Stadt am gegenüberliegenden Ufer des Øresund überzusetzen, wenn man sich dort auch noch umsehen wollte.

Im Schlosshof trafen sie auf ihren Nachbarn aus *Kupé No. 4*. Stephan war neunzehnjähriger Azubi aus Brandenburg und zum ersten Mal allein auf großer Reise. Beim ersten Mittagessen im Zug hatten Holger und Christoph bereits das Dessert genossen, als Stephan im Speisewagen aufgetaucht war. Man hatte sich einander vorgestellt und war ins Gespräch gekommen, weil sich die Abteile 3 und 4 ohnehin einen Tisch teilten. Gegenseitige Sympathie trug zum angenehmen Klima bei.

Stephan stand am Brunnen in der Mitte des Schlosshofes und kratzte sich am Kopf. Abwechselnd steckte er die Nase in eine englische Ausgabe von Shakespeares Tragödie und hob den Blick zur im Stil der Nordischen Renaissance errichteten Fassade. Die Dachgiebel dräuten düster über dem Hof und wirkten mit ihrer besonderen Anordnung der Fenster und der karminroten Holztüren, deren Funktion sich Stephan nicht erklären konnte, wie mörderische Fratzen. Kronborg Slot erschien ihm wirklich nicht als Ort, der Märchen mit glücklichem Ausgang inspirierte. Hier musste einfach Blut fließen.

»Habt ihr eine Ahnung, zu welcher Jahreszeit *Hamlet* spielt?«, wollte er wissen.

»Frag ihn. Er ist der Bücherwurm.«

Holger zeigte auf Christoph. Der machte eine abwehrende Handbewegung.

»Was nicht automatisch bedeutet, dass ich alles auswendig kann, was bei mir in den Regalen steht. Warum willst du das überhaupt wissen?«

»Die führen das Stück regelmäßig hier im Schloss auf. Wie wirkt das wohl, wenn sie es an einem Tag wie heute machen?«

»Wahrscheinlich so, wie man es erwartet: Düster, trist, schaurig.«

»Eben! Ich glaube, an einem hellen Sommertag mit Sonne

satt und der Aussicht auf einen eisgekühlten Sekt in der Pause würde mich das viel mehr interessieren. Allein dieser Kontrast!«

Christoph dachte an das Gespräch mit Hanna zurück und freute sich über Stephans Lehrer, die offensichtlich ganz ohne Schundromane ausgekommen waren. Holger war nicht minder angetan, dass es noch junge Menschen gab, die solche Gesprächsthemen beherrschten.

Angeregt diskutierend machten die drei sich auf den Weg zum Hafen, der auf unspektakuläre Weise pittoresk war. Die modernen Neubauten fügten sich zu einem harmonischen Bild mit den historischen Gebäuden der ehemaligen Schiffswerft zusammen und bildeten gemeinsam das Kulturzentrum der Stadt. Selbst die kopfsteingepflasterte Hafenpromenade strahlte bei diesem trüben Winterlicht friedlichen Charme aus - der im Übrigen auch trügerisch sein konnte. Weil es die Eisenbahnstrecke, welche Promenade und Hauptstraße voneinander trennte, für stillgelegt hielt, wurde das unvermeidlich in seine Reiseführer vertiefte Ehepaar Werner an einem Übergang beinahe von der rege genutzten Regionalbahn nach Gilleleje überrollt. Eine Vollbremsung und der intensive Einsatz des Signalhorns durch den Zugführer verhinderten ein vorzeitiges Ende der Reisefreuden.

Am Bahnhof, in dem auch der Zugang zum Fährterminal lag, lehnte Stephan den Vorschlag ab, gemeinsam mit seinen beiden Reisegenossen nach Schweden hinüber zu fahren.

»Ich will noch ein bisschen die Bahnanlagen anschauen, Fotos für meine Sammlung machen. Es soll da drüben noch einen uralten Lokschuppen geben.« Stephan deutete in die ungefähre Richtung. »Mal sehen, wie nahe ich dem kommen kann. Bis nachher.«

Beim Verlassen des Nostalgiezuges war jeder Reisende mit einem Spickzettel ausgestattet worden. Dieser verriet neben so ungemein wichtigen Dingen wie den Standorten von Coffee Shops, öffentlichen Toiletten und kostenlosem WLAN auch, wie man an Bord der Sundfähren gelangte. Es war so einfach, dass es vermutlich auch ohne Gedächtnisprothese funktionierte.

Sofern alles nach Plan verlief.

Holger warf unfreiwillig das erste Sandkorn ins Getriebe, als er auf dem Weg durch den auf Stelzen errichteten Glastunnel vom Terminal zum Schiff beim Verstauen seines Tickets im Portemonnaie selbiges fallen ließ. Das zweite steuerte Christoph bei, der einfach weiterging und mit seinem Ticket problemlos auf die Fähre gelangte. Als Holger mit zehn Metern Abstand folgen wollte, stellte sich ihm der für den reibungslosen Ablauf zuständige Offizier in den Weg. Die zulässige Zahl an Reisenden sei erreicht, der Herr möge bitte die nächste Fähre nehmen. Des Dänischen mächtig, nickte Holger verstehend.

Verdattert machte Christoph von dem einzigen Satz Gebrauch, den er von Holger gelernt hatte: »Jeg taler ikke Dansk.«

»Don't worry, sir. We also speak English«, erwiderte der Offizier mit zuvorkommendem Lächeln und wiederholte seine Ansage in diesem Idiom.

Hilflosigkeit stand in Christophs Gesicht geschrieben. »Was jetzt?«

Holger ließ sich nicht aus der Ruhe bringen. »Fahr halt ohne mich rüber und warte dort im Terminal auf mich. Die nächste Fähre geht doch schon in zwanzig Minuten. Dann bleiben immer noch über drei Stunden, bis wir wieder am Zug sein müssen.«

Während sich das Schiff mit Christoph recht bald entfernte, richtete sich Holger auf die wohl bisher langweiligsten Minuten der Reise ein. Außer der Sperre, die den Glastunnel von der Verbindungsbrücke zu den Schiffen trennte, gab es hier nichts. Es lohnte sich aber auch nicht, zurück in die Halle mit den Fahrkartenautomaten und ein paar Sitzgelegenheiten zu gehen, weil von dort schon die ersten Passagiere für die nächste Abfahrt herüber kamen. Einer davon war der Soloreisende aus ihrem Zug. Wie von Holger vermutet, war er ein Baum von Kerl, und wenn er sich nicht gerade der natürlichen Enge im Zug fügen musste, wirkte er noch entspannter als bei der ersten Begegnung. Während der Aufenthalte in Hamburg, Odense und Kopenhagen hatte Holger dies nur aus der Ferne beobachten können, weil sich irgendwie nie die gleichen Ziele ergeben hatten. Jetzt kam dieser Hüne mit dem relaxten Gang einer charakterfesten Giraffe geradewegs auf ihn zugeschlendert. Das war mehr als nur ein Kerl, das war eine Erscheinung. Und was für eine!

»Hallo. Alles in Ordnung?«

»Wie bitte?« Holger fühlte sich etwas plümerant im Magen.

»Ich fragte, ob alles in Ordnung ist.«

»Ja... ja, alles bestens«, versicherte Holger hastig. »Danke der Nachfrage. Es ist nur die Luft.«

»Stimmt, ist schon ein bisschen muffig hier.«

Der Hüne nahm seinen Schal ab und zog den Reißverschluss seiner Jacke etwas hinunter. Um den Hals trug er ein schwarzes Lederhalsband, an dem sechs kleine Ringe hingen. Jeder in einer anderen Farbe, ergaben sie den Regenbogen.

Bingo, dachte Holger, *auch noch einer aus unserer Fraktion.*

»Ich heiße übrigens Pascal Berger.«

Was für eine Stimme! Rau und sanft zugleich. Wie ein guter Whisky mit einer leichten Honignote.

»Holger Clausen, angenehm.«

»Was treibt jemanden wie dich auf so eine Reise?«

Holger ignorierte das familiäre Du. Nahezu das ganze Jahr über war er den Jovialitäten seiner Kurgäste mehr oder weniger wehrlos ausgesetzt, da wollte er sich nicht auch noch im Urlaub die Entscheidung nehmen lassen, wer ihm gegenüber vertraulich werden durfte. »Was habe ich Ihrer Definition nach unter ›so einer‹ Reise zu verstehen?«, fragte er distanziert.

»An einem vierzehnten Februar sollte ein attraktiver Mann in ebensolcher Begleitung durch eine Stadt wie Paris oder Venedig schlendern statt sich Hamlets gesammelte Morde anzutun.«

Au Backe, der tutet ja in das selbe Horn wie Christoph. Kronborg statt Eiffelturm muss zwei Bräutigame in spe wohl wirklich nur wie zwei gute Kumpel auf der Flucht vor ihren Bratkartoffelverhältnissen dastehen lassen.

»Ach, das ist doch nur ein Detail am Rande. Man kann sich ja das Abendessen als Candlelight Dinner im Abteil servieren lassen.«

»Und im Radio singt Madonna von ihrem *Beautiful Stranger*. Ja, das könnte mich heute Abend durchaus begeistern. Mit der richtigen Begleitung.« Pascal lehnte sich lässig an die Glasscheibe. Sein Tonfall suggerierte sehr deutlich, wie er sich das im Detail vorstellte.

Baggert der mich gerade ernsthaft an? Das letzte Mal, dass mir ein Fremder Avancen gemacht hat, ist schon so lange her, dass ich echt überlegen muss. Man kommt ja doch langsam in das Alter, wo man Angst haben muss, dass das einzige, was einem noch nahekommen will, ein nasser Duschvorhang ist. Wobei ich sagen muss, dass ein bisschen mehr Raffinesse von seiner Seite nicht schaden würde. Etwas plump, der Knabe.

»Das dürfte sich auf einem Kreuzfahrtschiff mit hunderten von Kabinen leichter einrichten lassen als in einem Zug mit gerade etwas mehr als achtzig Reisenden«, spielte Holger den Ball zurück. »Warum also hier nach dem kleinen Abenteuer für zwischendurch suchen?«

Mal sehen, was er aus dieser Vorlage macht.

»Och, die Klientel solcher Reisen besteht ja meist aus echten Connaisseuren.«

Zumindest kann er auch Fremdworte in seine Flirterei einbauen.

»Die ganzen Luxuszüge sind doch inzwischen so gewöhnlich geworden, dass man die Reisen sogar auf der Webseite von Diskontsupermärkten buchen kann. Wer sich wirklich auskennt, entscheidet sich für solche Nischenangebote.«

Allmählich sollte er die Kurve kriegen, sonst verwandelt sich seine Baggerei in Tourismuskritik.

»Und siehe da: Es stimmt. Ich begegne einem attraktiven Reisegenossen mit Stil, Geschmack und Charme.«

Willkommen zurück, du Schnuggel.

Langsam bekam Holger richtig Spaß an der Sache. Wenn sich sein Verlobungsring nur nicht plötzlich so heiß wie das Ding bei Tolkien anfühlen würde.

»Das Kompliment kann ich nur zurückgeben«, sagte er und nahm sich vor, Pascal gegenüber ab jetzt auf das Sie zu verzichten. Dabei lächelte er ein bisschen einladender, als angebracht war.

»Das freut mich zu hören. Als ich in Amsterdam die übrigen Mitreisenden zum ersten Mal gesehen habe, bist du mir sofort aufgefallen. Ein echter Lichtblick in dieser Kolonne von Elefanten mit Krampfadern.«

Alarm! Alarm! Alarm! Was geht denn hier auf einmal ab? Im einen Moment noch Sexgladiator, im nächsten schon Stimmungsterminator?

»Soooo schlimm finde ich unsere Reisegesellschaft nun wirklich nicht.« Holger meinte es ernst. »In den letzten viereinhalb Tagen hatte ich schon manches angenehme Gespräch mit den verschiedensten Leuten.«

»Ach, komm schon. Die Leute um uns herum sind nun wahrhaftig nicht die hellsten Lämpchen in der Leuchtreklame. Das fing doch schon in Amsterdam an. ›Wirklich nett dieses Hotel‹«, wechselte Pascal unvermittelt in eine unnatürliche Fistelstimme. »Aber wie überall auf der Welt gibt es hier kein gutes Brot, das mit dem bei uns zuhause mithalten könnte.««

Okay, Holgerchen. Es wird Zeit, deine gesammelten Flirtkünste wieder einzupacken. Bei dem sind sie wirklich nur Perlen vor die Säue.

»Typische deutsche Touristentrottel«, räsonierte Pascal weiter. »Oder Inselbegabte, wie der Pufferküsser.«

»Pardon?«

Pascal zeigte auf Stephan, der gerade vom Terminal herüberkam. »Dieser Eisenbahnnerd, dessen Vokabular aus nichts anderem als Achsfolgen, Anfahrzugkraft und was weiß ich für Fachchinesisch besteht.«

»Diesen Eindruck kann ich nicht bestätigen. Ich habe vorhin dem jungen Mann ein sehr interessantes Gespräch über die Atmosphäre in *Hamlet* geführt.« Holgers Tonfall war merklich kühler geworden.

»Zufallstreffer. Guck dir doch die Stubenhockerblässe von dem an. Jede Wette, der sitzt selbst im Hochsommer in seinem Hobbykeller mit Modelleisenbahn und lernt alte Kursbücher auswendig.«

Aus den Gesprächen wusste Holger, dass Stephan durchaus Eisenbahnenthusiast war, sich aber auch aktiv in einem Sportverein engagierte und Laientheater spielte. Den zugegebenermaßen wirklich sehr blassen Teint hatte der junge Mann einem besonders hartnäckigen Infekt zu verdanken, deren Nachwehen sogar beinahe diese Reise verhindert hätten.

Aber das werde ich diesem aufgeblasenen Fatzke, der nur auf den nächsten Bums aus ist, bestimmt nicht zwischen die Kiemen drücken.

Die nächste Fähre war dem Anleger bereits so nahe gekommen, dass man ohne Fernglas die wenigen Menschen ausmachen konnte, die sich bei dieser Kälte auf die Freidecks trauten. Höchstens zehn Minuten noch, dann konnte Holger selber an Bord gehen. Die Aussicht, dabei weiter in Pascal Bergers Gesellschaft zu sein, trübte den

Gedanken.

»Entschuldigen Sie bitte, Herr Berger«, sagte er betont förmlich. »Aber ich habe noch etwas vergessen zu besorgen, das ich meiner Großmutter unbedingt als Souvenir aus Dänemark mitbringen soll. Ich muss nochmal zurück. Wir sehen uns dann heute Abend im Speisewagen bei den anderen Reisenden. Angenehme Überfahrt.« Mit hoheitsvollem Nicken ließ er Pascal stehen und ging auf Stephan zu. »Na, du? War deine Fotosafari erfolgreich?«

Stephan schüttelte den Kopf. »Ein paar Dachschindeln und einen Parkplatz habe ich zu sehen bekommen, der Rest war von einer Mauer verdeckt.«

»Das ist echt blöd. Was hältst du davon, zur Entschädigung noch eine letzte Pølser mit mir zu essen? Ich lade dich ein.«

Stephans Gesicht hellte sich auf. »Gerne!«

»Dann komm.«

Auf dem Weg zum nächsten Schnellimbiss schickte Holger eine SMS an Christoph, dass er noch eine Fähre später kommen würde. Kein Grund zur Sorge, Erklärung folgt bei Ankunft. Dann schalt er sich selber.

Du Sackgesicht! So bisschen Unsicherheit vor der Ehe gehört wohl dazu. Aber dass du vor ein paar Minuten ernsthaft in Erwägung gezogen hast, für ein letztes Abenteuer ausgerechnet mit diesem Flunki ein schlechtes Gewissen in Kauf zu nehmen, war einfach nur dämlich.

»Fertig.«

Gregor Böttcher stellte die CD ins Regal und trat einen Schritt zurück. Der letzte Karton war endlich leer.

»Ja, fertig«, sagte Margit Böttcher. Sie saß auf der Armlehne von Gregors Sofa und blickte ihn mit missbilligend gerunzelter Stirn an. »Fragt sich nur, für wie lange. Wahrscheinlich sitzt du in einem Jahr schon wieder auf der Straße, weil sie diese Bruchbuden endlich abreißen. Und das ganze Viertel am besten gleich dazu.«

Margit gehörte zu jenen stockkonservativen Seelen, die mit der Atmosphäre von St. Pauli nicht nur nichts anfangen konnten, sie war schlichtweg dagegen. Besonders die Bauwagenplätze waren ihr ein Dorn im Auge. Dabei lag das Karolinenviertel mehr als einen Kilometer entfernt, und obendrein hätte es in der unmittelbaren Nachbarschaft viel eher einen Grund zur Missbilligung gegeben: Wenn man aus Gregors nach hinten gelegenem Schlafzimmer blickte, sah man über einen anderen Hinterhof hinweg in nicht allzu weiter Entfernung einen der Zugänge zur berüchtigten Herbertstraße. Doch weil sich eine solche Nachbarschaft noch weniger schickte, brachte man sie am besten gar nicht erst aufs Tapet. Was nicht sein durfte, gab es auch nicht.

»Mit solchen Wilden auf Du und Du zu leben... Gregor,

das hast du doch nicht nötig!«

»Richtig, Mama. Ich habe es nicht nötig. Ist das nicht herrlich? Ich habe eine fundierte Ausbildung, einen unbefristeten Job in einer konstant wachsenden Branche und gerade erst eine Gehaltserhöhung bekommen. Sicherlich nicht genug, um Reichtümer anzuhäufen, aber für einen Single mehr als ordentlich. Weißt du, was das Beste an dem Ganzen ist? Die völlige Freiheit, mir dort eine Bude zu suchen, wo es mir am besten gefällt.«

Margit versuchte es mit einem mütterlichen Appell. »Bist du dir sicher, nicht nur in einer Phase zu stecken? Hier kann es einem einfach nicht gefallen. Warum kommst du nicht wieder zu uns nach Othmarschen?«

»Auf gar keinen Fall.«

»Warum denn nicht? Du könntest doch ganz wunderbar...«

»Nein, Mama«, antwortete Gregor gedehnt. »Für mich ist es nicht gerade ein Zeichen von Weiterentwicklung und Erwachsensein, wenn ein neunundzwanzigjähriger Mann wieder in sein Elternhaus zieht.«

»Der Älteste von Forster-Rosebrocks ist auch nach Hause zurückgekehrt.«

»Das passt zu ihm.« Gregor ließ sich rücklings auf das Sofa fallen. »Sich in gemachte Nester zu setzen, war schon immer seine beste Disziplin. Was meinst du, warum der mit zweiunddreißig sein Sportstudium immer noch nicht abgeschlossen hat?« Er gab die Antwort gleich selbst. »Weil er mit seinem Hauptberuf viel zu sehr ausgelastet ist: Sohn. Ich bin mir nicht ganz schlüssig, wen ich blöder finden soll. Lars, weil er so gar keine Ambitionen hat, was aus sich zu machen. Oder Gerd-Jochen und Utta, weil sie sich so blind ausnutzen lassen.«

Margit rang für einen Moment mit sich, ob sie ihre Freunde verteidigen sollte. Sie entschied sich dagegen. Es lenkte nur von ihrer eigentlichen Mission ab: Der Junge musste in eine bessere Gegend. Es war besser, wenn sie dafür eine andere Platte auflegte.

»Gregor, ich kann mir ja vorstellen, welche Bedenken du hast. Die alten Diskussionen, wenn du deine Jacke mal wieder nicht aufgehängt hast. Mithilfe bei der Hausarbeit. Und so weiter. Das wäre bestimmt sogar so, wenn du in dein altes Zimmer gehen würdest. Eltern können nun mal nicht aus ihrer Haut.« Margit schenkte ihrem Sohn ein gewinnendes Lächeln. »Aber jetzt, wo Omama leider ins Heim musste und ihre Souterrainwohnung frei geworden ist, wärest du doch dein eigener Herr.«

»Du hast gerade etwas ganz Wichtiges gesagt, Mama.« Gregor setzte sich auf. »Eltern können nun mal nicht aus ihrer Haut.‹ Recht hast du. Daran ändert auch eine eigene Wohnung im selben Haus nichts. Du und Paps würden mich trotzdem jeden Tag nach Feierabend an der Tür abfangen und mich ausfragen, wie es im Büro war, weil ihr einfach nicht begreifen wollt, dass ich nach einem Tag voller Sabbelei nichts anderes möchte, als eine Weile zu schweigen. Ihr würdet auf der Kaffeestunde am Sonntag bestehen und nörgeln, wenn ich mich lieber mit Freunden treffen will. Und noch viel schlimmer: Immer, wenn ich ein Date mit nach Hause bringe, würde einer von euch vor der Tür stehen und einen Teller mit Kuchen bringen, der noch vom Kaffeeklatsch mit deinem Damenkränzchen übrig sind - rein zufällig, natürlich. Oder ihr ladet uns ein, am Kamin ein Gläschen Rotwein mitzutrinken. Mit eurem untrüglichen Instinkt für den falschen Zeitpunkt natürlich immer dann, wenn ich gerade anfange, mit dem Kerl zu knutschen.«

»Gregor!«

»Was ist, Mama? Glaubst du, ich wäre auf einen Schlag heterosexuell geworden, nur weil ich wieder solo bin?«

Margit hielt die Lippen zu einem dünnen Strich zusammengepresst.

Gregor raufte sich seine schwarzen Locken. »Du bist echt unverbesserlich. Manchmal frage ich mich, warum ich mir damals bei meinem Coming out solche Mühe gegeben habe. Meinst du ich hätte nicht gewusst, dass das für euch ein Riesenbrocken ist, an dem ihr ganz schön zu schlucken habt? Mir kann wohl kaum jemand den Vorwurf machen, nicht alles mir Mögliche aufgebracht zu haben, um euch nicht im Regen stehen zu lassen. Stundenlange Gespräche, ich bin mit euch zu Beratungsstellen gefahren, habe euch sämtliche Bücher und Broschüren mitgebracht, die ich auftreiben könnte. Ich habe euch meine Freunde vorgestellt, damit ihr seht, dass wir Schwulen keine verstrahlten Freaks sind. War das denn wirklich alles umsonst?«

Draußen hupte ein Auto.

»Das wird dein Vater sein«, sagte Margit knapp. »Ich muss jetzt los.«

Gregor verkniff sich ein sarkastisches »Wie praktisch.« Ein Hinweis darauf, dass seine Mutter sich wieder einmal davor drückte, an das so genannte Eingemachte zu gehen, hätte nur dazu geführt, dass sie sich noch mehr verschloss. Kopfschüttelnd holte den riesigen Blumenstrauß, der in einem Eimer hinter dem Duschvorhang im Bad versteckt war. »Tausend Dank für die Hilfe beim Umzug und beim Einräumen, Mama.«

Margit war sichtlich bewegt. »Das wäre doch nicht nötig gewesen, Gregor. Ich wünsch' dir viel Glück hier. Das meine ich ernst.«

Draußen wurde wieder gehupt. Es klang ungeduldiger als beim ersten Mal. Gregor brachte seine Mutter hinaus in den Hinterhof. Nach einer Umarmung für seine Mutter sowie einem kräftigen Händedruck und zwei, drei Sätzen Smalltalk mit seinem Vater, winkte Gregor dem sich langsam entfernenden Audi hinterher.

Er kehrte zum Hinterhaus zurück, wo er nicht gleich hinein ging, sondern draußen stehen blieb und die Fassade seine neuen Heims musterte. An einem Fenster des Nachbarhauses hing eine Piratenflagge zur Verdunkelung, in der Etage darüber ersetzte ein karierter Oberbettbezug die fehlende Jalousie. Er war froh, seiner Mutter den Geschenkgutschein für das teure Gardinengeschäft ausgeredet zu haben. »Solche gerafften Spitzenlappen hängt sich hier doch kein Mensch freiwillig hin!«

Gregor hatte keine Ahnung, ob er für immer in dieser Wohnung bleiben würde, für den Moment wollte er einfach das Gefühl genießen, nach einer Serie von Provisorien endlich eine gefunden zu haben, bei der er es sich zumindest vorstellen konnte. Er mochte diese alten Hinterhäuser mit ihren leicht gammeligen Fassaden und Wohnungen, die - obwohl durchaus in Schuss gehalten - zu einem vertretbaren Grad verwohnt waren und unter der frischen Lackschicht deutliche Macken auf den Türrahmen zeigten oder knarzende Fußbodendielen hatten. Solche Buden hatten Seele, erzählten Geschichten. Darauf fuhr Gregor total ab.

Es gab sicherlich schönere Hinterhäuser in Hamburg; hauptsächlich, weil sie grundsaniert waren, was sie gleichzeitig sowohl für Gregors Budget disqualifizierte als auch für sein Lebensgefühl. Das Publikum für diese aufgehübschten Bauten und er passten nicht zusammen. Da hätte er ebenso gut doch wieder bei seinen Eltern einziehen können.

Ein ziemlich klappriges Fahrrad hielt mit quietschenden Bremsen neben ihm. »Hi, Neuer. Du bist ja immer noch hier.«

»Nicht mehr lange, Joscha«, antwortete Gregor seinem neuen Nachbarn. »Um drei kann ich meinen Wagen aus der Inspektion abholen. Wenn ich das mache, nehme ich eine Reisetasche mit und fahre gleich von der Werkstatt aus für ein paar Tage zu Freunden. Ich bin erst am Freitag wieder zuhause.«

»Du bist 'n komischer Vogel.«

»Das sagt der Richtige!« Gregor grinste. Er fragte sich, was seine Mutter von dem jungen Mann mit den Rastazöpfen gehalten hätte, der auch Ende Oktober noch in Tank Top, Shorts und Flipflops unterwegs war.

»Das höre ich öfter.« Joscha grinste zurück. »Aber mal im Ernst: Die meisten sind froh, wenn sie sich nach dem Umzug in Ruhe einleben und vielleicht ein paar Tage die Beine hochlegen können. Du dagegen stellst nur deinen Kram auf und verschwindest noch am selben Tag nach Süden.«

Gregor zuckte mit den Achseln. »Nächste Woche muss ich mich um einen neuen fahrbaren Untersatz kümmern. Meine Karre ist trotz ihrer fast zwanzig Jahre noch gut in Schuss, aber viel zu groß für die wenigen Parkplätze in den engen Twieten hier. Vorher will das ich das Baby ein letztes Mal richtig ausfahren. Außerdem habe ich vor meinem endgültigen Einzug noch etwas Wichtiges zu erledigen.«

Sonntag, 6. Mai 2012
Das Haus von Michael und Angelika Clausen
Hamburg-Alsterdorf

Liebes frischvermähltes Paar, verehrte Gäste. Für alle, die mich noch nicht kennen, möchte ich mich kurz vorstellen: Meine Name ist Michael Clausen und ich in bin der Vater der Braut...

»Nee, so bestimmt nicht.«

Michael Clausen strich die beiden letzten Worte durch. Er legte den Stift beiseite und sah aus dem Fenster seines Arbeitszimmers. Die Zwillinge von Drostes gegenüber spielten im Vorgarten. Nach den Sommerferien sollten sie eingeschult werden. Inklusive großem Geleit aus Eltern, Großeltern nebst ein paar Tanten und natürlich dem obligatorischen Foto mit der randvollen Schultüte vor der alten Kinderzimmertafel - das ganze Drum und Dran

Eine Hand legte ich von hinten auf Michaels Schulter. »So weit schon, die beiden.«

»Kaum zu glauben, oder?« Michael hob den Kopf und lächelte seine Frau an. »Dabei könnte ich schwören, dass Frederik erst gestern vor der Tür gestanden hat, um uns völlig aufgeregt das erste Polaroid von den beiden zu zeigen.«

»Das gleiche Gefühl habe ich sogar bei Holger von Zeit zu Zeit«, gestand Angelika. »Dann wache ich morgens auf und bin fest davon überzeugt, ihm die Schulbrote machen zu müssen. Erst, wenn ich am Waschbecken stehe und im Spiegel meine eigenen grauen Haare sehe, fällt mir ein, dass der Bengel längst selbst welche hat. Danach fühle ich mich ziemlich alt.«

»Dafür muss ich nicht vor dem Spiegel stehen.« Michael zeigte auf seine kläglichen Schreibversuche. »Selbst beim vierten Anlauf will mir einfach nichts für eine möglichst launige Ansprache einfallen.«

»Hast du es schon im Internet versucht?«

»Ständig! Aber ich finde nichts. Scheinbar sind die elf Jahre, in denen es dieses Lebenspartnerschaftsgesetz nun schon gibt, nicht lange genug, um bereits einen beruhigenden Vorrat an Musterreden für gleichgeschlechtliche Lebensbünde ergeben zu haben.«

»So schlimm?«

»Das Ganze ist wohl noch zu neu für so Urzeitkrebse wie uns. Dabei bist du eigentlich zu beneiden, mein Schatz.« Michael zwinkerte Angelika schelmisch zu. »Deine einzige Aufgabe besteht darin, gerührt in dein Taschentuch zu schnüffeln.«

»Das werde ich auch ausgiebig tun.«

»Aber, aber - du wirst doch keinen Sohn verlieren. Du gewinnst... Ach, das ist doch alles dösiger Tünkram. Nicht mal solche ollen Kalenderblattsprüche passen zu dieser Hochzeit.«

»Natürlich passt das. Ich gewinne zum einen Sohn noch einen zweiten hinzu.«

»Schön, dass es für dich so einfach ist.«

»Ich dachte, dass Holger schwul ist, sei kein Problem für dich. Hast du jedenfalls ist immer gesagt.«

»Das meine ich gar nicht.« Frustriert trommelte Michael mit den Fingern auf der Tischplatte. »Die jungen Leute sind bloß so entsetzlich schizophren, wenn es um Traditionen geht. Da habe ich neulich erst mit Ludger Pieper drüber gesprochen. Der wäre an der Hochzeit seiner Tochter auch beinahe verzweifelt. Sonst wird unser holder Nachwuchs nicht müde zu betonen, wie hoffnungslos von gestern wir doch sind. Alles wollen sie auf den Kopf stellen und anders machen. Am besten ersatzlos streichen, was für Ewigkeiten gut und richtig war. Nicht mal mehr einen Polterabend wollen sie. Dabei ist der meist lustiger als die Hochzeit. Fand ich zumindest bei uns.«

»Das war er so lange, bis Axel und Kurt sich wegen ihrer dämlichen Fußballvereine geprügelt haben. Auf derlei hätte ich auch keine Lust.«

»Ah!« Michael hob belehrend den Zeigefinger. »Der Unterschied bei uns war früher, dass das ganze nur drei, vier Fausthiebe gedauert hat und die Kontrahenten sich hinterher mit blauen Augen, aber einträchtig wieder über einem Bier zugeprostet haben. Heute wird draufgehauen, bis Blut fließt, und später geht es vor Gericht weiter. Wie sind wir eigentlich jetzt darauf gekommen?«

»Über das mangelnde Traditionsgefühl unserer Kinder.«

»Richtig. Was ist das Ende vom Lied? Sie treten doch vor den Altar, wobei ein bisschen Brauchtum dann natürlich auch nicht fehlen darf. Konnten unsere beiden Fehmarn-Dreamboys sich nicht einfach auf die Sache mit dem geliehenen blauen Schlüpfer einigen?«

Angelika brach in ihr glockenhelles, perlendes Lachen aus, in das Michael sich damals zuerst verliebt hatte. »Liebling, du meinst etwas Altes, etwas Neues, etwas Geborgtes und etwas Blaues. Das muss aber nicht zwangläufig alles Unterwäsche sein.«

»Spielt das eine Rolle? Mit solchen Kleinigkeiten geben sie sich ja nicht zufrieden. Was soll es sein? Ausgerechnet die Tischansprache von... Ja, was bin ich eigentlich? ›Brautvater‹ dürfte kaum die passende Bezeichnung sein.«

»Wie wäre es mit Zweitbräutigamsvater?« Angelika verwarf ihre Idee gleich wieder. »Nein, das klingt so nach Second Hand. Ein Ladenhüter ist Holger nun wirklich nicht.«

»Vizebräutigam war auch nicht besser«, überlegte Michael. »Es mag Paare geben, die ihre ständigen Ehekräche irgendwann als sportliche Meisterschaft untereinander austragen, aber doch bitte nicht gleich am Tag des Ja-Worts.«

»Was steht denn in den Unterlagen vom Standesamt?«

»Nichts Vernünftiges! Ich weigere mich kagetorisch, meinen Sohn als den ›Erschienenen zu Punkt zwei‹ zu bezeichnen. Die fleißigen Texter des Amtsdeutsch bekommen es tatsächlich hin, dass sich eine Hochzeit wie die Ladung zu einem Strafprozessverfahren anhört.«

Im Wohnzimmer läutete das Telefon. Michael schloss für einen Moment leidgeprüft die Augen. Je näher diese verflixte Hochzeit kam, desto kürzer war die Zeit zwischen Holgers Anrufen getaktet. An manchen Tagen rief er bis zu fünf Mal an. Michael fragte sich, was an einer angeblich kleinen Hochzeit im engsten Familienkreis eine solch ausgedehnte Hofberichterstattung erforderte.

»Ich gehe wohl besser ran«, sagte Angelika. »Sonst versucht er ohnehin, uns auf unseren Handys zu erwischen.«

Wieder allein, widmete sich Michael erneut seinen Notizen. Zu den bereits recht zahlreichen Kugeln aus Knüllpapier gesellten sich noch ein paar weitere hinzu, bis irgendwann ein Köm vor ihm abgestellt wurde.

»So früh am Tag?«

»In zwanzig Minuten gibt es ohnehin Mittagessen. Aber trink ihn ruhig jetzt schon. Du wirst ihn brauchen.«

»Inwiefern?«

»Dein Sohn hat angerufen. Wegen deiner Rede…«

»Unser Spross soll bloß nicht anfangen, deswegen zu nerven, sonst kann er sich jemand anderen suchen.«

»Holger hat die Rede mit keinem Wort erwähnt. Ich wollte dir nur sagen, dass du genügend Zeit haben wirst, sie in Ruhe auszuarbeiten. Nämlich, während wir darauf warten, dass uns ein neuer Hochzeitstermin mitgeteilt wird.«

»Stop. Augenblick. Welcher neue Hochzeitstermin?«

»Das wollte ich dir gerade verklaren: Unser Herr Sohn hat mir mitgeteilt, dass die Hochzeit bis auf weiteres vertagt werden muss, weil Christoph vorhin ins Krankenhaus eingeliefert wurde.«

»O-haue-ha. Da ist ja eine schöne Bescherung. Wie ist das passiert?«

»Eine sehr unsanfte Landung beim Fallschirmspringen.«

»Seit wann kann Christoph Fallschirmspringen?«

»Kann er ja gar nicht. Keine Ahnung, was ihm in die Krone geschossen ist. Holger konnte es sich auch nicht erklären. Jedenfalls hat Christoph gestern Abend aus heiterem Himmel verkündet, einen dieser Tandemsprünge gebucht zu haben, und ihm war weder mit Vernunft noch mit Drohungen beizukommen. Also ist er heute morgen losgezogen. Holger ist natürlich mitgefahren, um sich das anzuschauen. Zu Anfang lief auch alles perfekt. Kurz vor der Landung sind Christoph und sein Pilotspringer oder wie das heißt, dann von einer Windböe erfasst worden. Dadurch war das Ende alles andere als unterhaltsam. Fraktur des Sprunggelenks im rechten Fuß.«

»Warum macht Christoph nicht einfach einen peinlichen, aber ehrlichen Rückzieher, wenn er Muffensausen bekommen hat?« Michael kippte den Köm in einem Zug herunter. »Kalte Füße kuriert man doch nicht, indem man sie sich bricht?«

Sonnabend, 5. September 2009
Eine Baustelle am Rande des Düppeler Forst
Berlin-Wannsee

Lichtdurchflutete Zimmer, beeindruckende Deckenhöhe, raffinierte Raumaufteilung, geräumiges Vollbad. Im Text hatte es gestanden, die Computergraphiken hatten es visualisiert, und inzwischen konnte man sich sogar live davon überzeugen, dass eines schönen Tages alles so aussehen würde, wie das Exposé es versprochen hatte.

Natürlich hatte alles viel länger gedauert als geplant. Damit befanden Roland Lehmann und Ulf Jersken sich allerdings in bester Gesellschaft. Der Unterschied zwischen Bauprojekten der öffentlichen Hand und jenen privater Bauherren liegt meist nur in der Dauer ihrer Verzögerung.

»Gut. Sehr, sehr gut. Damit kann man durchaus zufrieden sein.« Roland schritt abschätzend durch die Räume. Jeder seiner Schritte wirbelte eine kleine Wolke vom erst vor wenigen Tagen gegossenen Estrich auf. Baustaub kannte kein Erbarmen. Genau wie Wasser suchte er sich seinen Weg überall hin.

Ulf blickte sich zweifelnd um. Bei allen Fortschritten sah es hier für ihn doch noch immer sehr unfertig aus. Nacktes Mauerwerk, auf dem Kreuze und geheimnisvolle Zahlen in Neonfarben, frisch geschlagene Schlitze oder kleine Krater anzeigten, wo sich hoffentlich bald Lichtschalter, Steckdosen und sogar die Wasseranschlüsse befinden sollten. Immerhin waren die Fenster bereits eingebaut und es zog nicht mehr so entsetzlich, wo immer man sich in dem Neubau aufhielt. Selbst bei einem Besuch im Hochsommer hatte er hier gefroren, dabei waren Außentemperaturen um das Haus gestrichen, bei denen sich nur Wüstenbewohner wohlgefühlt hätten.

Wenigstens war an jenem Tag gearbeitet worden. Vielleicht wirkte heute alles so desolat, weil der Baubetrieb am Wochenende ruhte. In allen Zimmer standen verstaubte Eimer, lagen leere Papiersäcke auf dem Boden, lehnten Besen an der Wand. Das Ganze wirkte wie die Ruine eines Bauherren, dem auf den letzten Metern das Geld ausgegangen war.

In dem Zimmer, in dem sie gerade standen, hingen schon ein paar Kabel aus der Decke. Trotzdem konnte sich Ulf an dieser Stelle nicht wirklich eine Lampe vorstellen, die noch in diesem Jahr ihren abendlich gedeckten Esstisch illuminieren würde, während man durch die geöffnete Balkontür das Rauschen des Waldes hören konnte, der hinter dem angrenzenden Grundstück begann.

Roland war da deutlich optimistischer. Als Architekt des Ganzen und einer ansehnlichen Reihe anderer Gebäude vom Einfamilienhaus bis zum Verwaltungsgebäude verfügte er über ausreichend Erfahrung, wie vertrauenswürdig solche Aussagen waren. »Vier Wochen noch«, prognostizierte er deswegen auch gerade. »Höchstens viereinhalb.«

»Das hast du im März auch schon gesagt und mir für Mai meine Geburtstagsfeier als riesige Grillparty im eigenen Garten versprochen«, stellte Ulf lakonisch fest. »Argentinische Steaks, Paella aus der Riesenpfanne und Bier vom Fass sind mir in Aussicht gestellt worden.«

Roland schüttelte den Kopf. »Gnade, Gnade... Ich flehe um Gnade.«

Ulf dachte gar nicht daran. »Was war es wirklich? Das übliche Tralala zuhause mit Speckkartoffelsalat, Buletten und Flaschenbier, weil wir in so kurzer Zeit kein Restaurant mit Biergarten mehr finden konnten, das wegen dieses verdammten letzten Bundesligaspieltags nicht schon seit Monaten hoffnungslos ausgebucht war.«

»Das ist wirklich nicht so gelaufen, wie es eigentlich geplant war«, gab Roland zu. »Ich verspreche dir aber hoch und heilig, dass dem neuen Einzugstermin am fünfzehnten Oktober nichts mehr im Weg steht.«

»Du scheinst dir deiner Sache wirklich ausgesprochen sicher zu sein.«

»Voll und ganz. Wenn nämlich erst einmal ein Zimmer fertig ist, dauert es mit den anderen auch nicht mehr lange. Komm mit.«

Roland griff nach Ulfs Handgelenk. Er zog ihn aus dem künftigen Esszimmer hinaus in die Diele und die Treppe hinauf ins Obergeschoss. Vor der ersten im Haus eingebauten Zimmertür blieb er stehen. Im Moment war es nur eine provisorische Baustellentür aus Spanplatten, aber zweifellos eine Tür. Das würde sich ohnehin bereits in der nächsten Woche ändern, wie Roland glaubhaft versicherte.

»Voilà, Monsieur. Das Schlafzimmer.« Er stieß die Tür auf und gab den Blick auf das dahinter liegende Zimmer frei. »Was sagst du dazu?«

Ulf pfiff anerkennend. »Das könnte man ja durchaus als fast fertig bezeichnen.«

»Nicht wahr? Es fehlen nur noch die Fußleisten und die Kappen für die Lichtschalter. Gestrichen werden muss selbstredend auch noch. Alles nur noch Peanuts. Spätestens am Mittwoch ist dieses Zimmer bezugsfertig«, sagte Roland im Brustton der Überzeugung. »Auf dem Sofa rumlümmeln, Chips knabbern und beim Fernsehen einpennen sind Aktivitäten, die ruhig noch ein wenig warten können. Aber ein fertiges Schlafgemach braucht der Mensch nun mal.«

Bisher war er nur stumm hinter ihnen her getrottet, weil er sich lieber mit einem Spiel auf seinem Handy beschäftigte, jetzt meldete sich Phillip erstmals zu Wort. »Ist ja supertoll. Mein Zimmer sieht immer noch aus wie ein Burgverlies, aber Hauptsache, ihr habt's schick und eure neue Spielwiese ist fertig.«

Roland blickte seinen Sohn finster an. »Die Spielwiese möchte ich überhört haben.«

»Haste aber nicht.«

»Jetzt werde nicht auch noch pampig, mein lieber Freund. Dein Zimmer wird genauso bis zum Einzug fertig sein wie alle anderen auch.«

»Ist dieser Käfig da drin dann auch verschwunden?«

»Welcher Käfig?«

»Ich glaube, er meint das Metallgestell«, schaltete Ulf sich ein.

»Genau!«

»Ach, das!« Roland war froh, über weniger verfängliche Dinge sprechen zu können. Es gab mehr als nur diese eine reale Baustelle. Die mentalen verlangten mindestens ebenso viel Aufmerksamkeit. Davon hatte er derzeit einige zu verzeichnen. Stress mit Philipp war das Letzte, was er jetzt noch zusätzlich gebrauchen konnte. »Das wird noch mit Holz verkleidet und später deine Multifunktionsecke. Oben ist dein Bett, darunter dein Schreibtisch.«

»Ich fasse es nicht!« Philipp stampfte wütend auf. »Mein Vater hält es für wahrscheinlicher, dass ich nachts meine Memoiren schreiben möchte statt mal einen Kumpel zum Übernachten einzuladen. Weißte was? Schmier dir deine verdammte Scheißbude doch in die Haare.«

Er stürmte nach draußen. Sein Vater blickte ihm entgeistert hinterher.

»Also, da brat mir doch einer 'nen Storch!«

»Lieber nicht«, konterte Ulf. »Da kriegst du nur Ärger mit dem Tierschutz.«

»Lass die blöden Witze. Was hat der Bengel schon wieder? Jedesmal, wenn wir hier sind, wird der so unausstehlich.«

»Kann man es ihm verdenken?«

Roland stemmte beide Hände in die Hüften. »Verbündest du dich jetzt mit ihm gegen mich?«

»Unsinn. Ich glaube nur ziemlich genau erahnen zu können, wie es ihm gerade geht.«

»Ach, und wie geht es ihm?«

»Nun werde mal nicht gleich füünsch.« Ulf kritzelte mit dem Zeigefinger Strichmännchen in die staubige Schutzfolie auf der nagelneuen Fensterbank.

»*Was* soll ich nicht werden?«

»Lass das. Genau den gleichen Trick hat Philipp heute auch schon mit mir versucht. Da sieht man mal wieder, dass der Apfel nicht weit vom Stamm fällt. Das aber nur nebenbei. Hast du schon mal was von Verlustängsten gehört?«

»Was willst du mir da nun wieder mit sagen, Siegmund Freud?«

»Jetzt komm aber mal langsam mal runter. Du hast eine entsetzlich kurze Lunte in letzter Zeit. Was ist los mit dir?«

»Ich bin einfach überarbeitet«, antwortete Roland knapp.

»Das musst du aber nicht an mir auslassen.«

»Du hast recht. Tut mir leid, Ulf.«

»Lass gut sein. Zurück zu deinem Junior. Ich glaube, der freut sich weniger auf das neue Haus als wir.«

»Aber warum denn? Hier hat er doch viel mehr Platz.«

»Ist das wirklich so schwer zu begreifen? Die Wohnung in der Augustastraße ist durch und durch sein Elternhaus dank seiner Geburt dort. Als er fünf war, hast du dich von deiner Frau getrennt. Seitdem wohnt er die meiste Zeit bei ihr in Spandau und du hast was mit Kerlen. Das legt auf die Erfahrung, ein Scheidungskind zu sein, nochmal ein paar Extras drauf - Hänseleien in der Schule wegen des Schwuchtel-Papas und was weiß ich noch alles. Jetzt verliert er in ein paar Wochen auch noch endgültig seine erste

Heimatbasis im Leben.«

»Du kannst dich gut an deine eigenen Erfahrungen erinnern, hm?«

»Ich habe es nie vergessen.« Ulf blickte aus dem Fenster. Draußen wiegten sich die Baumkronen in der sachten Mittagsbrise. Die ersten Blätter hatten das satte Grün des Sommers bereits gegen das Gelb-Gold des Herbstes eingetauscht.

»Ich kann mir wirklich gut vorstellen, was Phillip gerade durchmacht. Seit meiner Kindheit habe ich ja selber enorme Probleme mit der Umzieherei. Jedes Mal, wenn es auf den Tag X zugeht, möchte ich am liebsten die Uhr zurückdrehen und den Auslöser dafür rückgängig machen.«

»Jetzt auch?«

»Ja, jetzt auch. Ich weiß, das hier« - Ulf machte eine weit ausladende Handbewegung - »ist unser Haus, aus dem wir nach und nach unser Zuhause machen werden. Und ich freue mich darauf, das ist ja das Perverse daran. Aber die Augustastraße ist auch unser Zuhause. In den vier Jahren, seit ich zu dir gezogen bin, ist so viel passiert. Mir fallen zig Anekdoten aus dieser Zeit ein. Ich bin völlig hin und her gerissen zwischen der Geschichte, die wir dort zurücklassen, und der neuen, die wir hier schreiben werden.«

Roland trat näher und wollte den Arm um Ulfs Schulter legen, überlegte es sich aber anders. »Da dürfte noch ein bisschen mehr sein, das dich so zaudern lässt, wenn ich mich nicht irre?«

»Tust du aber.«

»Spinner. Wenn du nicht willst, dass ich dich auf diese Geschichte anspreche, hättest du sie mir nie erzählen dürfen.«

»Da war mein Mund wohl wieder einmal schneller als mein Hirn.«

»Das hast *du* gesagt. Warum willst du es überhaupt machen, wenn dir die Düse geht? Du musst doch nicht. Rechenschaft bist du auch keinem schuldig.«

»Doch, mir gegenüber. Es ist nun mal eine Tatsache, dass ich mich damals auf diese Sache eingelassen habe, und ein einmal gegebenes Versprechen verjährt für mich nicht. Darum muss ich auch jetzt los. Heute ist die letzte Möglichkeit vor unserem Umzug und Katjas Urlaub.«

»Viel Erfolg.« Roland umarmte Ulf. »Pass auf dich auf und komm gesund zurück.«

»So gefährlich ist es dann wohl auch nicht. Hoffe ich jedenfalls.«

Zierkies verleiht jedem Anwesen etwas Gediegenes. Dabei spielt es kaum eine Rolle, ob man sich für schneeweißen entscheidet oder die Varianten in Farbtönen mit so klangvollen Bezeichnungen wie Siena, Anthrazit, Vanille, Pistazie, Marmor oder sogar Kobalt. Etwas heruntergekommene Anwesen sehen mit einer frischen Ladung Zierkies im Vorgarten schon nicht mehr ganz so abgehalftert aus, und bestens in Schuss gehaltenen Immobilien verleiht es geradezu das Tüpfelchen auf dem I. Regelmäßig durchgeharkt, strahlt Zierkies eine Aura von Sauberkeit, Ordnung und einen gewissen Schick aus.

Der Kleinbaggerfuhrer scherte sich nicht um Ästhetik. Er hatte einen Auftrag bekommen, und den führte er aus. Mehr interessierte ihn nicht. Mit einer Zigarette im Mundwinkel und unbewegter Miene betätigte er seine Knöpf und Hebel. Erbarmungslos fraß sich die Baggerschaufel in den Zierkies und den Boden darunter.

»So'n Schiet ook.« Kopfschüttelnd betrachte die göttliche Jette das grobschlächtige Tun. »Ausgerechnet jetzt, wo die Saison richtig in Gang kommt.«

Im Allgemeinen setzte man auf das richtige Pferd, wenn man die göttliche Jette als unerschütterlich einschätzte. Darüber erhaben, aus der Rolle zu fallen, war sie trotzdem nicht. Gelegentlich ließ sie sich dazu hinreißen, von gewissen Menschen als »Quälgeister« zu sprechen. Für Christoph waren sie die »Karawane der Verdammten«, und selbst Holger konnte sich manchmal nicht verkneifen, sie als »Nagel zu meinem Sarg« zu bezeichnen. Rein intern, versteht sich. Alles andere wäre geschäftsschädigend gewesen. Gemeinsam meinten sie dieselbe Sorte Zeitgenossen. Nämlich jene, die nicht nur auf dem Dünenhof unter dem Oberbegriff »Feriengäste« bekannt waren, oder zumindest einige Vertreter davon. Mit den meisten gab es für gewöhnlich keine Schwierigkeiten: Freundliche Zeitgenossen, die ihre angestaute Vorfreude auf die schönste Zeit des Jahres ausgiebig in den unbeschwerten Genuss derselben umwandelten, dabei aber ihre gute Kinderstube nicht zuhause ließen.

Das Gegenstück dazu waren Menschen, welche die Redensart »einmal im Jahr so richtig die Sau rauslassen« nur allzu wörtlich nahmen. Lautstark aufgedrehte Musik zum Schrecken der anderen Gäste oder geklaute Bettwäsche waren noch die geringsten Probleme. Bei denen blieb es nur leider nicht. Es gab immer Leute, die noch einen draufsetzten, wenn man meinte, alles gesehen zu haben. Zu den extremen Zwischenfällen, die der Dünenhof in seinen über fünfzig Jahren als Feriendomizil erlebt hatte, gehörten ein Beziehungskrach unter Zertrümmerung des kompletten Geschirrs, eine in den Fernseher ausgeschüttete Flasche Ketchup und eine Gruppe Männer auf Kegeltour, die den Barbecueabend samt loderndem Grill einfach nach drinnen verlegt hatte, als sich das Tief über Fehmarn wie angekündigt mit heftigen Schauern und Gewitter erleichtert hatte.

Zum Glück waren solche Gäste deutlich in der Minderzahl, aber es gab sie, was Holgers Leben von Zeit zu Zeit arg erschwerte. So wie jetzt. Als das Ehepaar aus Minden ihn mitten in der Nacht aus dem Bett geklingelt hatte, weil die Toilette in Apartment zwei verstopft war, war er noch davon ausgegangen, die Sache mit der Gummisaugglocke regeln zu können. Bis sechs Uhr hatte sich das Problem auf sämtliche Ferienwohnungen im Erdgeschoss des Wohnhauses ausgedehnt. Der Einsatz von Profis war unerlässlich geworden. Einer von ihnen war jener Baggerfahrer, der gerade ein hässliches Loch in den gepflegten Vorplatz buddelte. Wenig später machten sich seine Kollegen an die Feinarbeiten, um die große Abflussleitung zum Hauptkanal an der Straße freizulegen.

Jette ging zu ihrem Enkel, der mit Gummistiefeln an den Füßen in Apartment 2 stand und die Sturmflut mit Deichbruch im Badezimmer aufklarte. Die Gäste der betroffenen Wohnungen hatten allesamt Tageskarten für das Freizeitbad in Burgtiefe von ihm bekommen.

»Ob das wieder Kartoffelschalen sind?« Holger spielte auf einen Zwischenfall an, den er als Jugendlicher miterlebt hatte.

»Nein, das glaube ich nicht. Die haben das Rohr damals zwar ganz schön verstopft, aber ein bisschen was ist doch abgelaufen. Hier bewegt sich ja gar nichts. Ich tippe auf Plastik oder Gummi.«

»Da liegen Sie gar nicht mal so falsch, Frau Lüders.«

Bautruppleiter Harald Witte war eingetreten. In der Hand hielt er einen Eimer. »Als ich unsere Kamera von der anderen Seite in die Leitung geschoben habe, war mir nicht ganz klar, was ich da sehe. Aber jetzt weiß ich, was es ist.«

Nämlich eine gelbe Kunststofftasche, in der Erholungsuchende ihre Plünnen zum Strand tragen konnten. Dort angekommen, ließ sich ein Teil der Tasche sogar aufblasen, auf dass man beim Sonnenbad sein müdes Haupt im wahrsten Sinne des Wortes auf einem Luftkissen betten konnte. Es war eines jener typischen Strandaccessoires, die in jedem Jahr zu tausenden in den Seebädern gekauft und bei der Abreise meist vergessen wurden. Allein Holger hatte bestimmt dreißig davon in dem Lagerraum mit zurückgelassenen Habseligkeiten liegen. Diese spezielle Tasche kam allerdings nicht aus Holgers Beständen. Sie stammte nicht einmal aus einem Laden auf der Insel. Der Werbeaufdruck verriet, dass die Familie aus Apartment vier, Haupthaus, erstes Obergeschoss, diese Dinge selbst als Werbeträger für ihr Sonnenstudio in Mannheim benutzte. Das machte die Suche nach einem Verursacher für die Überschwemmung um einiges leichter.

Die Hausfrau der Sonnenstudiofamilie zeigte sich dann auch nur wenig überrascht, als Holger ihr beim klärenden Gespräch das tropfende *corpus delicti* entgegenhielt, in dem er auch noch ein Paar Sneakersöckchen in Kindergröße und die winzige Haarbürste für eine Spielzeugpuppe gefunden hatte.

»Ja, das gehört alles uns! Unsere Jüngste hat sich gestern ein bisschen aufgeregt, weil sie ihre Strandtasche nicht ordentlich wegräumen wollte. Also hat sie sie einfach versteckt. Sie hat es uns gestern Abend noch ganz kleinlaut gestanden. Schön, dass die Sachen doch noch zu retten waren. Vielen Dank, Herr Clausen.«

Damit wollte sie die Tür schließen. Eine nicht wirklich gute Idee, wie durch das hochfrequente Pochen von Holgers Halsschlagadern belegt wurde. Harald Witte trat vorsichtshalber einen Schritt zurück.

»Nicht so schnell! Da wäre noch dieses kleine Detail der Kosten zu besprechen. Der freundliche Herr hier neben mir macht seinen Job nicht nur für ein umwerfendes Lächeln. Sie haben doch sicher eine Haftpflichtversicherung?«

Eine sehr hässliche Szene später stürmte Holger mit hochrotem Kopf quer über den Vorplatz, auf dem inzwischen die Wiederherstellungsarbeiten begonnen hatten. Dafür war Apartment 4 leer und zwei erboste Eltern mit ihren Zeter und Mordio brüllenden Kindern auf dem Weg zurück nach Mannheim.

Holger sah auf seine Armbanduhr. Erst Viertel nach elf am Vormittag und schon wieder Aufregung für drei Tage.

»Pause! Ein Königreich für eine Pause!«

Er hatte es sich gerade mit einem Kaffee auf der Terrasse bequem gemacht, als Christoph langsam um die Hausecke kam. Acht Wochen nach dem Unfall konnte er schon wieder ganz passabel gehen. Nur ein Hinken verriet noch, dass es besser war, auf die Krücke noch nicht ganz zu verzichten. Das hatte ihm auch der Physiotherapeut geraten, von dem er gerade zurückgekehrte.

Es gehört zu den unbestreitbaren Vorteilen in einer für ihre gesundheitsfördernde Wirkung bekannten Region zu leben, wenn bei Bedarf die Kureinrichtungen für sämtliche Fakultäten, welche die Krankenkassen in ihren Leistungskatalogen festgelegt haben, quasi nur einen Steinwurf entfernt liegen. Denn auch wenn die Hochzeit vorerst ausgefallen war, hatte Christoph wie geplant drei Tage vorher der geplanten Trauung seinen Erstwohnsitz amtlich von Hamburg auf die Ostseeinsel verlegt, die Wohnung auf der Langen Reihe war vermietet. Dadurch war ihm die »Kinderlandverschickung«, wie er es respektlos nannte, erspart geblieben. Gegen den im Krankenhaus ins Gespräch gebrachten Aufenthalt in einem Örtchen mit so obskuren Namen wie Bad Rippoldsau-Schapbach oder Witzenhausen-Ziegenhagen hatte er sich nämlich entschieden verwahrt.

»Ich bin doch nicht bregenklöterig! Ein Kaff irgendwo im Nirgendwo, unbequeme Betten, Schonkost ohne jeglichen Geschmack, drumherum nichts als Wald und das Tischgespräch im Speisesaal dreht sich nur um Gallenblasen, Magengeschwüre und andere Malaisen. Statt der Schwanzgrößen werden im Männertrakt die Blutdruckmedikamente gegeneinander ausgespielt. Ohne mich!«

Der behandelnde Arzt, ein paar Lenze jünger als sein

Patient, hatte Christophs lautstarken Protest nachvollziehen können. Nach Examen und Promotion hatte es ihn selber in ein winziges Nest im Hessischen verschlagen und er hatte seinem Schicksal auf Knien gedankt, als es ihm nach nur einem stinklangweiligen Sommer den Job in der Unfallchirurgie eines Krankenhauses in Kiel über den Weg geschickt hatte. Die Stadt an der Schwentine war zwar auch nicht gerade die Erfüllung seiner Träume, in denen er sich eher in Frankfurt oder Köln gesehen hatte, doch er fühlte sich hier immer noch wohler als in dem gottverlassenen Nest zwischen Kassel und Marburg, wo es außer der Klinik und einem Gasthaus mit zwei Fremdenzimmern wirklich nichts gegeben hatte. Selbst für so etwas Alltägliches wie den Lebensmitteleinkauf musste man mit dem Auto acht Kilometer in den nächstgrößeren Ort fahren. Von dieser Erfahrung geprägt, hatte Dr. med. Carsten Metzer-Roehl sich mächtig ins Zeug gelegt, damit Christoph seine medizinische Reha in der näheren Umgebung durchziehen konnte, von der inzwischen nur noch der Besuch beim Physiotherapeuten alle drei Tage übrig geblieben war.

»Wie war's, Hase?«

»Anstrengend.« Ächzend ließ Christoph sich auf einem Stuhl nieder. »Ich dachte, jetzt hätten wir alles durch, aber Marcel findet in meinen geplagten Beinen wahrhaftig immer noch Muskeln, von denen ich nicht mal wusste, dass ich sie überhaupt besitze.«

»Hauptsache, es geht weiter voran.«

»Das tut es, Schnuffel. Marcel ist sehr zufrieden mit mir. Er meint, es müsste schon mit dem Teufel zugehen, wenn ich bis zu unserem neuen Hochzeitstermin nicht auf die Krücken verzichten kann.«

»Der Teufel soll sich mal schön geschlossen halten. Es reicht, dass er sich einmal in unsere Angelegenheiten eingemischt hat.«

»Das finde ich auch«, sagte Christoph. »Genau deswegen muss ich mal mit dir reden.«

»Och, Collie... Nun entschuldige dich doch bitte nicht schon wieder. Ich habe dir diese dumme Aktion doch längst verziehen. Sicher, es war blöd, dass ich alle Gäste weniger als einen Tag vor der Stunde null auf einen Nachholtermin vertrösten musste. Da war mir aber immer noch tausendmal lieber als ›Ach ja, und beim nächsten Mal kommt ihr dann bitte in schwarz‹ sagen zu müssen.«

»Exakt darauf will ich hinaus. Weißt du, im Krankenhaus und während der ganzen Wartezeiten vor meinen Rehaterminen hatte ich viel Zeit zum nachdenken. Die lädierten Knochen waren schon verdammtes Glück. Es hätte deutlich schlimmer kommen können, wenn uns diese verschissene Böe anders erwischt hätte. Für einen Moment hatte ich richtig Angst, als wir da so hin und her geschleudert wurden.« Christoph zog sich einen anderen Stuhl heran und legte die Beine darauf. So brauchte er Holger nicht anzugucken. »Man weiß doch nie, wie lange man einander noch hat. *Dass* man sich nach so etwas noch hat, kann man gar nicht genug feiern.«

Holger nickte nur. So etwas Ähnliches hatte er auch schon gedacht.

»Ich liebe dich, Schnuffel. Ich will mir zusammen ganz, ganz alt werden. Nach diesem Erlebnis würde ich das gerne vor mehr Leuten feierlich geloben als nur vor den paar, die wir bisher auf der Gästeliste stehen haben.« Christoph gab sich einen Ruck. »Lass uns doch eine große Hochzeit feiern. Mit Hochzeitstorte, albernen Spielen, gekränzter Pforte, peinlichen Gedichten und schlecht umgetexteten Volksliedern. Aber vor allem mit sämtlichen Menschen, die uns nahestehen.«

In diesem Moment trottete Harald Witte um die Hausecke. »Herr Clausen? Ich fürchte, meinem Baggerführer ist ein kleines Missgeschick passiert. Einer Ihrer Kurgäste hat jetzt leider eine Beule in seinem Wagen.«

Beleidigt verschränkte Christoph die Arme vor der Brust.

»Willkommen in der Realität. Da habe ich einmal die Chuzpe, 'n büschen gefühlsduselig zu sein, und dann das!«

Kerstin Jespersen hatte Schnappatmung. Eine solche Diskussion am Sonntagmorgen um halb neun! Nach zwei Töchtern dachte sie, mit allen Wassern gewaschen zu sein. Hieß es nicht immer, dass Mädchen am schwersten zu erziehen waren, besonders in der Pubertät?

Denkste.

Inken und Merle waren schwierig gewesen, keine Frage, besonders während des letzten Jahres vor der Volljährigkeit. Doch jetzt stellte Kerstin fest, dass ihr männlicher Ableger seine beiden älteren Schwestern spielend in den Schatten stellte. Dabei war er erst vierzehn.

»Du hast wohl ein Leck im Schlauchboot!«

»Nun hab' dich nicht so, Mom«, maulte Sönke Jespersen. »Oma hat mir erzählt, dass du mit siebzehn total auf diesen King abgefahren bist.«

»Der King war da schon über zehn Jahre tot und hieß Elvis Presley. Ich habe für Prince geschwärmt, und den konnte deine Großmutter sogar leiden. Zumindest *Purple Rain*. Das hat sie trotzdem nicht daran gehindert, mich nicht zu seinem Konzert nach Berlin fahren zu lassen. Alleine im Interzonenzug unterwegs - da hätte ich mir sogar ein Jahr später mit achtzehn noch eine geharnischte Standpauke anhören müssen.«

Sönke hatte nur vage Vorstellungen davon, was man

unter einem Interzonenzug zu verstehen hatte. Er war gerade firm genug um zu wissen, dass es etwas mit der ehemaligen DDR zu tun hatte, ergo befand er sich mit seiner Erwiderung »Die gibt's ja gar nicht mehr!« auf sicherem Terrain.

»Deswegen fährst du mir trotzdem nicht nach Hamburg, und wenn es tausendmal das einzige Deutschlandkonzert von deinem Schwarm ist. Wie stellst du dir das vor, noch dazu ohne Übernachtung? So ein Konzert fängt um acht Uhr an, mit Vorgruppe, Zugabe und allem Gedöns geht das bis Mitternacht. Der letzte Zug nach Fehmarn fährt schon um neun und der erste danach am anderen Morgen gegen acht. Glaubst du ernsthaft, ich lasse so einen jungen Spund wie dich eine ganze Nacht alleine durch Hamburg streunen?«

»Ich fahre ja gar nicht alleine! Benno und Steffen wollen auch... Fuck!« Sönke hatte einen taktischen Fehler begangen und Namen genannt.

Kerstin überging das verpönte Wort mit F. »Hätte ich mir gleich denken können, dass deine Spießgesellen mit dir unter einer Decke stecken. Ich werde die Eltern mal fragen, ob sie schon von ihrem Glück wissen, so reiselustige Söhne zu haben.«

»Mensch, Mom, jetzt hau mich bloß nicht auch noch bei denen in die Pfanne!«

Kerstin hatte jetzt Oberwasser, was sie schamlos ausnutzte. »Das lässt sich ganz einfach vermeiden.«

Sönke ließ den Kopf hängen. »Okay.«

»Die Sache ist also vom Tisch?«

»Ja.«

»Versprochen?«

»Versprochen.«

Sönke trollte sich.

Natürlich war die Sache nicht vom Tisch. In diesem Punkt bestand kein Unterschied zwischen männlichen und weiblichen Pubertierenden. Bis zum Tag des fraglichen Konzerts würde Sönke immer wieder davon anfangen, um sich danach darüber beklagen, was er verpasst hatte. Und wessen Schuld war das alles?

Kerstin ahnte, dass anstrengende Monate ins Haus standen und griff nach ihren Autoschlüsseln. »Merle?«, rief sie in den Hausflur hinein.

»Ja, Mama?«, kam es aus einem der drei Zimmer im Dachgeschoss.

»Ich muss jetzt los. Denkst du bitte daran, dass Herr und Frau Schilling sich für elf Uhr das Tandem reserviert haben? Pass auf, dass du es an niemand anderen herausgibst.«

»Mach ich, Mama.«

»Dann bis nachher.«

»Ja, bis nachher!«

Beruhigt setzte sich Kerstin in ihren Wagen und fuhr davon. Auf Merle konnte sie sich verlassen. Das traf auf Inken gewiss auch zu, aber für sie waren die Aufgaben auf dem Hof immer eine zu erfüllende Pflicht gewesen, nicht mehr. Kein Wunder, dass sie gleich nach dem Abitur ausgezogen war und ihre Ausbildung zur technischen Zeichnerin in Berlin absolvierte. Dort hatte sie ihren jetzigen Freund kennengelernt, mit dem sie sich derzeit nach der ersten eigenen Wohnung umsah.

Merle hingegen war wie gemacht für den Umgang mit Feriengästen, und ihre eigene Ausbildung machte sie, wenig verwunderlich, im Tourismusbereich. Was sie daraus in der ferneren Zukunft machen würde, blieb derzeit auf spannende Weise offen.

Und Sönke? Der hatte den Kopf viel zu voll mit pubertären Flausen für eine verlässliche Prognose. Die völlig utopischen Vorstellungen ganz junger Bengel von einer Karriere als Stuntman oder Astronaut hatte er hinter sich gelassen, trotzdem wechselte er seine Berufswünsche immer noch häufiger als andere ihre Unterwäsche. Im Moment wollte er den Schmied beerben, der sich um die Pferde der Familie kümmerte. Ein ziemlicher Schwenk nach den Plänen vor vierzehn Tagen, die nach einem Familienabend mit *Ein Colt für alle Fälle* noch eine Karriere als Stuntman und Kopfgeldjäger vorgesehen hatten. Das kam davon, wenn man seinen Ablegern die Fernsehlieblinge aus der eigenen Jugend näherbrachte!

Den frühen Verlust des Vaters hatten die Kinder, soweit Kerstin es einzuschätzen vermochte, recht gut verkraftet. Ausgerechnet am Tag der Heimreise zum Ende seiner Reha nach dem ersten Herzinfarkt hatte der zweite Jörn Jespersen im letzten Sommer unter die Erde gebracht. Vielleicht war es dadurch für die Kinder leichter geworden, weil sie ihn da schon seit zwei Monaten nicht mehr gesehen hatten. Kerstin wusste es nicht. Sie selbst hatte schwerer daran zu knacken gehabt, so plötzlich ohne Mann, Partner und besten Freund dazustehen. Erst seit ein paar Wochen fühlte sie sich endlich wieder der Lage, ein wenig zu leben und nicht nur zu funktionieren.

Kerstin setzte den Blinker und bog ab. Für gewöhnlich ging sie zu Fuß und benutzte das Tor im Zaun zwischen dem Ferienhof Jespersen und dem Dünenhof, welches den Weg zu einer Sache von zwei Minuten machte. Heute hatte sie mehr vor als nur einen Kaffee zu trinken, das rechtfertigte die Autofahrt. Knirschend kam der Wagen auf dem Kies vor dem Knechtshaus zum Stehen. Als Kerstin ausstieg, öffnete sich Fenster im Dachgeschoss.

»Christoph kommt in einer Minute«, rief Holger aus dem Schlafzimmer. Er gähnte so herzhaft, dass ihm beinahe eine gemütlich vorbeibrummende Hummel in den Mund flog.

»So genau wollte ich es gar nicht wissen«, gab Kerstin trocken zurück. »Ich bin vollkommen zufrieden, wenn er gleich neben mir sitzt.«

Sie wartete dann doch noch ziemlich genau zwölf Minuten, bis Christoph seinen Platz auf dem Beifahrersitz eingenommen hatte. Die Fahrt zu ihrem Ziel dauerte nicht einmal halb so lang. Kerstin brachte das Auto in der Nähe des Marktplatzes von Burg vor einem eingeschossigen Haus zum Stehen, das mit den verschiedenen Elementen seiner Architektur die geographische Lage auf einer Bauerninsel auf etwa halber Strecke zwischen Hamburg und Kopenhagen nicht verleugnen konnte.

»Die Wohnung im Obergeschoss ist noch bis zum Jahresende an einen Musikjournalisten vermietet«, sagte Kerstin beim Aussteigen. »Angeblich hat Jimi Hendrix darin genächtigt, bevor er auf dem *Love and Peace*-Festival beim Leuchtturm Flügge sein letztes Konzert gegeben hat.«

»Hat er?«

»Ich glaube nicht. Jörns Vater hat vor leicht zu beeindruckenden Menschen gerne solche möglichen, aber wenig nachprüfbaren Anekdötchen gesponnen, wenn er sich davon etwas erhofft hat. Nicht wirklich betrügerisch, weißt du, nur ein bisschen link. Hannes Jespersen hatte Charme, war aber vor allem ein ausgebufftes Schlitzohr. Wollen wir reingehen?«

»Gerne.«

Kerstin zog einen Schlüsselbund aus der Hosentasche und öffnete die Vordertür, die in einen Gastraum führte. Im vorderen Teil standen verstaubte Möbel Marke Eiche rustikal, die mit dem Adjektiv »abgenutzt« äußerst unzureichend beschrieben gewesen wären, dazwischen zurückgelassenes Werkzeug. Der hintere Teil sah wie neu aus und brachte mit hellem, skandinavischen Design frischen Wind in die Gaststube.

»Im Moment sieht es leider ein bisschen aus wie der Vorher-Nachher-Vergleich in einer Einrichtungssendung«, sagte Kerstin entschuldigend.

»Hm-hm.« Christophs Tonfall klang angestrengt.

»Den letzten Pächtern ist nicht nur das Geld ausgegangen, die sind auch über Nacht getürmt.«

»O-ha.«

»Hannes hat es dann nicht mehr geschafft, sich selbst darum zu kümmern. Bei mir ist es auch liegengeblieben. Anderthalb Monate nach Jörns Tod habe ich einfach andere Dinge in den Kopf zu nehmen gehabt.«

»Verstehe.«

»Gefällt es dir nicht? Du bist so sparsam mit deinen Antworten.«

»Wie? Nein. Sorry, Kerstin, ist nicht böse gemeint. Ich bin nur hundemüde, weil Holger und ich in den beiden letzten Nächten kaum ein Auge zugemacht haben.«

»Ist etwas passiert?«

»Wie man's nimmt. Meine glorreiche Idee, unsere Hochzeitsvorbereitungen nun doch etwas umfangreicher auszugestalten, hat unser bisheriges Weltbild von der ganzen Sache gehörig auf den Kopf gestellt.«

Christoph zog sich seinen Stuhl heran und setzte sich. In seinem Bein spürte er ein unangenehmes Ziehen. Längeres Stehen war noch ein Problem für ihn.

»Bisher haben wir gedacht: So ein riesiger Almauftrieb, da hast du als das glückliche Paar meist am allerwenigsten von. Du bist nur damit beschäftigt, das Buffet nachfüllen zu lassen, Getränke anzubieten und darauf aufzupassen, dass sich die verfeindeten Zweige der Verwandtschaft nicht zu nahe kommen, damit du nicht noch eine zünftige Keilerei auflösen musst.«

Kerstin lachte. »Ja, so ist es. Ganz genau *so*. Jörn und ich haben uns auf unserer eigenen Hochzeit auch mehrmals zugeflüstert, ob es nicht besser gewesen wäre, einfach nach Las Vegas durchzubrennen.«

»Siehst du. Und wenn du dann abends eigentlich längst im Bett sein und... nein, nicht die Ehe vollziehen, sondern einfach nur schlafen möchtest, weil dir von deinen viel zu engen Schuhen die Füße weh tun, musst du immer noch *keep smiling* machen, weil die Torte noch angeschnitten werden muss.«

»Vom Hochzeitstanz und der Mitternachtssuppe gar nicht erst zu reden.« Kerstin wischte sich eine Lachträne aus dem Augenwinkel. »Du hast schon recht. Ihr werdet euch komplett neu ausrichten müssen.«

»Mein Reden. Dabei ist uns erstmal aufgegangen, welche Arbeit noch vor uns liegt, wenn wir den ganzen Zisslaweng in Eigenregie auf dem Hof aufziehen.«

Kerstin blickte ihn erstaunt an. »Das wollt ihr euch bei laufendem Betrieb antun?«

»Eben nicht. Holger hat doch für die beiden letzten Augustwochen keine Buchungen angenommen, weil das Wohnhaus und die Studioapartments neue Fenster bekommen. Eigentlich hätte eine Woche gereicht, aber du weißt ja selber, wie das immer ist. Du planst zu knapp, und eins-zwei-drei ist das Malheur da.«

Kerstin nickte verstehend.

»Da bietet sich die zweite Woche natürlich für die große Fiesta an. Am dreißigsten soll sie steigen. Der Hof ist einfach ideal dafür. Wenn wir die Kettcars, die Tischtennisplatten und den ganzen anderen Freizeitkram aus der Spielscheune rausschmeißen, ergibt das einen geräumigen Festsaal. Gleich nebenan ist die alte Schlachtküche, in der schon die göttliche Jette immer die Hoffeste vorbereitet hat. Da ist genügend Platz zum Kochen und Anrichten für so viele Leute. In den Ferienwohnungen bringen wir die Leute unter, die zu lustlos oder zu angetüddert sind, um nach Hause zu fahren.«

»Ihr habt gut geplant.«

»Das glauben wir auch. Aber es bleibt trotzdem noch so viel zu tun. Einladungen schreiben, die Deko aussuchen und bestellen... Die Liste ist endlos. Wir haben nicht die blasseste Ahnung, wie wir das in der kurzen Zeit schaffen sollen.«

»Wer sagt denn, dass ihr alles alleine machen müsst?«

»Wie meinst du das?«

»Man kann doch delegieren.«

Der Polizist war zu sehr mit der Ahndung von Parkdelikten beschäftigt um mitzubekommen, dass ein beiger Matra-Simca Rancho, Baujahr 1981, die nahegelegene Bushaltestelle vorschriftswidrig zum Wenden benutzte. Als er ihn endlich bemerkte, hatte sich das Auto mit Hamburger Kennzeichen bereits einen legalen Parkplatz gesichert. Bedauernd klappte der Gesetzeshüter seinen Block zu und setzte die Runde durch sein Revier gemächlich fort.

Gregor schaltete den Motor ab und blickte auf die Uhr. Gleich halb drei, er war pünktlich. Wenn sie gut durchkamen, würden sie gegen acht an ihrem Ziel sein.

Es dauerte nicht lange, bis der Boden unter den Rädern des Rancho zu vibrieren begann. Ein Fußgänger, der die Straße nicht schnell genug überquerte, kassierte dafür ein ungeduldiges Klingeln. Rumpelnd fuhr die Straßenbahn in die Wendeschleife ein und bremste an der Haltestelle ab.

Unter den aussteigenden Fahrgästen war auch eine blonde Frau in Gregors Alter. Mit einer lässig geschulterten Reisetasche schlenderte sie zu seinem Wagen hinüber, verstaute sie im Kofferraum und stieg dann selbst ein.

»Hallo, Cousinchen.« Gregor gab ihr einen Kuss auf die Wange.

»Hallo, du neuester Lude vom Kiez«, neckte Nina Böttcher und stellte ihre Handtasche auf dem Boden ab. »Du bist ja schon da.«

»Ich bin selbst ganz überrascht.« Gregor startete den Motor und fuhr los. »Andererseits ist es kein Wunder, wenn man sich auf den üblichen Stau am Elbtunnel verlässt, dieser aber durch vollkommen unübliche Abwesenheit glänzt.«

»Dann warst du gar nicht bei Matthias?«

»Doch, war ich. Ein bisschen neugierig war ich schon, nachdem du mir erzählt hast, dass er aus dem Schwarzwald zurück in den Norden gezogen ist. Mein Tank brauchte sowieso ein bisschen Nachschub, da hatte ich einen ganz guten Vorwand. Aber außer der Tatsache, dass die paar Liter draußen vor der Stadt billiger waren als hier im Zentrum, hat es sich nicht wirklich gelohnt.«

»War Matthias nicht da?«

»Er war da. Genau das bedauere ich jetzt.«

»Oh.« Nina dachte an ihre gemeinsame Teenagerzeit zurück, als Gregor jedes Jahr vier Wochen in den Sommerferien und oft genug auch an langen Wochenenden seine Verwandten in Bremen besucht hatte. Nina, Gregor und Matthias waren eine ziemlich verschworene Bande gewesen. Hatte Nina zumindest bis eben gedacht.

»Dann konntet ihr euch also doch nicht so gut leiden, wie ich immer dachte.«

»Irrtum, Nina. Wir konnten uns sogar sehr gut leiden. Fast schon ein bisschen zu sehr. Zumindest einseitig. *Vor dem Ausparken Schulterblick, blödes Arschloch!*« Gregor drückte auf die Hupe und wich gleichzeitig aus. »Puh! Das war knapp.«

Nina war hellhörig geworden. »Wer von euch mochte denn den Anderen zu sehr leiden?«

»Nina, angesichts der Tatsache, dass Matthias jetzt mit Frau und zwei Kindern in Sagehorn lebt, wo er die Tankstelle und Autoreparatur seines Onkel übernommen hat, ist doch wohl klar, dass er es nicht gewesen sein kann. Wobei - er wäre nicht der Erste mit einer geschickten Fassade, der... Ach, lassen wir das.«

»Du warst es also?«

»Erraten. Matthias war meine erste große Liebe. Selbstverständlich eine unglückliche, weil sie unerwidert geblieben ist.«

»Das hätte dir von vornherein klar sein müssen. Wenn einer durch und durch auf heterosexueller Macho abonniert war, dann doch wohl Matthias.«

»Bist du noch nie sehenden Auges in dein amouröses Verderben gerannt?«

Nina zog es vor, nicht darauf zu antworten. Gregor war mehr als ihr Cousin, er war ihr bester Freund. Ihre stundenlangen Telefonate in allen Lebenslagen galten als legendär. Trotzdem war sie noch nicht so weit ihm zu erzählen, dass sie derzeit in der unrühmlichen Position »der Anderen« steckte. Affäre mit einem verheirateten Mann, kaum zu glauben. Schon seit dem ersten Tag fiel es ihr schwer, sich morgens im Spiegel selbst in die Augen zu blicken. Klaus einfach den Laufpass geben konnte sie aber auch nicht.

Gregor bekam von Ninas Schweigsamkeit nichts mit. »Natürlich wusste ich, dass Matthias unerreichbar war. Aber gerade, wenn du schon als Jugendlicher mit dir und deinem Schwulsein im Reinen bist, hast du die ersten Schmetterlinge meistens wegen einem heterosexuellen Mann im Bauch. Weil du noch nicht die Erfahrung hast zu erkennen, wer so wie du tickt. Ergo ist das ganze von vornherein aussichtslos und tut genau deshalb so verdammt weh. Mehr noch als das Schlussmachen mit dem ersten echten, weil tatsächlich ebenfalls schwulen Freund.«

»Wie alt warst du, als du deine Gefühle für Matthias entdeckt hast?«

»So um die siebzehn.«

»Echt? So spät erst? Da wurde er doch so großkotzig uns gegenüber, weil er als erster den Führerschein und ein

Auto hatte.« Nina schnaubte verächtlich. »Als wäre es der weiße Ferrari aus *Miami Vice*, so ein Krakeel hat er um die Karre gemacht. Dabei war es nur der uralte Opel Kadett von seinem Opa, der gerade eben noch von Farbe und Rost zusammengehalten wurde.«

»Was nichts an Matthias' tollem Aussehen geändert hat: Groß, sonnengebräunt, Muskelpakete bis zum geht-nicht-mehr, dazu die royalblauen Augen... Er war schon ein ziemliches Leckerchen.«

»Eben. Ein Mann zu schön, um wahr zu sein.«

Gregor blinkte und bog auf den Zubringer zur A1 ab. »Das weiß ich heute auch. Aber damals... Solange er in meiner Vorstellung alleinstehend war, fühlte sich alles gut an, denn da war ja der berühmte Funken Hoffnung, der bekanntlich zuletzt stirbt. Als der dann wirklich starb, weil ich das Goldstück knutschend mit seiner ersten Freundin gesehen hatte, war das Drama groß.«

Nina ahnte, worauf es hinauslief. »Fünfzehn, sechzehn, siebzehn Jahre später begegnest du ihm dann wieder - und bräuchtest erstmal einen doppelten Cognac nach dem, was du gerade gesehen hast.«

»Ich könnte es selbst nicht besser ausdrücken.«

»Darf man in deinem Wagen rauchen?«

»Natürlich.«

Nina kramte in ihrer Tasche und zündete sich eine Zigarette an. »Ich glaube, ich weiß, was du meinst«, sagte sie nach dem ersten Zug. »Du ahnst nicht wie froh ich heute bin, dass mein erster Lover schon nach sechs Wochen den Arschtritt gegeben hat.«

»Das war Peter vom anderen Ende eurer Straße, richtig?«

»Genau. Wenn ich bei dem geblieben wäre, würde ich heute wie Peggy Bundy leben. Ich habe ihn gar nicht erst erkannt, als er mich vor ein paar Wochen plötzlich bei Karstadt angesprochen hat. Erste graue Haare, mindestens dreißig Kilo mehr auf den Rippen und ein aufgedunsenes

Gesicht wie eine Wasserleiche. Natürlich ist an mir die Zeit auch nicht spurlos vorübergegangen. Ich sage nur: Weiße Schokolade bleibt länger auf den Hüften als im Mund, und du weißt, wie sehr ich das Zeug liebe. Aber dieser Mann war schließlich mal der Traum der schlaflosen Nächte, der erste Prince Charming. Der darf einfach nicht alt werden!«

»So ging es mir vorhin auch. Eigentlich wollte ich nur tanken und mich dann so schnell wie möglich verkrümeln. Seine Frau stand hinter der Kasse. Leider hat Matthias mich aus der Werkstatt heraus entdeckt und angequatscht. Also habe ich mich auf einen kleinen Schnack eingelassen. Und was für einen!«

»Lass mich raten«, unterbrach Nina. »Statt Depeche Mode hört er jetzt Mallorca-Schlager, und der Horizont seiner Konversationsthemen geht nicht über Werder Bremen und den nächsten Grillabend im Schützenverein hinaus. Erzählt man selber, dass man für Sonnabend Theaterkarten hat und am Sonntag zu einer Autorenlesung in die Stadtbibliothek will, geht sein Blick auf Wanderschaft nach Interessanterem.«

»Peter?«

»Hm-hm.« Nina nickte.

»Mein Gespräch mit Matthias unterscheidet sich da nur in winzigen Details. Hertha BSC statt Werder und Death Metal statt Partymucke. Ansonsten richtig geraten. Als ich endlich wieder im Auto saß und zu unserem Treffpunkt gefahren bin, war ich heilfroh, dass dieser Knilch, äh, Kelch an mir vorübergegangen ist.«

Die Ampel vor ihnen wurde rot. Gregor bremste den Wagen ab. Nachdenklich legte er die Hand auf den Schaltknüppel.

»Ich muss gerade an den letzten Urlaub mit meinem Ex denken. Wir waren in der Normandie. Ich wollte ihm unbedingt das kleine Küstenkaff bei Saint-Valery-en-Caux zeigen, wo ich immer mit meinen Eltern hingefahren bin. War der erste Trip nach über zehn Jahren dorthin. Ich habe den Ort nicht wiedererkannt. Diese bohemienhafte Aura, die wie ein leicht verkommenes französisches Worpswede gewirkt hat, war völlig verschwunden. Luxussanierungen, moderne Bungalows, Fastfoodketten und Massentourismus. Ich hab den Besuch sehr bereut. Manche Dinge sollte man als gewesen betrachten, damit abschließen und allenfalls als schöne Illusion bewahren.«

»Wenn du das so siehst«, forderte Nina ihn heraus, »warum sind wir dann auf diesem Roadtrip? Der ist schließlich auch mit deiner Vergangenheit verbunden.«

»Das ist exakt der Grund dafür, liebes Cousinchen. Ich schließe ab mit dem, was war, und mache den Weg frei für die Zukunft.«

Die Ampel vor ihnen sprang auf Grün.

Das Wasser stand Holger nicht bis zum Hals. Es reichte gerade bis zum Bauchnabel. In Badehose stand er in dem Tümpel, der schon lange seine Funktion als Feuerlöschteich für den Hof verloren hatte. Nur von Enten und anderen Wasservögeln wurde er noch regelmäßig frequentiert.

»Kannst du mir mal den Hammer und zwei Nägel reichen?«

»Ich verstehe nicht, warum das unbedingt heute sein muss.« Naserümpfend erfüllte Christoph die Bitte vom sicheren Ufer aus. »Seit Tagen sinkt das Thermometer nicht mal nachts unter fünfundzwanzig Grad und du steigst in diese stinkige stehende Brühe.«

»Genau deswegen! Wenn sie bald nicht mehr so stinkend stehen oder stehend stinken soll, muss ich die Filterpumpe reparieren, und die liegt nun mal mitten im Teich. Außerdem hat der Jägerzaun ganz schön was abgekriegt, als P-Ü-Doppel-P-I die Kurve nicht gekriegt hat und mit ihrer beachtlichen Gestalt da reingebolzt ist.«

Im Moment war es besser, den Namen der Hündin nur zu buchstabieren, wegen der Charly zu Christophs Füßen lag und irgendwie marode aussah. Wer sagte, dass nur Menschen Liebeskummer hatten?

Charly hatte sein kleines Hundeherz gleich in der ersten

Sekunde verloren, als die stolze Püppi aus dem Auto gelassen worden war, um mit ihren Menschen auf dem Dünenhof zu urlauben. Den Corgi hatte der erhebliche Größenunterschied von über einem halben Meter ebenso wenig gestört wie die imposant gewachsene Dänische Dogge. Zwei Wochen waren sie unzertrennlich gewesen, bis Püppi am letzten Wochenende wieder heim nach Fürth gereist war. Seitdem lag Charly meist nur mit hängenden Ohren herum und war kaum für etwas zu begeistern. Christoph versuchte es trotzdem, indem er Charlys Lieblingsspielzeug warf.

»Los, Charly, hol's Bällchen!«

Der aus unerfindlichen Gründen rot gefärbte Tennisball flog durch die Gegend, prallte ein paarmal auf, rollte aus und blieb dann liegen. Nur mäßig interessiert erhob sich Charly von seinem Plätzchen und trottete dem Ball gemächlich hinterher.

Holger hielt einen der Metallstifte zwischen den Lippen fest und nagelte mit dem anderen zwei Zaunlatten zusammen. In einiger Entfernung nahm Christoph eine Bewegung wahr.

»Was macht die da drüben nur?«

»Wer?«

»Wer wohl? Die schöne Babette. Den ganzen Tag schon stochert sie auf ihren Pumps in der Gegend rum, nimmt Maß, fotografiert, macht sich Notizen. Wozu das Ganze?«

»Collie, wenn schie dasch machen scholl, wasch Wedding Planner im Allgemein scho tun, muss schie schich auch bei unscherer ein Bild von der *Locäyschen* machen.« Holger nahm den zweiten Nagel aus dem Mund und trieb ihn direkt neben seinen Zwilling in das Holz. »Hat sie doch selbst gesagt, als wir sie gestern in ihrem Büro besucht haben.«

»Schon, aber was will sie zwischen den Obstbäumen?«

»Frag sie doch.«

»Lieber nicht.«

Holger rüttelte am Jägerzaun. »Hält.« Der Teich war wieder kindersicher eingezäunt. »Deiner Aussage entnehme ich, dass nicht nur ich die Madamm etwas abgedreht finde?«

»Ich bitte dich - was soll man von einer Wedding Plannerin halten, die ihre Zelte in den ehemaligen Räumlichkeiten eines Bestattungsunternehmens aufgeschlagen hat?«

»Das wäre ja nicht weiter schlimm, wenn sie das Foyer nicht nahezu unverändert gelassen hätte. Nicht gerade das, was ich erwartet hätte.«

»Ich könnte nicht mal sagen, was ich überhaupt von so einem Laden erwarten soll. Vielleicht ein Kühlhaus, in dem Mustertorten ausgestellt wurden. Eine Garage mit Hochzeitskutschen. Eine Ahnengalerie erfolgreicher Missionen. Was weiß ich. Auf keinen Fall einen grauen Granitfußboden und nüchterne weiße Wände im Eingangsbereich, an denen ein paar gerahmte Schwarzweiß-Grafiken hängen. Der Laden sah aus, als würden da immer noch Witwen gemacht.«

»Collie, du weißt doch: ›Die meisten Paare, die zu mir kommen, haben sich bereits durch Unmengen von Gestaltungsmöglichkeiten für den schönsten Tag ihres Lebens gewühlt und sehen den Wald vor lauter Bäumen nicht mehr. Die Schwarzweiß-Schleuse am Eingang löst quasi einen Reset im Kopf aus, der das eigene Kreativzentrum wieder etwas freipustet.‹« Täuschend echt ahmte Holger die enervierend hauchende Sprechweise der Wedding Plannerin nach.

»Schnuffel, ich habe gute Nachrichten für dich: Solltest du den Hof jemals in die Pleite reiten, kannst du die Schulden jederzeit bei einer Telefonsex-Hotline abarbeiten.«

»Unverschämter Kerl!«

Christoph warf ihm einen Luftkuss zu. Gleich darauf

wurde er wieder ernst. »Wirklich überzeugt bin ich nicht davon, dass wir die Richtige engagiert haben, um uns die Arbeit mit der Hochzeit abzunehmen.«

»Ich auch nicht. Doch was hätten wir sonst machen sollen? Auf die Schnelle war Babette Larsen die einzige, die so spontan Zeit hatte und der wir den Job geben konnten, ohne dafür eine Hypothek aufzunehmen. Diese Wedding Planner haben ja alle Preise, da ist das Ende von weg.«

»Eigentlich würde ich lieber alles selbst machen.«

»Wer von uns hat denn groß getönt, was Kerstin da für eine sensationelle Idee hatte?«

»Du willst dich jetzt nicht wirklich wegen so einer Kleinigkeit käbbeln?«

»Nein, natürlich nicht. Ich gebe lediglich Folgendes zu bedenken: Sechs Wochen, um bei einer Hochzeit von ganz intim auf ein riesiges Hoffest mit fast sechzig Gästen umzuswitchen, sind selbst für einen Profi ein sportliches Ziel. Wie sollen zwei Amateure wir das dann schaffen? Ich habe mit dem Hof zu tun, du bist dabei, diese alte Eisdiele von Kerstin zu pachten und deinen neuen Laden draus zu machen. Manchmal muss man die Fäden aus der Hand geben. Selbst ein Kontrollfreak wie ich sieht das gelegentlich ein. Ich war vorgestern richtig erleichtert, als wir gleich beim ersten Termin nur das Muster für die Einladungen aussuchen mussten und unsere Gästeliste dalassen konnten. Eine Aufgabe weniger. Bringst du mir mal die Schubkarre?«

»Wozu?«

»Die Pumpe soll zum Werkzeugschuppen. Ich weiß noch nicht, was ich für die Reparatur alles brauche, und bevor ich tausend Sachen umsonst hierher schleppe...«

»Ah, okay.« Christoph schob die Karre bis an das offenstehende Törchen im Zaun. »Ach, Dickerchen, du hast den Ball ja gar nicht mitgebracht.«

In der Tat war Charly mit leerem Maul zurückgekehrt.

Jetzt lag er wieder da und vermisste seine Püppi.

»Komm, wir versuchen es nochmal.«

Christoph holte den Ball und warf ihn erneut. Diesmal machte sich der Corgi etwas flotter auf den Weg und brachte auf dem Rückweg immerhin einen Tannenzapfen mit.

»Das machst du doch nur um mich zu ärgern.« Christoph schnaubte und stiefelte zum Ball hinüber. »Das ist das letzte Mal!«

Er holte aus, warf, und tatsächlich jagte Charly der roten Filzkugel hinterher wie zu den Zeiten vor seinem Herzschmerz. Er nahm den Ball zwischen seine Kiefer, kam zurück und lief auf das offene Törchen zum Ententeich zu. Es platschte, dann schwamm der Ball im Wasser.

»Du bist zum Ballholen echt nicht zu gebrauchen!«

»Oder du nicht zum Werfen«, feixte Holger. Er watete auf den Ball zu. Auf einmal ging alles ganz schnell. Holger brüllte so laut »Aua!«, dass man ihn wahrscheinlich noch auf Sylt hören konnte, riss die Arme haltsuchend in die Höhe und war eine Sekunde später im Teich verschwunden.

Christoph war viel zu erschrocken, um sofort zu reagieren. Das war aber auch nicht nötig. Prustend tauchte Holger wieder auf und spuckte Entengrütze aus. »So ein verdammter Mist!«

Christoph Schockstarre löste sich. »Warte, Schnuffel, ich helfe dir!«

»Brauchste nicht, brauchste nicht.« Holger winkte ab. »Ist ja nichts passiert, tut nur verdammt weh. Bin mit dem großen Zeh gegen irgendwas gestoßen.«

»Du kommst jetzt sofort da raus! Ich will sehen, ob wirklich alles in Ordnung ist. Noch einen Fußkranken aus dem Kartoffelkrieg können wir beim besten Willen nicht gebrauchten.«

»Jawohl, mein Herr und Gebieter!« Holger ergriff die

helfend ausgestreckte Hand und ließ sich auf den Teichrand ziehen.

»Sitzen bleiben.«

»Zu Befehl!«

Christoph ging in die Knie. »Rechts oder links?«

»Rechts.«

Christoph nahm den Fuß unter die Lupe. »Der Nagel vom großen Zeh ist etwas eingerissen, mehr nicht. Das blutet nicht mal.«

»Sag' ich doch - alles ganz harmlos. Aua! Oller Grobian!«

Christoph ließ von dem Zeh ab, den er noch einmal vorsichtig betastet hatte. »Ich denke, es ist alles ganz harmlos?«

»Ich habe aber nichts davon gesagt, dass es nicht trotzdem weh tut!« Mit dem Po rutschte Holger auf den Teich zu. »Jetzt will ich aber auch wissen, was das war.«

»Du gehst da nicht wirklich wieder rein?«

»Du kannst gerne zwei Strohhalme aus der Küche holen, dann saugen wir den Teich zusammen leer.«

Holger ließ sich wieder ins Wasser gleiten. Er hielt die Luft an und tauchte unter. Christoph sah kopfschüttelnd zu. Als Holger nach zwei vergeblichen Versuchen erneut auftauchte, hielt er ein unförmiges Paket in den Händen. Erst, als es im Gras lag, ließ sich eine Art Stoff erkennen, in den etwas Rechteckiges eingewickelt war.

»Zigaretten!«, vermutete Christoph sofort. »Ein Kurgast hat sie bei einer Butterfahrt geschmuggelt und hier versenkt, als er gemerkt hat, dass ihm der Zoll auf den Fersen ist.«

»Du liest zu viele Krimis. Von der Größe her wäre das nicht mal eine halbe Stange. Für so wenig wird bestimmt keine Großfahndung ausgelöst. Außerdem ist es viel zu schwer.«

Holger suchte nach einer Öffnung und fand bald zwei miteinander verknotete Henkel.

»Das ist so ein Einkaufsbeutel aus Leinen.«

Er löste den Knoten. Als er den Beutel umstülpte, fiel nichts als grüner Schlamm und ein von Algen überzogener Backstein auf den Rasen.

»Ich kann dir sagen, was das ist«, murmelte Holger. »Das sind die Überreste der Beweismittel in einem besonders scheußlichen Mordfall.«

»Is' klar... Hauptsache, du kannst behaupten, *ich* läse zu viele Krimis. Wer soll denn der Täter sein?«

»Ich.«

»Mein Lieber, allmählich drängt sich der Verdacht auf, dass du dir ein bisschen mehr gestoßen hast als nur den Fuß.«

»Nee, wirklich. Ich habe... wie hieß er noch? Irgendwas mit Brühne. Nee. Brümmel. Genau. Hein Brümmel habe ich gekillt. Ich erzähl's dir, wenn du magst. Lass mich bloß zuerst duschen. Auf Dauer kann ein Vollbad in diesem Teufelsmoor nicht gesund sein. An meinem Körper juckt es überall schon ganz erbärmlich.«

So lange mochte Christoph nicht warten. Er verfolgte Holger bis ins Bad.

»Los, schnack, elender Meuchelmörder. Erleichtere dein schuldbeladenes Gewissen.«

»Viel gibt es da nicht zu erleichtern.« Holger drehte das Wasser in der Dusche an. »Ich war fünfzehn, es waren Sommerferien, ich war hier und hatte viel Zeit. Wie bei Millionen anderer Teenager gab es auch bei mir eine Phase, in der ich mich zu Künstlerischem berufen fühlte. Abwechselnd wollte ich Sänger, Maler, Bildhauer und Schauspieler werden, bis ich bei Krimis hängen blieb.«

»Ach, so. Nur ein Mord auf dem Papier...«

»Es tut mir furchtbar leid, wenn ich dich gerade um die Chance bringe, mir einen Kuchen mit einer Feile drin ins Kaschott zu schmuggeln.« Lachend schlüpfte Holger aus seiner roten Speedo und verschwand in der Duschkabine.

»Ich höre immer Feile? Die Belohnung wollte ich kassieren.«

»Den schlechtesten Krimi aller Zeiten bei den Behörden zu melden, dürfte dir nicht viel an Judaslohn einbringen. Zumal das einzige Beweisstück nicht mehr existiert, wie du vorhin sehen konntest.«

»Der Leinenbeutel? Da war doch nur ein Backstein drin.«

»Richtig, Columbo. Von dem alten Schulheft, sprich: dem Manuskript, das ich dazugestopft hatte, dürfte nach fünfundzwanzig Jahren im Wasser wirklich gar nichts mehr übrig sein. Ich wette, der grüne Schlamm bestand nur aus Algen, Plankton und Entenscheiße.«

»Wie appetitlich.« Christoph meinte das gänzlich unironisch. Der Anblick seines nackten Verlobten brachte ihn auf den Gedanken, selbst eine Dusche und noch ein bisschen mehr nötig zu haben. Nur eins wollte er vorher noch wissen: »Was war an dem Krimi eigentlich so schlecht?«

»Mein Mord! Gleich im ersten Kapitel ging es richtig zur Sache. Der bedauernswerte Hein Brümmel wurde vom Täter hinterrücks gepackt und mit dem Kopf in die selbstverständlich auf höchster Temperatur eingeschaltete Fritteuse einer Pommesbude gedrückt. Ich habe genussvoll in den grausigen Details geschwelgt. Nur habe ich meinen Kommissar bei seinem ersten Auftritt am Tatort vollkommen logisch feststellen lassen, dass der Täter nicht weit gekommen sein konnte.« Holger seifte sich ein. »Überleg mal, wie so eine Fritteuse spritzt. Das Opfer hat sich natürlich noch kurz gewehrt und dem Täter fiese Brandblasen an jedem unbedeckten Zentimeter Haut beschert. Wie sollte man so einen bis zur spannenden Auflösung versteckt halten?«

»Dein Krimi ist demnach in sich zusammengefallen?«

»Schneller als ein zu früh aus dem Ofen geholtes Soufflé. Diese Blamage musste natürlich mit allen Mitteln von der Öffentlichkeit verborgen bleiben. Auftritt: Ich als Phantom der Nacht mit einem geheimnisvollen Päckchen unter dem

Arm.«

Den Rest konnte sich Christoph denken. »Hast du es nochmal versucht?«

»Nein, warum? Du weißt doch selbst, wie Teens sind. Danach bin ich kurzfristig mit einer Miene rumgelaufen, als hätte ich Zahnschmerzen, und habe alle angeblafft. Drei Tage später kam schon etwas Neues daher.«

»Irgendwie schade. Da könnte etwas ganz Besonderes in einem stecken und man bekommt vielleicht keine Gelegenheit, es überhaupt herauszufinden.«

Holger wollte einwenden, dass man dafür im Laufe der Jahre tausende anderer Dinge entdeckt, die einen besonders machen. Nur stand ihm der Sinn inzwischen nach etwas ganz anderem als philosophischen Betrachtungen.

»Eins muss ich ja sagen: Der Grad an Nacktheit in diesem Bad ist ganz schön ungerecht verteilt.«

»Wie meinen?«

»Huch - jetzt ist mir doch tatsächlich die Seife runtergefallen!«

»Ich kann nicht glauben, dass du wirklich zu so billigen Klischeemitteln greifst.«

»Halt deinen vorlauten Rappel. Runter mit den Klamotten und dann komm endlich zu mir unter die Dusche.«

Donnerstag, 15. Juli 2012
Ein Haus am Hansaplatz
Hamburg-St. Georg

Gleichberechtigung hin, Gleichberechtigung her - es gab Dinge, bei denen Frauen nichts zu suchen hatten. Dabei war Andreas kein Chauvinist, er hatte nur die Enthaarung seiner Beine zweimal Frauen überlassen, was jedesmal mit einem Desaster geendet hatte. Vielleicht war es auch nur eine Ausrede um nicht zugeben zu müssen, dass er für gewisse Dinge einfach zu zimperlich war.

Also kümmerte sich Andreas selbst um die Sache, verlangte doch das Doppelleben mit seinem Partner Sven als Travestieduo Daphne und Josephine makellos glatte Haut von Kopf bis Fuß. Er vertraute dabei auf den geübten Umgang mit einem hochwertigen Nassrasierer. Musste öfter sein als Waxing, tat aber weniger weh. Zu dumm, dass seine Arme für einige Stellen zu kurz und ungelenkig waren. Es gab nur wenige andere, denen Andreas/Josephine so vertraute wie Sven/Daphne und ihnen die Möglichkeit gab, »mir im wahrsten Sinne des Wortes das Messer in den Rücken zu stoßen«, wie er gerade sagte. Er stand nackt in seiner Badewanne und hatte Alfred den Rücken zugewandt.

Alfred gehörte quasi zur Familie. Man wohnte auf derselben Etage, hatte sich für alle Fälle gegenseitig mit den Ersatzschlüsseln versorgt und übernahm bei Bedarf auch die die Obhut über Blumen, Briefkasten und Katze. Außerdem betrieb Alfred eine beliebte Gay Bar im Halbsouterrain des Gründerzeitbaus, die als das inoffzielle Wohnzimmer ihres gemeinsamen Freundeskreises galt.

»Stoßen ist gut.« Alfred stand auf einer Fußbank, um die Nackenpartie des hochgewachsenen Andreas besser erreichen zu können. »Bei dem, was du mir angedroht hast, sollte ich auch nur die kleinste Macke in deine zarte Alabasterhaut ritzen, traue ich mich kaum dich zu berühren.«

»Mach dir da mal keine Gedanken. Ich werde dafür sorgen, dass dein Tod schön und schmerzlos ist.«

Ein entsetzliches Kreischen fuhr durch das ganze Haus. Dazu bebte der Boden, was die Tiegel und Töpfchen im Spiegelschrank Protest klappern ließ. Alfred schloss die Augen und zählte langsam bis zehn. »Lange mache ich das nicht mehr mit.«

»Brauchst du auch nicht. Es geht auf ein Uhr zu, in drei Stunden ist Schluss für heute.«

»Mag sein, aber morgen fangen die wieder an.«

»Nicht nur morgen. Frau Wuttke erzählte gestern beim Bäcker, die beiden Messies hätten die Wohnung so übel zugerichtet, dass alle Räume von Grund auf renoviert werden müssen. Der Hauswirt hat sich daraufhin entschieden, gleich eine Kernsanierung vorzunehmen.«

»Zahnseide mit Labskausgeschmack und Motoren mit Buttermilchantrieb können sie erfinden, aber die Wand, die Baugeräusche aus dem Nebenhaus komplett schluckt, lässt weiterhin auf sich warten.« Alfred setzte den Rasierer an. »Wo ist eigentlich Sven, der macht das doch sonst?«

»Der ist einkaufen und holt bei Wanda eine Ladung Kostüme vom Ausbessern ab. Wenn die beiden sich erstmal festgequatscht haben, kann es dauern.«

Alfred spülte den Rasierer unter dem Strahl der Handbrause ab. »Okay, dann verklar mir nochmal, *warum* ich das machen soll. Das bisschen Flaum ist so fein und hell, das kann ich jetzt schon kaum sehen.«

»Ja, hier zuhause. Aber auf der Bühne, mein Lieber! Die Bühne ist gnadenlos. Im Scheinwerferlicht sähe ich aus wie ein ruandischer Berggorilla.« Andreas blickte über seine rechte Schulter. »Bist du fertig?«

»Moment. An dieser einen Stelle noch. So, jetzt.«

»Prima. Was hältst du davon, wenn du schon mal in die Küche gehst und uns ein Bier aus dem Kühlschrank holst. Ich dusche schnell zu Ende, ziehe mir was an und dann zaubere ich eine Kleinigkeit. Du darfst dir als Dankeschön was wünschen«, bot Andreas an, wobei er den Wunsch längst kannte: »Buchweizenpfannkuchen mit Bickbeerenkompott?«

»Das wäre ein Träumchen. Ich habe bloß keine Zeit mehr. Marcus konnte heute Vormittag die neuen Gläser abho-
*len. Ausgepackt, durchgespült und eingeräumt hat er sie auch, damit meine Thekenjungs das nachher nicht machen müssen. Jetzt genießt er seinen freien Nachmittag und ich schließe nachher den Laden auf.«

»Buchweizenpfannkuchen willst du haben, Buchweizenpfannkuchen sollst du kriegen. Ich bring sie dir einfach runter.« Andreas gab ihm einen Klaps aufs Hinterteil. »Und nun ab mit dir. Du hast genug von meinem verlängerten Rücken zu sehen bekommen, Knackarsch.«

Alfred schlenderte aus dem Bad. Die Wohnung hatte den gleichen Schnitt wie seine eigene nebenan, nur spiegeverkehrt. Überall hingen oder standen Theatermemorabilia: Ausrangierte Requisiten, gerahmte Autogramme und Programmhefte, hier eine alte Federboa, da ein jettschwarzer Spazierstock, wie ihn auch Maurice Chevalier geschwungen hatte. Alles wirkte auf wohnliche Weise überfüllt und lebendig.

Der Kontrast wartete weiter unten im Haus. Es herrschte die übliche, leicht desolat wirkende Stimmung der Zeit zwischen dem letztem Bier der letzten Nacht und dem ersten neu gezapften. Anders als im schummerigen Barbetrieb waren jetzt alle Lichter eingeschaltet und zeigten deutlich, dass die Einrichtung einige Jahrzehnte auf dem Buckel hatte. Bei aller Pflege waren Kerben und Schrammen nicht ausgeblieben.

Alfred ließ Wasser in das Spülbecken hinter der Theke ein, entlüftete die Zapfhähne und prüfte, welche Flaschen im Spirituosenregal durch neue ersetzt werden mussten. Er hatte gerade die Vorräte an Gin, Wodka und weißem Rum hinten im Lagerraum geräubert, als es an der Nebentür klopfte, die vom Hausflur in die Bar führte. Er öffnete.

»Alfred, du ahnst es nicht!«, rief Sven, der inzwischen von seiner Besorgungstour zurück war, und schwenkte eine Karte aus schwerem Büttenpapier. »Unsere beiden Inselburschen wollen nun doch groß heiraten. Am 30. August steigt die Sause und wir sind eingeladen. Hier ist auch deine Post. Ich habe die Postoolsch im Hausflur getroffen.«

Hinter ihm trat Andreas durch die Tür und setzte ein Tablett mit einem Riesenstapel Pfannkuchen, einer Schale Bickbeerenkompott sowie Tellern und Besteck auf der Theke ab. »Sind sie also doch noch vernünftig geworden. Ich hatte schon befürchtet, dass die beiden auf eine reine Konvenienzehe aus sind.«

»Holger und Christoph?« Alfred machte mit dem Zeigefinger eine Bewegung in Richtung Stirn, die ganz deutlich sagte, was er von diesem Gedanken hielt.

Andreas blieb ungerührt. »Warum denn nicht? Zwei Geschäftsleute, die ihre Angelegenheiten in die Reihe bringen? Da hängt schließlich eine ganze Menge dran, wenn es mal ernst wird.«

»Ich für meinen Teil glaube nicht, dass sie es vorrangig auf geregelte Verhältnisse abgesehen haben«, trumpfte Sven auf. »Sonst würden sie sich jetzt nicht noch bis Ende August mit der Trauung Zeit lassen, sondern hätten so schnell wie möglich nach Christophs Unfall geheiratet. Ich rieche pure Romantik.«

»Schon mal drüber nachgedacht, dass man nicht nur mit dem praktischen Kombi zum Standesamt fahren kann? Es gibt auch flotte Cabrios«, ging Alfred dazwischen. Seelenruhig strich er Kompott auf einen Pfannkuchen, klappte ihn zusammen und biss genüsslich davon ab. Er stöhnte wolllüstig. »Hmwhuoah! Ich weiß im Moment nicht, um was ich lieber meine Lippen lege. Das Zeug hier oder um Marcus'...«

»Alfred, du Lustmolch!«

»Was denn? Marcus' selbstgemachte Franzbrötchen sind wirklich der Hammer. So etwas bekommst du hier bei keinem Bäcker.«

»Ach, so«, sagte Sven. »Ich dachte, du meinst - naja, du weißt schon.«

»Ja, ja, das wissen wir alle, auf welche Reise deine verlotterte Phantasie wieder mal gegangen ist«, fuhr Andreas seinem Lebenspartner in die Parade. »Was wolltest du uns mit deinem Gleichnis sagen, o Alfred, du großer Prophet?«

»Durch Christophs Unfall sind die beiden auf den Gedanken gekommen, dass man seinen Kram beizeiten geregelt haben sollte und trotzdem eine Menge Spaß haben kann. Deswegen die Riesenparty. Nix da mit Zweckehe.«

»Knopf suchen, finden, drücken - Informationen abschöpfen.« Andreas war zufrieden. »Als ob ich so etwas ernsthaft denken würde, wo ich doch selber so 'ne olle Romantik-Else bin.«

»Ach, wirklich? Das hast du gerade noch meisterlich zu verbergen gewusst. Von wegen Versorgungsehe und so. Da hätte ich schwören können, du gönnst den beiden ihr Glück nicht.«

»Natürlich gönne ich es ihnen. Melancholisch bin ich trotzdem, es ändert sich ja nicht nur für die beiden etwas. Wir sind auch davon betroffen. Mit jeder Hochzeit bricht ein kleiner Teil aus dem Freundeskreis weg. Ich fühle mich jedes Mal wie damals beim Abiball: Ein letztes Mal kommen alle in voller Besatzung zusammen, man versichert sich gegenseitig, dass sich überhaupt nichts ändert. Natürlich wird man sich weiterhin zum Volleyball, zum Grillabend, einfach so zwischendurch zum Kaffee treffen. Ihr kennt diese ganzen Worthülsen. Spätestens nach einem Jahr sind die meisten Leute in sämtliche Windrichtungen verstreut, allen voran das frischgebackene Paar. Der einzige Unterschied zum Abi: Irgendwann gibt es da wenigstens einmal im Jahr ein Klassentreffen.«

»Ein bisschen Schwund ist eben immer«, meinte Alfred. »Das gehört nun mal zu den verschiedenen Phasen des Lebens. Es fängt mit dem Wechsel vom Kindergarten in die Grundschule an und passiert dir erst dann zum letzten Mal, wenn du vom Altersheim in die Eichenkiste umziehst.«

»Mag sein. Es kommt mir bei Hochzeiten immer nur so besonders deutlich vor.«

Sven hatte die Stirn in nachdenkliche Falten gelegt. »Alfred? Wie kommt es eigentlich, dass du so gut über die Hochzeit informiert bist? Ich habe die Post doch gerade erst mitgebracht?«

»Holger hat mir alles am Telefon erzählt. Letzten Sonntag schon.«

»Und das sagst du nu' erst?«, riefen seine beiden Freunde unisono.

»Ich bin zum Stillschweigen verdonnert worden, weil die beiden zuerst noch gar keinen Plan hatten, wie alles ablaufen soll. Er brauchte jemanden, mit dem er darüber reden konnte.«

»Warum hat er sich nicht bei uns gemeldet?«, empörte sich Sven.

»Ich berichtige: Er brauchte jemanden, mit dem er darüber reden konnte und der nicht gleich in Gedanken die ganz große Operette inszeniert.«

»*Das* hat er gesagt?«

»Nee, ich. Liege ich damit etwa falsch?«

»Das geht dich einen Scheißdreck an!«

»Spiel, Satz und Sieg.«

Sven und Alfred versuchten einander niederzustarren, zwei Alphakater, die ihr Revier mit psychologischer Kriegsführung verteidigten. Wer würde zuerst aufgeben?

»Darlings, lasst diesen Unfug«, rief Andreas sie zur Ordnung. »Zwei geschätzte Mitglieder unseres intimen Zirkels wollen sich miteinander vermählen. Das hat auf unvergessliche Weise zu geschehen, und wir sind in der Pflicht, mit einer aufwändig konzertierten Extravaganz dazu beizutragen. Ich bitte um Vorschläge.«

»Wir sollten zunächst die Truppenstärke festlegen, du großer Feldherr d'amour. Da wären zunächst einmal wir drei«, zählte Sven auf. »Dann Marcus. Hanna und ihr Lover Florian. Claire nebst Tochter und Schwiegersohn sind garantiert auch dabei. Wer noch? Ohne Gästeliste kommen wir nicht weit.«

»Nichts leichter als das.« Aus der Schublade mit Korkenziehern, Flaschenöffnern und anderem Krimskrams zog Alfred einen Zettel hervor. »Auch darüber hat Holger mit mir gesprochen. Als gute Spionin von der dunklen Seite habe ich selbstverständlich heimlich mitgeschrieben.«

»Hervorragend, aus diesem Mann wird mal was ganz Großes! Das heißt, wir können aktiv werden. Alfred, Svenni, ihr hängt euch sofort an eure Telefone, damit wir alle wichtigen Leute zusammentrommeln können. Ich krame inzwischen das ›Geschlossene Gesellschaft‹-Schild raus. Heute bleibt dein Laden zu - wir halten großen Kriegsrat!«

Alfred signalisierte Zustimmung zu diesem außerplanmäßigen Ruhetag. Der Donnerstag war ohnehin der umsatzschwächste Tag der Woche. Nach einer halben Stunde waren alle wichtigen Personen für achtzehn Uhr zur Lagebesprechung zitiert.

»Was machen wir jetzt?« fragte Sven.

»Erstmal essen. Mit leerem Magen plant es sich immer so schlecht.« Alfred richtete sich einen neuen Pfannkuchen her. In rascher Folge verschwanden zwei weitere in Alfreds Magen.

»Das war dann wohl die letzte Kaloriensünde für eine quälend lange Zeit. Ab jetzt gibt es nur noch Rohkost, sonst passe ich im entscheidenden Moment nicht in meinen guten Anzug.«

»Dein Anzug?«, fragte Sven verwirrt. »Welcher Anzug? Du hast keinen Anzug.«

Alfreds Modestil war, wohlwollend ausgedrückt, von vollkommen überraschungsfreier Solidität. Im Grunde genommen lief er ausschließlich so herum, wie man sich den Wirt einer urigen Kellerbar vorstellte: Schwarze Lederhose und eine schwarze Lederweste, dazu Biker Boots. Lediglich die Farbe seiner Holzfällerhemden variierte. Es gab in Alfreds Umfeld niemanden, der behaupten konnte, ihn jemals anders erlebt zu haben.

»Natürlich habe ich einen Anzug! Ich trage ihn nur so selten.«

»Wann genau zum letzten Mal?«

Andreas ahnte Übles. Und richtig:

»Ich glaube, zur Taufe meiner Nichte.«

»Alfred! Das ist über zwanzig Jahre her! Du willst dieses alte Möhrchen nicht wirklich zur Hochzeit von Holger und Christoph anziehen!«

»Warum denn nicht? Der ist doch noch gut.«

»Das hast nicht du zu entscheiden! Hol ihn. Augenblicklich!«

»Ich denke ja gar nicht daran!«

»Soll ich es machen?« Andreas hielt seinen Schlüsselbund in die Höhe, an dem auch der Ersatzschlüssel zu Alfreds Wohnung hing.

»Du bist ein böses altes Weib, weißt du das?«

»Genau deswegen vergöttert ihr mich ja alle so. Abmarsch!«

Nicht wiederzugebende Flüche vor sich hinmurmelnd, zog Alfred davon. Als er zurückkehrte, sahen Sven und Andreas ihre schlimmsten Befürchtungen bestätigt.

»Die Hose hat ja Bundfalten!«, rief Sven angewidert.

»Ja, und? Das sieht doch gut aus.«

»Chéri, eine Hochzeit ist kein guter Anlass, dich an deinem eigenen schlechten Geschmack zu orientieren. Ich will nicht uncharmant sein, aber du bist auch ein bisschen breiter geworden mit den Jahren. Selbst wenn du die Hose noch zubekommst - dein Schritt wird durch die Bundfalten aussehen wie ein verbeultes Akkordeon.«

»Was ihr immer gleich habt!«

»Svenni, du weißt was zu tun ist«, befahl Andreas.

Sven hatte sein Handy bereits in der Hand und wartete auf das Freizeichen. »Wanda? Sven hier. Wir brauchen dich in Alfreds Bar. Sofort. Notfall.«

Anderthalb Stunden später kehrte Marcus von seinem freien Nachmittag zurück. Das Schild an der Eingangstür ließ ihn stutzen. Von geschlossener Gesellschaft hatte Alfred ihm nichts gesagt. Regelrecht geschockt war er bei dem befremdlichen Anblick, der sich ihm im Inneren der Bar offenbarte: Nur mit Socken und Unterhose bekleidet (ausgerechnet heute hatte er die lila Boxershorts mit den gelben Herzen erwischt) stand Alfred auf der kleinen Bühne. Ihm zu Füßen und mit dem Kopf in Schritthöhe kniete in höchst verfänglicher Position eine platinblonde Walküre in wallendem Kaftan und mit qualmender Zigarette zwischen den blutrot geschminkten Lippen.

»Sind wir neuerdings ein Sextheater?«, rief Marcus entsetzt. In den anderthalb Jahren seit seinem ersten Arbeitstag als Thekenkraft bis zu seinem Einzug bei Alfred vor sechs Wochen hatte er viel Verrücktes in diesem Etablissement erlebt, aber das hier war neu. »Ach, du bist es, Wanda.«

»Endlich mal ein Mann mit Figur«, brummte sie mit ihrem dicken ostpreußischen Akzent, während sie Alfreds Maße nahm. »Diese wandelnden Drahtkleiderbügel bei uns sind ja gar keine Herausforderung mehr.«

»Kleiderbügel? Hat die echt Kleiderbügel gesagt? Ich komm dir gleich dahin, du olle Kaliningrader Kosakenpomeranze«, keifte Andreas.

»Ach, halt deinen Rand, Dammelskopp.«

Wanda war die einzige echte Frau in jenem Travestietheater auf St. Pauli, dessen Ensemble Sven/Daphne und Andreas/Josephine als ihre künstlerische Familie betrachteten. Ursprünglich war sie die Madame ihres eigenen kleinen Bordells gewesen. Dabei hatte sie die Erfahrung machen müssen, dass Konkurrenz das Geschäft nicht immer belebt. Manchem macht sie den Garaus. Daraufhin hatte sie sich auf ihre ursprüngliche seriöse Ausbildung besonnen und war seitdem Kostümschneiderin für die Herren Damen.

Marcus ging zu Alfred hinüber und begrüßte ihn mit einem Kuss. »Hallo, mein Lieber.«

»Hallo, Schatz.«

»Hey, Marcus - weißt du eigentlich auch schon seit Sonntag über diese Hochzeit Bescheid?«, rief Andreas von der Theke herüber.

»Klar.«

»Und du hast dichtgehalten?«

»Ich kann schweigen wie ein Grab«, antwortete Marcus offenherzig.

»Hast du eigentlich einen Anzug für so einen Anlass?«

Um Marcus' Hals zog sich unbemerkt eine Schlinge zu. Alfred drückte warnend Marcus' Hand. Zu spät.

»Nee, aber so was ist ja schnell bei C & A gekauft.«

»Wanda!«

Die nickte nur. Ein kokettes »Ich darf doch, oder?«, ein geschickter Griff zum Gürtel, der auf langjährige Übung schließen schließ, und Marcus hatte seinen Hosenbund unten um die Knöchel hängen. Fliehen unmöglich. Anders als Alfred trug Marcus wenigstens keinen Liebestöter. Der schwarze Jockstrap war äußerst sexy anzusehen.

In diesem Moment betrat Claire Markuse die Bar.

»Wie ich sehe, komme ich genau zur rechten Zeit!«

Hatte die Tussi am anderen der Leitung ihn gerade wirklich ausgelacht? Zumindest hatte sie ihr belustigtes Glucksen nicht unterdrücken können.

»Entschuldigen Sie bitte, aber wie stellen Sie sich das vor? Wir sind mitten in der Hochsaison. Acht Bundesländer haben gleichzeitig Sommerferien, und Sie wollen *spontan* noch eine Ferienwohnung direkt am Strand bei uns buchen?«

Jetzt wischte sie sich bestimmt gerade die Lachtränen aus den Augen.

»Warum denn nicht? Es gibt außer mir gewiss noch mehr Arbeitnehmer, bei denen sich spontan ein paar freie Tage ergeben haben.«

»Das vermag ich nicht zu beurteilen. Anhand der Daten in meinem Computer kann ich lediglich die Aussage treffen, dass wir in der von Ihnen gewünschten Kategorie eine hundertprozentige Auslastung vermelden können und drei Viertel dieser Buchungen bereits Anfang Mitte Januar festgezurrt waren. Der Rest war bis März in trockenen Tüchern.«

»Dann muss ich es woanders probieren. Gibt ja noch mehr Auswahl an der Küste.«

»Viel Erfolg, aber ich fürchte, woanders wird man Ihnen dasselbe erzählen.«

Damit hatte die Schnepfe von der Apartmentvermittlung leider recht. Viermal versuchte er es noch, doch überall bekam er dieselbe Rückmeldung: »Wir sind seit Monaten ausgebucht.«

Dann musste er eben andere Saiten aufziehen! Entschlossen kehrte er zu seinem weißen Golf Cabrio zurück und fuhr direkt nach Travemünde. Auch dort hatte er keine Chance. Es lief wohl darauf hinaus, dass er sich durch alle Seebäder arbeiten musste, bis sich etwas ergab.

Der Erfolg blieb mit einer Vehemenz aus, die ihn rasch seine Ansprüche herunterschrauben ließ. Er versuchte es sogar in weiter im Landesinneren gelegenen Orten, wo es zwar keine Touristinfo gab, aber das Landleben mit seinen urtümlichen Dorfgemeinschaften noch so gut funktionierte, dass man mit einiger Berechtigung im ältesten Gasthaus am Platze die lokale Nachrichtenzentrale vermuten konnte. Diese Annahme erwies sich als völlig richtig. Dass der Wirt und seine Stammgäste beim Frühschoppen dem Durchreisenden nicht die Informationen geben konnten, die er hören wollte, war nicht ihre Schuld. Warum war er eigentlich schon morgens um halb fünf losgefahren?

Bis zum Beginn der Kaffeestunde hatte er sich bis Heiligenhafen vorgearbeitet und holte sich dort bei einem Bäcker etwas zu essen. Völlig frustriert, weil er keine Lust hatte, heute noch den ganzen Weg zurück nach Hannover zu fahren, erwog er bereits, die Bäder bis Kiel auszulassen, um auf der anderen Seite von Schleswig-Holstein sein Glück zu versuchen. Abgesehen davon, dass seine Aussichten dort wohl noch schlechter waren, hatte er auch gewisse Vorbehalte. Volle Kurtaxe bei nur fünfzig Prozent Badespaß, weil sich die Nordsee zweimal am Tag verkrümelte, um neues Wasser zu holen.

»Dann eben doch Maschsee statt Ostsee«, murmelte er unwillig.

Trotzdem fuhr er noch über die Kleiderbügelbrücke auf

die Bauerninsel. Er wollte zumindest in einem der kleinen Fischerdörfer am Sund im Hafencafé sitzen und einen Kaffee mit Meerblick genießen.

Gleich bei der ersten Gelegenheit verließ er auf Fehmarn die Schnellstraße und fuhr über die Dörfer. Die schmalen mäandernden Straßen zwangen ihn zu einem Tempo, das ihn in seinem Job als Außendienstler permanent nervös machte. Im Urlaubsmodus war es ihm fast egal.

Nach der Fahrt durch eine baumgesäumte S-Kurve stieg er unvermittelt mit beiden Füßen in die Eisen. Zum Glück war niemand hinter ihm, das hätte mindestens einen respektablen Blechschaden gegeben. Auf dem Feld rechts der Straße stand ein alter Leiterwagen, darauf ein drei oder vier Reihen hoher Stapel aus Heuballen, an dem mit Hanfseilen ein Plakat befestigt war. Ein großes Foto verhieß idyllische Ferien auf einem alten Bauernhof, der Schriftzug darunter stellte diese Verlockung in nur fünfhundert Metern Entfernung in Aussicht.

»Scheiß was auf vom Bett ins Wasser. Hier will ich Urlaub machen. Und wehe, es ist wieder alles besetzt!«

Zumindest waren vier Gästeparkplätze frei, als er auf den Hof kurvte. Er sicherte sich eine der markierten Boxen und machte sich auf die Suche nach jemandem, der hier was zu sagen hatte. Die etwas plump aussehende Frau mit dem rosigen Gesicht, die mit einem Stapel Bettwäsche in den Armen aus dem großen Wohnhaus kam, verneinte, so jemand zu sein.

»Ich helfe hier bloß beim Aufklaren. Der Chef repariert das Trampolin auf dem Spielplatz. An der Scheune vorbei und gleich dahinter rechts.«

Das war wirklich leicht zu finden. Eine Minute später fand er sich dem Hausherren gegenüber, der ein paar Löcher in dem Fangnetz rund um das Turngerät geflickt hatte.

»Guten Tag. Sind Sie der Inhaber hier?«

»Moin. Der bin ich. Was kann ich für Sie tun?«

»Hoffentlich sehr viel. Ich habe gesehen, dass vorne nicht alle Parkplätze besetzt sind. Die entsprechenden Unterkünfte dazu sind dann doch bestimmt ebenfalls frei?«

»Das ist nur bedingt richtig.«

»Wie darf ich das verstehen?«

»Nun, die Wohnungen stehen zwar derzeit leer, sind aber dennoch belegt. Heute ist großer Wechseltag. Die bisherigen Gäste haben heute vormittag ausgecheckt und sind heimgefahren. Im Moment ist unser Team mit dem Großreinemachen beschäftigt, und ab fünfzehn Uhr können die neuen Gäste einziehen.«

»Lassen Sie mich raten: Die neuen Gäste haben ihr Logis bereits im Januar gebucht?«

»Fast getroffen. Wir waren bereits kurz vor Weihnachten dicht bis in den September hinein.«

»So ein... Nein, ich sage das jetzt nicht. Sie können ja nichts dafür. Haben Sie eventuell eine Idee, wo ich mehr Glück haben könnte, spontan noch ein Quartier zu bekommen?«

»Auf Anhieb nicht. Soweit ich weiß, sind die anderen Unterkünfte in der Umgebung ebenfalls dicht bis unters Dach. Am besten, Sie versuchen Ihr Glück beim zentralen Vermittlungsservice.«

»Mir wird wohl nichts anderes übrig bleiben. Dann will ich sie nicht weiter aufhalten.«

»Oh, Sie halten mich nicht auf. Ich bin hier sowieso fertig. Kommen Sie, ich begleite Sie zu Ihrem Auto. Ein bisschen Zeit habe ich noch, bis ich nochmal nach Burg rein muss. Bei unserem Stammbäcker habe ich frische Brote als Willkommensgeste für die neuen Gäste bestellt. Deutsche Urlauber schätzen nichts so sehr wie ein gutes Brot.«

Diesen kleinen Seitenhieb konnte Holger sich partout

nicht verkneifen, wobei es zweifelhaft war, dass er verstanden wurde.

Der scheint mich wirklich nicht erkannt zu haben, dachte er und blickte dem sich entfernenden Wagen von Pascal Berger hinterher. *Wer weiß, wie viele Kerben für erfolgreich flachgelegte Kerle der sich seit Februar ins Holz geritzt hat. Es dürften so einige sein. Jetzt im Tank Top zu Shorts und Flip Flops sieht er noch heißer aus als in den dicken Winterplünnen. Heilige Makrele, hat der stramme Beine. Und der Arsch erst! Yeeeeehaw! Rein optisch ist es da wirklich schwer, nicht schwach zu werden. Reiß dich zusammen, Clausen! Du vergisst, dass seine Persönlichkeit so leer wie ein Wespennest nach einem ordentlichen Zyankalinebel ist.*

Zufrieden mit dieser originellen Charakteranalyse, fuhr er mit seiner Arbeit fort, die als nächsten Programmpunkt das Aufhängen der bereits fertig gewaschenen Ladungen Bettwäsche vorsah. Bei einem Wetter wie heute waren fünfzehn Kilo Jersey mit der puren Kraft von Sonne und Wind schneller bereit für den nächsten Einsatz als mit dem elektrischen Trockner. Auf dem Weg zur Waschküche vibrierte das Handy in seiner Hosentasche. Die Nachricht bestand aus drei knappen Worten: »Komm! Her! Dringend!«

Holger seufzte.

»Ja, aber *selbstverständlich* statte ich gleichgeschlechtliche Hochzeiten aus«, hatte Babette Larsens Antwort bei der ersten Kontaktaufnahme gelautet. Entrüstung hatte in ihrer Stimme gelegen ob der unausgesprochenen Unterstellung, sie könne eine gänzlich andere Geschäftspolitik vertreten.

Im Sinne sämtlicher Bestrebungen gegen Homophobie und Diskriminierung war es eine absolut begrüßenswerte Antwort gewesen, daran gab es nichts zu rütteln. In Bezug auf seinen ganz persönlichen Mikrokosmos konnte Holger nicht verhehlen, ausnahmsweise eine ganz andere Information bevorzugt zu haben. Denn seit Babette Larsen am vergangenen Montag - *Düwel ook, ist das wirklich erst fünf-*

einhalb Tage her? - Teil der Hochzeitsvorbereitungen geworden war, schienen diese mehr und mehr in ein Desaster abzudriften.

Einige Details in Babettes Planung waren durchaus gelungen, keine Frage. Etwa der Vorschlag, die Trauung von der für so viele Leute doch etwas zu kleinen Terrasse des Knechtshauses in den Obstgarten zu verlegen. Die Sitzgelegenheiten aus Heuballen und weißen Stoffbahnen in den unteren Ästen hatten die beiden Heiratswilligen ebenfalls abgenickt. Der Vorschlag mit den vom Jespersen-Hof geliehenen Pferden, auf denen Holger und Christoph zu ihrem Date mit der Standesbeamtin reiten sollten, war hingegen genau so durchgefallen wie einige andere Ideen »aus meinem kreativen Füllhorn«, die sich unter dem nicht völlig von Hochzeitsfieber getrübtem Blick ihrer Auftraggeber als Rohrkrepierer erwiesen hatten. Wozu sollten sie sich das Ja-Wort in der Schaufel eines Radladers geben?

Holger machte sich auf die Suche nach seinem Zukünftigen. Er fand ihn im Arbeitszimmer. Momentan war es mit einem zweiten Schreibtisch dort arg überfüllt, doch solange das Ladenlokal für den Fehmarnschen Ableger der Büchertruhe noch nicht bezogen werden konnte, ging es nicht anders.

»Was hat sie diesmal wieder angestellt?«

»Sieh es dir einfach an.«

Christoph hielt ihm einen Hochglanzkatalog unter die Nase, in dem Babette eine Seite mit einer Haftnotiz markiert hatte.

»Schreibt mir eure Konfektionsgrößen auf, dann kann ich die Sachen heute noch ordern««, las Holger. »Das meint die nicht im Ernst?«

»Ich sage da jetzt mal nichts zu, Schnuffel.«

»Welchen Teil von ›stilvoll, aber schlicht‹ hat die nicht verstanden?«

»Offenbar ist sie wild dazu entschlossen, die Hochzeit entgegen des konkreten Arbeitsauftrages von einem Fest für uns und unsere Liebsten in den Rang eines Events erheben zu wollen, von dem auf Jahrzehnte hin die ganze Insel spricht.«

Holger ließ sich auf seinen Chefsessel fallen. »Collie, ich weiß nicht, wie es dir geht. An mir selber bemerke ich nur eine immer größere Bereitschaft, meine Argumente pro Wedding Planner ersatzlos zu streichen. Am besten machen wir den ganzen Kram selber, selbst wenn es uns schier umbringt. Das läuft ja immer mehr aus dem Ruder. Obendrein fühle ich mich um etwas gebracht, was für mich zu einer Hochzeit einfach dazugehört.«

»Aber?«

»Schön, dass du den Unterton herausgehört hast.« Holger lächelte müde. »Mir fehlt noch der letzte Schub, der mich wirklich überzeugt. Was hat sie sich schon großartig zu Schulden kommen lassen außer, dass sie einen etwas zu großen Enthusiasmus vor sich herträgt? Wir müssen sie wohl mal wieder einnorden. Wo ist sie?«

»Vorhin war sie in der Schlachtküche. Heute hat sie es hauptsächlich auf die Essensplanung abgesehen. Sie hat etwas von einem Büffet in modern-landwirtschaftlichem Ambiente gemurmelt.«

»Die kriegt es fertig und serviert Gulaschsuppe aus einer alten Dranktonne. Komm.«

Sie fanden die Wedding Plannerin vor der Scheune. Mit einem modernen Lasermessgerät ermittelte sie die Maße des großen doppelflügeligen Tores.

»Babette, hast du einen Moment Zeit für uns?«

»Selbstverständlich, Christoph. Ich brauche nur noch ein, zwei Sekunden.« Sie trug die Daten in ihren Tablet-PC ein. Ihre Bewegungen wirkten dabei fahrig und unkonzentriert. »So. Das war's. Sagt mal, ist es eigentlich ein großer Aufwand, diese alte Kutsche am Straßenrand hierher zu bringen? Es wäre doch großartig, wenn nach der Trauung alle Gäste hier ihre Plätze zum Essen einnehmen und ihr dann auf der von zwei Pferden gezogenen Kutsche großen Einzug haltet.«

»Was hat die bloß ständig mit ihren Gäulen?«, wisperte Holger. »Hängt hier irgendwo ein Schild, von dem ich nichts weiß? Immenhof?

»Babette, wir sind ein wenig unzufrieden«, sagte Christoph. »Das einzige, was bis jetzt einwandfrei geklappt hat, ist die Sache mit den Einladungen. Schon seit Donnerstag trudeln die ersten Zusagen unserer Gäste ein. Darüber hinaus läuft es nicht wirklich rund. Du drehst uns ein bisschen zu sehr auf mit deinen Vorschlägen. Da haben wir schon einmal drüber gesprochen, und du hast Mäßigung versprochen. Jetzt bei unserer Kledaasche scheint das nicht mehr zu gelten.«

»Was ist aus unserem Wunsch nach einfachen Leinenanzügen mit einem kleinen weißen Blütenstrauß am Revers geworden?« Holger hielt den mitgebrachten Katalog in die Höhe. »Barfuß in Latzhose und kariertem Hemd ist meilenweit davon entfernt.«

»Der Strohhut auch! Du darfst den Strohhut nicht vergessen«, erinnerte Christoph.

»Kurz gesagt, Babette: Ich weigere mich, auf meiner eigenen Hochzeit wie John-Boy Walton rumzulaufen!«

»Aber warum denn, Holger? Das hat doch ein romantisch-rustikales Flair, das perfekt zu diesem herrlichen Hof passt.«

»Du solltest mal durch deine eigene Schwarzweiß-Schleuse gehen. Vielleicht löst das einen Reset im Kopf aus, der dein Kreativzentrum wieder etwas freipustet. Aua, du Flegel!«

Holger rieb sich den Bizeps, in den er einen ziemlich groben Kniff bekommen hatte. Sticheleien brachten keinem etwas. Christoph überspielte die Situation mit Humor: »Bitte nimm es ihm nicht übel. Die Hitze der letzten Tage ist nicht spurlos an ihm vorübergegangen, was ihn, wenn ich ehrlich sein darf, zu einer ausgesprochenen Landplage macht.«

»Jungs?! Wo seid ihr?! Ach, da!«

Die Männer wirbelten herum. Die Stimme von hinten hatte besorgniserregend geklungen. Sie waren erleichtert, dass die göttliche Jette bei bester Gesundheit war. Ihr Zittern am ganzen Körper konnte nur als Wutbeben bezeichnet werden.

»Holger. Christoph«, begann sie mit um Haltung bemühter Stimme. »Ich habe nur eine einzige Frage an euch und ich werde jede Antwort akzeptieren. Es ist euer Fest. Aber ich brauche Gewissheit. Gilt euer Versprechen, dass *ich* mich um das Hochzeitsessen kümmere, weiterhin - ja oder nein?«

Ratlosigkeit lag in den Gesichtern der beiden Männer.

»Natürlich gilt es, Oma«, sagte Holger. »Warum sollte sich da etwas geändert haben?«

Die göttliche Jette hielt einen eng beschriebenen Zettel in die Höhe und bedachte Babette Larsen mit einem vernichtenden Blick.

»Weil diese gelackte Zimtzicke da meint, mir einfach so das Heft aus der Hand nehmen zu dürfen.«

Für ihre Verhältnisse hatte die göttliche Jette geradezu unflätige Worte benutzt, was den Ernst der Lage unterstrich.

Die gelackte Zimtzicke war Babette Larsen und angesichts dieser Verbalinjurien schwer herausgefordert, ihre Contenance zu wahren.

»Aber, Oma Jette...«

»Eine Moment bitte.« Höflich aber bestimmt schnitt Christoph ihr das Wort ab, bevor Holger es tat. Hier kristallisierte sich gerade heraus, welchen Clash der Titanen es gegeben haben musste, um den beiden Damen zu ihren aufgeregt roten Wangen zu verhelfen. Jetzt war es wichtig, eine weitere Eskalation zu verhindern. »Jemanden Oma zu nennen, sollte der engsten Familie vorbehalten sein. Das wollen wir doch bitte nicht vergessen.«

Babette schluckte. Bisher waren der Grünäugige mit dem dunkelblonden Wuschelkopf und seine Großmutter zwei Faktoren gewesen, mit denen man rechnen musste. Wenn jetzt auch noch der Brünette mit dem samtigen Blick zum Problem wurde, sah sie kaum noch eine Möglichkeit, das Paar davon zu überzeugen, dass so eine bescheidene Hochzeit wie sie es sich wünschten, einfach vollkommen aus der Mode war. Mit einem netten Beisammensein zu Bier vom Fass und deftigem aus der *Cuisine* dieser Bauern hier schaffte man keine Erinnerungen fürs Leben mehr. Außerdem war das ihr erster wirklich großer Auftrag, seit sie ihr Handarbeitsgeschäft in der Lübecker Innenstadt aufgegeben hatte, um nur noch von ihrem bisher im Verwandten- und Freundeskreis ausgeübten Nebenerwerb zu leben. Das durfte sie nicht in den Sand setzen. Augenblicklich ruderte sie zurück. »Natürlich, ich bitte um Verzeihung.«

Christoph lächelte aufmunternd. »Schwamm drüber.«

»Aber nur da!«

Die göttliche Jette war noch ein gutes Stück davon entfernt, sich zu entspannen. Sie baute sich standfest auf und schaffte es dabei, größer als Babette Larsen zu wirken, die auch ohne ihre High Heels einen halben Kopf höher gewesen wäre. »Frau Larsen. Ich bin staatlich geprüfte Meisterin der ländlichen Hauswirtschaft. Ich habe diesen Hof fast ein halbes Jahrhundert lang selber geführt. Dabei hatten wir regelmäßig große Feste, zu denen ich für hundert Gäste und mehr gekocht habe. Nicht ein einziges Mal hat sich in all den Jahren jemand über die Art oder die Qualität meines Essens beschwert.«

»Es tut mir außerordentlich leid, wenn meine kleinen Gedankenspiele als Beschwerde bei Ihnen angekommen sind. So war es wirklich nicht gemeint. Es waren lediglich Vorschläge, um Ihnen die Arbeit etwas zu erleichtern. Sie wollen das große Fest doch auch genießen und nicht nur schuften.«

»Auf diesen großen Wurf bin ich jetzt aber mal gespannt«, entfuhr es Holger. »Woran hattest du gedacht?«

»Fingerfood ist ganz beliebt geworden. Ihr könnt euch nicht vorstellen, wie gut das angenommen wird. Ich habe da einen ganz hervorragenden Caterer an der Hand. Spieße mit eingelegten Oliven, mariniertem Käse oder gefüllten Kirschpaprika. Kleine Schwarzbrotkanapees mit Lachs und Meerrettich.«

»Natürlich«, höhnte die göttliche Jette. »Alles Dinge, mit dem man sich überhaupt nicht die feinen Sonntagsplünnen vollkleckert.«

Babette ließ sich nicht beeindrucken. Sie führte ihre Ideen aus, wobei sie ihre innere Sicherheit zurückgewann und auf dem besten Wege war, Holger und Christoph zu überzeugen. Selbst die göttliche Jette verspürte ein leises Bröckeln ihres Widerstandes. Nur von einer Sache ließ sie sich nicht abbringen.

»Mit dem Kuchen bin ich überhaupt nicht einverstanden. So ein dreistöckiges Monster mit Marzipandecke und Zuckerfiguren drauf hat es hier noch nie gegeben. Zu einer Sommerhochzeit auf dem Dünenhof gehört meine Holundercremetorte.«

»Na, na, na.« Babette war sich ihres zurückeroberten Terrains zu sicher und dadurch leichtsinnig geworden. Sie tätschelte der göttlichen Jette gönnerhaft die Wange. »Mach dir wegen solcher Petitessen keine Sorgen, Oma. Manchmal ist es besser, die Dinge einem Profi zu überlassen.«

»Showtime«, stöhnte Christoph. Vorsichtshalber schloss er die Augen. Niemand wusste besser als er, wann Holger seinen absoluten Siedepunkt erreicht hatte und explodieren würde. Das wollte er nicht sehen.

Doch Holger explodierte nicht. Er blieb ganz ruhig. Genau dann war er am gefährlichsten. Selbst Babette merkte, dass es besser war, ohne weitere Umschweife zu verschwinden, als sie Holgers Stimme hörte.

»Ich denke, wir sollten diese Hochzeit auf ihre Werkseinstellung zurücketzen.«

Nina betrat das Zimmer ihres Bruders. Thomas verbrachte Halloween auf einer riesigen Party in Düsseldorf, Ende offen, und hatte sein kleines Reich bereitwillig an den Besuch aus dem hohen Norden abgetreten.

Die fünfzehn Quadratmeter waren eine Studentenbude wie aus dem Bilderbuch: Ein buntes Sammelsurium an Möbeln, die nicht zusammenpassten, nicht einmal zwei identische Sets Bettbezüge hatten seine Gäste vorgefunden. In den Regalen standen neben den Fachbüchern auch Comics, Videos und ein paar CDs. Frische und benutzte Kleidung lag in diversen kleinen Häufchen im Zimmer verteilt, und auf dem Fußboden hatte etwas Schwarz gelbes gelegen, das wie die abgestreifte Haut einer verfetteten Mangroven-Nachtbaumnatter ausgesehen, sich bei näherem Hinsehen aber nur als Sportstrumpf in den Farben des lokalen Fußballvereins entpuppt hatte.

Nina schloss die Tür und konnte sich das Lachen nicht verkneifen, als ihr Blick auf Gregor fiel. »Du kannst das Ding noch so gut verstecken - der Geruch wabert trotzdem durch die ganze Wohnung.«

»Scheiße.«

Gregor holte den Aschenbecher mit der verdächtigen Qualmwolke wieder aus der Nachttischschublade. Er saß auf dem Fußboden vor dem Bett. Nina setzte sich neben ihn.

»Was soll die Heimlichtuerei? Sebastian, Frank, Abdul und Korbi kiffen selber, und es würde mich schon sehr wundern, wenn Thomas nicht auch ab und zu einen durchzieht.«

»Die wohnen hier, ich bin nur zu Gast. Bedank dich bei meinen Eltern für die gute Erziehung, die sie mir angedeihen ließen.«

»Das ist ja wohl das erste, was man als junger Student ablegt.«

»In Lüneburg?«

»Nicht gerade New York, wohl wahr. Von der Einsamkeit einer Bergalm ist es aber ebenso weit entfernt. Lass mich auch mal ziehen.«

Gregor reichte Nina den Joint.

»Ich für meinen Teil war immer froh, dass der Regionalexpress nach Hamburg nur eine Dreiviertelstunde braucht.«

»Trotzdem wird es was mit dir gemacht haben«, sagte Nina. Sie nahm einen tiefen Zug und atmete genussvoll aus.

»Natürlich. Vor allem war es *die* Gelegenheit, endlich aus dieser Othmarschener Spießbürgeridylle rauszukommen. Schlabbrige Klamotten, die Tagebücher von Che Guevara unter der Matratze und sowas hier« - Gregor nahm sich den Joint zurück - »in einer alten Blechdose hinter der Fußleiste in meinem Zimmer zu verstecken reichten mir schon lange nicht mehr als Zeichen meiner Rebellion.«

Nina erinnerte sich an ihren eigenen Start ins Studentenleben und sagte: »Das Campusleben als Befreiungsschlag.«

»Wenn man die Anlaufschwierigkeiten erstmal hinter sich hat, ja. In den ersten Wochen war es ein ziemlicher Eiertanz. Soviel Neues, das es zu entdecken gab. Zum Glück gewöhnt man sich schnell ein. Zumal ich tolle Kommilitonen hatte. Von der freien Atmosphäre unter uns sind es nur wenige Schritte zu meinen heutigen politischen Ansichten und der Selbsterkenntnis gewesen, dass der von meinen alten Herrschaften gewünschte Lebensweg nicht meinen eigenen Vorstellungen entsprach. Weißt du übrigens, was das Beste an der Lüneburger Gegend ist?«

»Du wirst es mir gleich verraten.«

»Von Vögelsen aus ist es nicht weit bis zum Vickenteich.«

Der Joint zeigte seine Wirkung. Sie kicherten wie alberne Teenager, und es dauerte lange, bis sie wieder vernünftig sprechen konnten.

»Wie kommst du jetzt ausgerechnet da drauf?«, japste Nina.

Gregor legte den Kopf in den Nacken und schaute zur Zimmerdecke. Er glaubte, in den Linien der rissig gewordenen Farbe die Silhouette des Matterhorns zu erkennen. Er wusste selber nicht, warum er es Nina nie erzählt hatte. Ein Geheimnis war es nicht. Es hatte sich schlichtweg nie ergeben. Vielleicht pusteten der Joint, das Hereinbrechen der Nacht und vor allem die Atmosphäre dieser Studenten-WG die etwas verstaubteren seiner Erinnerungen gerade gründlich durch.

»Ich konnte doch so gut mit meinem Professor«, begann er. »Wir sind uns beide mal zufällig auf irgendeinem Volksfest in Vögelsen über den Weg gelaufen. Er hat eine Runde ausgegeben, ich habe eine Runde ausgegeben, es sind noch ein paar Runden mehr draus geworden, wir haben uns verquatscht und waren am Ende beide ein bisschen angeschickert. Guck nicht so strafend! Es war wirklich nur ein bisschen. Zumindest ich wusste noch genau, was ich tat.«

Nina sagte nichts. Dafür holte sie sich den Joint zurück. Draußen rauschte die S-Bahn von Unna nach Lütgendortmund vorbei.

»Am Ende hatten wir den letzten Bus verpasst und beide kein Geld fürs Taxi mehr«, erzählte Gregor weiter. »Also sind wir gelaufen. Der Weg passte. Er musste auf die Westseite vom Kreidebergsee, ich auf die Ostseite. Sechs oder sieben Kilometer bei halbem Tempo, weil wir ja nicht ganz nüchtern waren. Wir haben dabei über alles Mögliche geredet. Wie echte Männer so sind, landen sie irgendwann auch beim Sex. Ein Wort gab das andere, bis er irgendwann verkündete, durchaus neugierig zu sein, wie das so ist mit einem Kerl. Ich war nur zu bereit, diese Wissenslücke bei uns beiden zu schließen.«

Jetzt schaltete Nina sich doch ein. »Wie das denn? Du hast mir doch immer erzählt, deine schwule Entjungferung war erst im dritten Semester.«

»Nina-Mäuschen, genau davon erzähle ich doch gerade. Weil es für uns beide das erste Mal war, lief es auf *learning by doing* hinaus. Knutschen, ein bisschen Petting und der Versuch eines Blowjobs. Der Prof ist nach zehn Minuten ziemlich verlegen davon gestolpert. Ich dagegen hatte zum ersten Mal Spaß am Sex gehabt, was bei meinen unbeholfenen Versuchen mit der holden Weiblichkeit nie der Fall gewesen war. Am nächsten Tag ist mein Zimmernachbar im Studentenwohnheim vor Lachen fast vom Balkon gefallen, als ich ihm vom Wann, Wie und Wo mit dem Prof erzählt habe. Ausgerechnet ein Gebüsch am Vickenteich hatten wir uns ausgesucht.«

Nina fühlte, dass sie gerade einen dieser ganz besonderen Momente zwischen besten Freunden teilten. Sämtliche Schranken, die auch das zurückhielten, was man sonst nicht mal eben diesen besten Freunden erzählt, waren gefallen. Sie drückte den Joint im Aschenbecher aus. Ein halbwegs klarer Kopf war jetzt wichtig. Dann packte sie aus. Von sich und Klaus. Von ihrer Verliebtheit. Von dem schlechten Gewissen. Sich selbst gegenüber. Seiner Frau und den beiden Kindern gegenüber. Von dem Gefühl, trotzdem nicht loslassen zu können.

Gregor ließ sich Zeit mit der Antwort. »Weißt du, dass ich

dich ich immer um deine Eltern beneidet habe?«, begann er schließlich. »Die sind nicht so von vorgestern wie meine. Tante Lisa und Onkel Uwe waren schon immer richtig modern. Über was die beiden alles hinweg geguckt haben - Wahnsinn. Wenn meine Eltern auch nur von der Hälfte unserer Streiche erfahren hätten, wäre das Thema Ferien bei euch für immer erledigt gewesen. Deine Eltern haben uns machen lassen. Wenn es doch mal Zeit für ein ernsthaftes Gespräch war, ist ihre Botschaft immer gewesen: ›Lebt ausgiebig und macht Dummheiten. Aber macht wenigstens welche, nach denen ihr euch vor dem Spiegel immer noch selber in die Augen gucken könnt.‹«

Nina schluckte. Da war er, der Rat, auf den sie gehofft hatte. Ehrlich. Hart. Schnörkellos.

Wahr.

Ihr Hals schnürte sich zu. Ein paar Zentimeter weiter oben standen die Schleusentore kurz vor der Öffnung. Bevor es dazu kam, klopfte es an der Zimmertür.

»Hey, ihr beiden! Schiebt ihr da noch 'ne Nummer? Wir müssen langsam los.«

In Sekundenbruchteilen klarte die Stimmung auf.

»Nummer schieben - der ist gut. Der scheint nicht gemerkt zu haben, dass ich seinen Hintern spannender finde als deinen«, raunte Gregor seiner Cousine zu. Er sprang auf. »Wir sind gleich soweit!«

Als er Nina hochzog, reichte ihr Blickkontakt aus. Zurück in Bremen würde sie ein ernsthaftes Gespräch mit Klaus führen. Irgendwo öffentlich, wo sie es sich beide nicht erlauben konnten, große Szenen zu machen. Es würde weh tun und nur langsam vergehen. Doch das war immer noch besser, als weiter »die Andere« zu sein - eine Rolle, für die sich auf Dauer einfach zu schade war.

Nina und Gregor machten sich für die Nacht fertig. Festes Schuhwerk, robuste Klamotten, Arbeitshandschuhe und für jeden eine Taschenlampe. In der Diele wartete bereits ihr Cicerone in ähnlicher Aufmachung auf sie. Außerdem hatte er drei Bauarbeiterhelme organisiert.

Korbinian »Korbi« Mayr freute sich auf die bevorstehende Aktion mit der Schwester seines Wohnungsgenossen und deren Freund. Der junge Mann aus einem Dorf in der Nähe von Starnberg trug seinen Namen mit Humor, war er doch das einzige, was er mit den dem klischeebehafteten Image eines ländlich aufgewachsenen Bayern gemein hatte. Nasenringe trugen dort nur die Ochsen.

»Wo müssen wir lang?«, fragte Gregor, als sie draußen vor dem Haus standen.

»Einfach mir nach. Ich find's gigantisch, dass ihr dabei seid. Ich suche schon lange jemanden, der mich zu so einer Exkursion begleitet. Wenn Thomas aus Düsseldorf zurück ist, bekommt er von mir einen Kasten Bier als Dankeschön für die Vermittlung.«

»Süßes, sonst gibt's Saures!«

Zwei Zombies sprangen aus einem Hauseingang. Es waren natürlich nur sehr gut geschminkte Kinder, doch die drei Erwachsenen zuckten angesichts des perfekt geplanten Überraschungsangriffs gehörig zusammen. Vor allem Gregor hatte das Gefühl, sein Herz von der Straße aufkratzen zu müssen. Der Joint war eine Scheißidee gewesen.

Nina hatte mit so etwas gerechnet und zog ein paar Süßigkeiten aus ihrem Rucksack. Die Zombies bedankten sich artig und verschwanden in der Dunkelheit, bereit zum nächsten Angriff.

»Ich glaube, das ist doch kein so guter Plan«, keuchte Gregor. »Lasst uns am besten wieder zurückgehen. Ich mache mir sonst in die Hose.«

Der junge Bayer machte ein enttäuschtes Gesicht. Nina wurde resolut. »Hier wird nicht ausgekniffen! Du hast selbst gesagt, dass der Einzug in deine neue Wohnung nicht gilt, falls du diese Mission nicht erfüllst. Sieh es praktisch: Wenn du wirklich einnässt, wird's dir im Schritt wenigstens nicht kalt.«

Korbi führte seine norddeutschen Begleiter aus dem szenigen Studentenviertel hinaus bis in die Dortmunder Innenstadt. Auf einem großen Platz ragte ein Metallgerippe in die Höhe, das Gregor an eine Miniatur des Eiffelturms erinnerte. Nina fühlte sich an einen Ölbohrturm aus einem alten Western erinnert.

»Ihr liegt beide falsch«, sagte Korbi. »Wenn das Gerüst fertig ist, werden hunderte von Tannenbäumen daran festgetackert, Lichterketten angeschraubt, und passend zum Weihnachtsmarkt in vier Wochen steht der größte Weihnachtsbaum der Welt.«

»Wohl eher das größte Adventsgesteck«, stellte Nina fest. »Aber wenn es fertig ist, sieht es bestimmt ganz anständig aus.«

»Keine Ahnung. Den Baum im letzten Jahr habe ich nicht miterlebt, ich bin erst in diesem Frühjahr ins Ruhrgebiet gekommen.«

Weiter ging es durch die Innenstadt. Auf der Einkaufsmeile schlief das Leben langsam ein. Die Geschäfte waren seit einer Dreiviertelstunde geschlossen, die Lichter in den Schaufenstern liefen auf Sparflamme. In einem Fotogeschäft war vergessen worden, ein Ausstellungsdisplay abzuschalten, die sündhaft teure Kamera darauf drehte sich munter weiter. Die letzten Verkäufer mit Kassenbefugnis waren mit der Abrechnung fertig und tröpfelten einer nach dem anderen aus den Personaleingängen.

Korbi erzählte unterdessen, wo es ihn, Gregor und Nina hinzog. »Das Brückstraßenviertel muss mal eine ziemliche Amüsiermeile gewesen sein. Sogar die Dietrich und Claire Waldoff sollen hier Gastspiele gegeben haben, im Wirtschaftswunder dann Typen wie Peter Frankenfeld. Hat mir Kiki von nebenan erzählt. Die studiert irgendwas mit Kultur und hat sich auf Kleinkunst spezialisiert. Könnte also stimmen.«

»Bis vor ein paar Jahren, sagt er!« Nina machte eine Kopfbewegung nach rechts. »Hast du die Bude da gerade gesehen? Einmal räuspern und das Ding fällt in sich zusammen.«

Korbi winkte ab. »Alles halb so wild. Hinter dem nächsten Häuserblock ist gerade eine Großbaustelle, die setzen sich nämlich ausgerechnet da ein Konzerthaus hin. Damit sich da später auch Leute hintrauen, wird die Umgebung gleich mit aufgemöbelt. Was bitter nötig ist. Es gibt so ein paar Problemviertel in der Stadt. Von denen heißt es, wenn du mit da deinem Fahrrad auf der einen Seite reingehst, kommst du auf der anderen Seite ohne dein Fahrrad wieder raus. Von der Brückstraße sagt man, dass dein Fahrrad ohne dich wieder rauskommt.«

»Reizende Aussichten!« Gregor verspürte immer weniger Lust zu diesem nächtlichen Trip.

»Jedenfalls müssen wir uns beeilen. Unser Ziel wird nämlich bald abgerissen.«

»Wenn ich nicht vorher ausgerissen bin.«

»Mann oder Memme?«, zischte Nina.

Das hört kein Vertreter des so genannten starken Geschlechts gerne. Gregor riss sich zusammen. »Ich komme ja schon.«

Es dauerte nur noch wenige Minuten, bis Korbi sie in eine Sackgasse führte. Kurz war sie und gerade breit genug, dass zwei normal gewachsene Menschen nebeneinander stehen konnten. Vom Gebäude zur Linken war nur eine nackte Mauer zu sehen. Rechts gab es zumindest eine Tür und ein Fenster mit blinden Scheiben. Eine Ratte fühlte sich auf ihrer nächtlichen Suche nach Essbarem gestört. Mit einem Protestschrei, der diesmal auch Nina für einen Augenblick das Blut stocken ließ, machte sie kehrt und verschwand in einem Mauerloch. Einzig Korbi blieb unbeeindruckt.

»Das ist... war die Winkelmann-Schänke«, erklärte er.

»Fast achtzig Jahre das erste Haus am Platze, wenn man auf der Suche nach üblen Gestalten, krummen Geschäften und gepanschtem Bier war.«

»Was ist mit Drogen?«, fragte Nina.

»Unwahrscheinlich. Wenn überhaupt, dann Opium. Wie bei euch im Chinesenviertel bei der Reeperbahn«, sagte Korbi. »LSD, Hasch und was sonst so mit den Hippies aufkam wohl eher nicht. Die Bude hatte nämlich schon seit Mitte der Sechziger geschlossen und ist zunehmend verfallen, wie man unschwer erkennen kann. Der Eigentümer hat niemanden gefunden, der ihm diese Ruine abkaufen wollte.«

»Warum?«

»Offiziell hat es zunächst daran gelegen, dass das Viertel allmählich an Bedeutung verlor und verkam. Danach war es die Lage. Abseits, verrufen. Aber inoffiziell...« Mit leuchtenden Augen zog Korbi einen Dietrich aus seiner Jackentasche und machte sich an dem Vorhängeschloss zu schaffen, das Eindringlinge draußen halten sollte. »Genau deswegen sind wir hier: Die alte Winkelmann, eine echte Mutter der Unterwelt, soll ein zähes Luder gewesen sein. Ihr Sohn wollte den Laden und die krummen Geschäfte übernehmen, sie hat ihn aber nicht gelassen. Neunzig ist sie geworden, dann hat Winkelmann junior nachgeholfen. Seitdem heißt es, nur ihr Körper hat diese abgetakelte Hütte verlassen.«

Das Schloss sprang auf. Korbi entfernte es und zog vorsichtig an der Tür. Die verrosteten Scharniere knirschten entsetzlich.

»Nach euch!«

»Moment.« Nina lauschte in die Nacht. »Was klappert hier so?«

Gregor hätte es ihr sagen können, aber sie hätte ihn durch das Klappern seiner Zähne kaum verstanden. Warum, zum Teufel, waren sie ausgerechnet an Halloween hergekommen?

Falsche Frage.

Richtige Frage: Warum nur hatte er sich damals auf diesen horrenden Blödsinn eingelassen?

»Da da-da di-da aus-ein-da-da-geh'n...«

Sie wusste selbst nicht genau, was es war, doch irgend etwas geschah mit Claire, wenn eine Hochzeit anstand. Dabei war sie wirklich nicht der Typ Frau, der schon bei so harmlosen Dingen wie Brautschleiern und weißen Tauben in gerührtes Schluchzen ausbrach. Im Gegenteil. Beim Schreiben musste sie sogar manchmal vor Lachen eine Pause einlegen, wenn sie gewahr wurde, welchen schwülstigen Mist sie ihren Figuren in den Mund legte, bevor es für den strahlenden Helden und seine Holde in den Buntkarierten, wahlweise auch auf der schneeweißen Bank im Irrgarten aus Eibenhecken, den Polstern einer schwankenden Kutsche oder auch nur in einem schnöden Heuhaufen, richtig zur Sache ging.

Jetzt tanzte sie selber im Morgenmantel zu Walzertakten durch ihre Wohnung, sang bei der alten Schnulze von Heidi Brühl mehr laut als textsicher mit und schwenkte dabei ihr Kleid für das große Fest wie einen imaginären Tanzpartner, bis der letzte Akkord der knisternden alten Schallplatte verklungen war.

»Wenn du mich fragst, war das eine gute neun Komma fünf.«

Claire zuckte ertappt zusammen. »Himmel, habe ich mich jetzt verjagt! Wie kannst du dich nur so in die Wohnung schleichen?«

»Ganz einfach.« Sonja lehnte entspannt im Türrahmen und hielt ihren Zweitschlüssel hoch. »Du hast weder auf Klingeln noch Klopfen reagiert. Was sollte ich tun? Hätte ja was passiert sein können.«

»Mir doch nicht.«

»Stimmt. Der Teufel wird möglichst lange hinauszögern, dass du zu ihm kommst. Sonst müsste er ja den Thron räumen.«

»Sag mal, Deern, wie redest du eigentlich mit deiner Mutter?«

»Nur so, wie ich es von ihr selber gelernt habe.«

»Ich fürchte, das entspricht der Wahrheit.«

»Das mit der neun Komma fünf aber auch, Muddi.«

»Ach, du!« Die Verlegenheit war ein äußerlich, Claires Tonfall verlangte nach mehr.

Sonja tat ihr den Gefallen. »Nein, wirklich. Von dir könnte sich so manches junge Ding eine Scheibe abschneiden.«

Claire sank auf die Chaiselongue in ihrem Salon. »Dabei habe ich es nie auf große Kunst angelegt. Für mich war Tanz immer nur ein Ventil.«

Sonja setzte sich zu ihrer Mutter. »Gut, dass du es gefunden hast. Sonst hättest du die Welt mit deiner Lebensfreude schier unter dir begraben.«

»Wenn es doch immer nur Lebensfreude gewesen wäre, meine Süße. Es war oft genug die einzige Möglichkeit einer kleinen Flucht.«

»Erzähl.«

»Ach, Deern, das hast du doch alles schon tausend Mal gehört.«

»Ich mag es nun mal, wenn du erzählst.«

Claire ließ sich nicht länger bitten. »Das fing schon als Kind an. Das Haus deiner Großeltern ist lange verschont geblieben, selbst beim Feuersturm hat da ein Schutzengel seine Finger im Spiel gehabt. Kurz vor dem Tag der Befreiung ist es dann wegen einer kaputten Gasleitung doch noch in die Luft geflogen. Zum Glück war niemand drin. Danach haben wir fast vier Jahre in einer dieser schrecklichen Nissenhütten gelebt.«

»Das waren diese Wellblechtunnel, nicht wahr?«

»Richtig. Ich sage dir, das war ein ziemlicher Unterschied zu der schönen Beletage. So groß wie die ganze Hütte ist zuvor allein schon unser Wohnzimmer gewesen, wenn wir die großen Schiebetüren zum Esszimmer auch noch offen hatten. Diesen Platz mussten wir uns auch noch mit einer fremden Familie teilen. Außer etwas Kleidung konnten wir nichts mehr aus den Trümmern retten, nicht mal meine Lieblingspuppe. Für ein Mädchen von sieben oder acht Jahren bleibt da kaum etwas anderes als sich selbst vorzusingen und dabei zu tanzen.«

Claires Lächeln hatte etwas Melancholisches.

»Erst später bin ich hauptsächlich aus Spaß auf das Parkett gestürmt. Bei einem Tanzabend im Varieté Haus Vaterland am Ballindamm habe ich sogar meinen Traummann kennengelernt.«

»Muddi! So hast du ja noch nie von meinem alten Herrn gesprochen!«

»Der!« Claire spie das Wort förmlich auf den Teppich. »Der war höchstens mein größter Fehler und ein noch größerer Alptraum. Wegen dem habe ich dann später auch meistens meinen Frust weggetanzt. Nein, im Haus Vaterland habe ich Rochus Amandus Petersen-von Wümme kennengelernt. Lach nicht! Er stammte aus altem hanseatischen Bürgeradel, da hat man eben solche überkandidelten Namen. Dafür war er ein bannig staatsches Mannsbild! Groß, breite Schultern, ein Bart wie Errol Flynn. Auf dem Parkett war er Fred Astaire und ich seine Ginger Rogers. Es war Liebe auf den ersten Walzer. Ich hätte ihn sogar geheiratet, wäre nicht durch ein dummes Missverständnis alles geplatzt. Danach war mein Selbstbewussten so im

Keller, dass ich den nächstbesten Heiratsantrag angenommen habe, ohne näher zu überlegen. So bin ich an Albrecht Markuse geraten, seines Zeichens größte Lusche auf Erden.«

»Apropos Hochzeit.« Sonja holte eine runde Box aus der Diele und klappte sie auf. »Hier, den sollte ich doch für dich aus der Reinigung abholen.«

»Huch, den hätte ich beinahe vergessen.« Claire nahm den Sommerhut mit der eleganten Krempe und setzte ihn auf. »Der passt doch zu meinem Kleid, oder?«

»Natürlich. Haben wir doch neulich ausprobiert.«

»Ich weiß, Deern, ich weiß. Ich bin nur so nervös. Wer hätte gedacht, dass Christoph ausgerechnet mich alte Schachtel bitten würde, seine Trauzeugin zu sein?«

»Wer hätte gedacht, dass er überhaupt mal einen Trauzeugen braucht!«

»Das magst du wohl sagen. Bis die beiden überhaupt begriffen haben, dass sie zusammengehören! Naja, Ende gut, alles gut.«

»Noch ist die Hochzeit nicht gelaufen. Man soll den Tag nicht vor dem Abend loben.«

»Pschschsch!« Erschrocken legte Claire ihren Zeigefinger an den Mund. »Beschwöre es nicht!«

»Haben sich die beiden inzwischen zu der Sache mit ihrem gemeinsamen Namen geäußert?«

»Nein, diese Stockfische üben sich in eiserner Verschwiegenheit. James Bond war nichts dagegen, als Goldfinger ihm den Laserstrahl ins Gemächt jagen wollte.«

»Vielleicht ist das ihre Vorstellung von einem süßen Geheimnis, das sie verkünden können.«

»Geheimnis - gutes Stichwort! Hast du die Schaumkanone abgeholt?«

»Nein, das erledigen Alfred und Marcus. In Alfreds Kastenwagen passt einfach mehr rein als in meinen Micra, und wir müssen ja noch mehr mitnehmen für unsere große

Invasion. Aber ich habe die Nebelmaschine und das Konfetti abgeholt. Zwei von diesen altmodischen Trommeln, in die zwanzig Kilo Waschpulver passen.«

Die Küchenuhr schlug elf.

»So, Deern, jetzt muss ich dich leider vor die Tür setzen. Ich soll zur Kaffeestunde da sein, und um dreizehn Uhr dreißig geht mein Bus.«

»Macht nichts, Muddi. Ich muss sowieso langsam nach Fuhlsbüttel. Der Flieger mit meinem Göttergatten landet auch bald.«

»Kommt ihr auch heute noch auf die Insel?«

»Das kann ich mir nicht vorstellen. Clemens hat mir schon vorletzte Woche am Telefon gesagt, dass er sich nach vier Monaten im Ausland auf nichts mehr freut als die erste Nacht im eigenen Bett.«

»Recht hat er. Mir reicht schon eine Woche woanders, um mich nach meinen Buntkarierten zu sehen. Denn men atschüß, mien Deern.«

»Atschüß, Muddi. Wir sehen uns morgen.«

Claire packte eilig ihren Koffer zu Ende, zog sich vernünftig an und ging aus dem Haus. Natürlich war sie wie immer viel zu früh dran. Claire, immer offen für neue Erfahrungen, verreiste zum ersten Mal mit einem Fernbus. Am ZOB sah sie sich in aller Ruhe um, erkundigte sich am Schalter des Reiseveranstalters nach dem korrekten Bussteig und ging dann noch einmal kurz zum Hauptbahnhof hinüber, um sich etwas zu lesen zu besorgen. Für die zweieinhalb Stunden Fahrt reichte eine Illustrierte, doch es war nicht ganz zufällig, dass sie sich auch in der Abteilung mit den Schmökern wiederfand. Sie war bereits knapp sechzig gewesen, als sie mit der Schreiberei angefangen hatte, und an manchen Tagen staunte sie noch immer, wenn sie Bücher mit ihrem Pseudonym Claire Voyant auf dem Titel in den Regalen fand.

Vor dem Regal mit den Liebesromanen stand ein seriös

gekleideter Herr und musterte das reichhaltige Angebot. In der Hand hielt er *Die blaublütige Hure*, Claires neuestes Werk. Sie sah den Mann nur von hinten, doch die bärbeißige Stimme, die »Verkommener Schund von einer gewöhnlichen Kokotte« brummte, als er das Buch zurück ins Regal stopfte, erkannte sie sofort.

Friedrich Mäkelt!

Sie warf ihre Zeitschrift auf den nächstbesten Tisch und machte, dass sie davon kam. Unterhaltung stellte sich während der Fahrt gen Norden auch so ein. Im Bus teilte sie sich die letzte Reihe mit einem jungen Vater und seinen drei Kindern, die nach der langen Anreise aus Oberstaufen nicht mehr die notwendige Geduld für die letzte Etappe bis zur Ankunft auf der Ferieninsel aufbringen konnte. Claire übernahm kurzerhand das Entertainment, während sich der dankbare Vater eine Mütze voll Schlaf gönnte. Das kleine Kartenspiel, mit dem Claire sich auf Reisen Patiencen legte, musste heute für Mau-Mau herhalten.

Pünktlich auf die Minute stiegen die zufälligen Reisegefährten und noch zwei andere Passagiere beim nächsten Halt in Puttgarden aus, wonach der Bus mit den übrigen Reisenden auf die Fähre rollte.

Die weitgereiste Familie wurde bereits von der Mutter erwartet, die nach drei Wochen Kur einen beachtlichen Erholungsvorsprung hatte. Die Kinder hatten sich auf der Fahrt bereits so an ihre Tante *honoris causa* gewöhnt, dass zum Abschluss noch einmal Tränen flossen. Der dreifache Sturzbach versiegte allerdings recht schnell, als Claire den ihnen die riesige Tüte Weingummi schenkte, die sie eigentlich für sich besorgt hatte. Noch einmal allgemeines Händeschütteln, begleitet von wortreichen Dankeshymnen, die Claire in typisch nordischer Sprachökonomie mit »Da nich' für« beantwortete, dann löste sich die Runde endgültig auf.

Der Taxistand vor dem Bahnhofsgebäude war verwaist,

doch nach einem Anruf bei der vorab erfragten Nummer musste Claire nicht lange warten.

Der Dünenhof lag in der Nachmittagssonne, als sie wenig später aus dem Mercedes Diesel stieg. Überall standen die Zeichen auf Hochzeit. Auf dem Hofplatz waren Heuballen wie Sofas mit Couchtischen zu gemütlichen Sitzgruppen gestaltet worden. Der große Leiterwagen stand mitten drin und war mit Blumen dekoriert, an den Sprossen hingen ebenso wie in sämtlichen Bäumen weiße Bänder. Die einzigen Ideen, die von der geschassten Wedding Plannerin übrig geblieben waren, wie Claire erst später erfahren sollte.

Der Rest war der Kreativität von Holger, Christoph, der göttlichen Jette und der weiblichen Besatzung des Nachbarhofes entsprungen. Der Sohn des Hauses hatte sich darüber erhaben gefühlt, dieses »ätzende Romantikgetue« zu unterstützen. Er hatte sich lieber mit seinen beiden Satelliten Benno und Steffen ein komfortables Versteck in einem Gebüsch hergerichtet, aus dem heraus sie die Hochzeitsvorbereitungen beobachten und ebenso fachmännisch wie boshaft kommentierten.

Die Damen Jespersen hatten auch den Nachlass von Hannes Jespersen selig gesichtet und anhangerweise Dinge wie alte Bauernmöbel, Erntekörbe, Zinkwannen und Milchkannen aus Emaille angeschleppt, die in Kombination mit Feldblumen, blühenden *Helianthus annuus* (gemeinhin als Sonnenblumen bekannt) und anderen bunten Sträußen aus Gewächsen der heimischen Flora zur Stimmung beitrugen.

Im weiter hinten gelegenen Obstgarten sollte scheinbar die Verpartnerungszeremonie (bei diesem Beamtenkauderwelsch schlimmster Sorte stellten sich Claire sämtliche Nackenhaare auf) stattfinden, denn dort war ein weiteres Heuballenarrangement auszumachen. Die allerletzte Reminiszenz an Babette Larsens hochfliegende Pläne. Claire meinte, die göttliche Jette und die glücklichen Mütter zu erkennen, die in ein sehr ernstes Gespräch vertieft waren. Claires Winken blieb unbemerkt, was sie ohne Groll hinnahm. Zuerst musste sie den Gastgebern ihre Aufwartung machen.

Wo trieben die beiden sich überhaupt herum? Erst jetzt realisierte Claire, dass an diesem Bild etwas nicht stimmte. Es war zu friedlich. Von der Hektik, die den letzten vierundzwanzig Stunden vor einer Hochzeit für gewöhnlich vorausgeht, war nichts zu spüren. Die Spielscheune war zu. Kein freiwilliger Helfer hastete mit Kartons voller Gläser und anderen Dingen hin und her, und Claires Erwartung von einer langen Wäscheleine, vollgehängt mit dem guten Tischleinen wie in der Waschmittelreklame, wurde auch nicht erfüllt. Nicht einmal das im Minutentakt nervöser werdende Paar wuselte umher.

Lediglich Charly hatte sich ein sonniges Plätzchen vor dem Scheunentor gesucht und döste vor sich hin. Er hatte nur kurz den Kopf gehoben, als das Taxi auf den Hof gerollt war, festgestellt, dass es sich um keinen Fremden handelte, und wieder seine Siestahaltung eingenommen. Im Zustand höchster Entspannung lag er auf dem Rücken und schnarchte.

»Hallo, du kleiner Schietbüddel.« Claire kraulte ihm den Bauch. »Wo sind denn alle? Ausgeflogen? Oder hast du sie aufgefressen?«

Nun war Charly kein Collie mit lukrativem Festvertrag für eine eigene Fernsehserie nebst erfolgreicher Verkaufslinie für Fanartikel, weswegen er eine Antwort in Form vielsagender Pfotenbewegungen, hektischer Tänzeleien und wilden Gebells schuldig blieb. Er kratzte sich gähnend hinter dem Ohr und machte sich auf der Suche nach einem neuen lauschigen Plätzchen. Er mochte die Besucherin sehr, aber manchmal war sie ihm eine Spur zu lebendig. Er hatte für heute bereits genug Hektik gehabt.

Claire öffnete die Tür neben dem riesigen Tor und betrat die Scheune. Sie brauchte ein paar Sekunden, um sich an das schummerige Licht zu gewöhnen und festzustellen, dass auch hier so gut wie nichts auf ein großes Fest schließen ließ. Ein paar Klapptische standen bereits fertig aufgebaut, andere lehnten noch zusammengeklappt an der Wand. Eine Kiste mit Besteck war achtlos in eine Ecke geschoben worden. Darüber hinaus herrschte nahezu kathedralenartige Stille. Sie wollte sich schon zum Gehen umwenden, als sie deutlich hörte, wie jemand die Nase hochzog.

»Jungs?«

Keine Antwort, nur ein unterdrücktes Schniefen, das vom Heuboden zu kommen schien. Claire ging zu der hühnerleiterartigen Stiege hinüber und legte den Kopf in den Nacken. Sie lauschte. Da war das Geräusch wieder.

»Holger? Christoph? Seid ihr hier irgendwo?«

Auch wenn immer noch keine Antwort kam, wusste sie genau: Da oben war jemand, dem es nicht gut zu gehen schien.

»Und das in meinem Alter«, murmelte Claire. Sie zog ihre Pumps aus. Nach einem letzten abschätzenden Blick kletterte sie die fünf Meter nach oben. Dort brauchte sie sich gar nicht großartig umzusehen. Im klassischen Betrieb war der Boden schon lange nicht mehr, doch es wurde immer ein ordentlicher Heuvorrat vorgehalten, welchen die Kinder der Feriengäste als Abenteuerspielplatz nutzen konnten. Mitten im Heuhaufen saß jemand. Blass und ziemlich mitgenommen sah er aus.

»Ach, du liebes Lieschen. Was hat man denn mit dir gemacht?«, entfuhr es Claire. Das Bild war ihr nur zu vertraut. Diesem Ritual gab er sich nur bei ganz großem Drama in seinem Leben hin. Sie eilte hinüber und kniete sich neben ihn. »Holger, was ist los?«

»Was soll los sein?«

Er klang noch nüchtern, ein gutes Zeichen.

»Du machst mir Spaß. Du hast eine Buddel Wodka und Vanilleeis in der Familienpackung hier. Das sagt doch alles.«

»Ich hab's ja nicht angerührt.« Holger machte eine wegwerfende Handbewegung. »Im Affekt habe ich mir das Zeug zwar geschnappt und bin hier hoch, aber dann dachte ich: So schlimm isses nu' auch wieder nicht. Kriegen wir alles hin.«

»Wo ist Christoph?«

»Im Krankenhaus.«

Claire erschrak. »Was ist denn jetzt schon wieder passiert?«

»Kurz nach dem Mittagessen war es. Beim Dekorieren zusammen mit Kerstin und Merle. Wir haben zwei, drei Luftballons mit Helium aufgeblasen und an den Leiterwagen gehängt. Wir wollten wissen, wie lange die bei diesem Wetter durchhalten und ob es sich überhaupt lohnt, sie morgen aufzuhängen. Einer ist mir weggeflogen und in der Eiche da draußen hängen geblieben.«

Holger zeigte zum Fenster, vor dem sich eine mächtige Baumkrone sanft im Wind wiegte. Zwei übermütige Eichhörnchen jagten sich gegenseitig durch das Geäst.

»Christoph ist hinterher und wollte ihn wieder runterholen. Ich weiß gar nicht warum - der Ballon war so weit in der Krone verschwunden, dass man ihn gar nicht sehen konnte. Außerdem hat Christoph Höhenangst seit der Sache in dem Fahrstuhl mit der Glaskabine vor ein paar Jahren. Deswegen hat er ja auch seinen Sport aufgegeben. Aber er war nicht zu bremsen und ist raufgeklettert. Kurz bevor er oben war, hat er keinen rechten Halt mehr gefunden und ist den ganzen Stamm ungebremst runtergerutscht. In seinen Shorts hat er sich natürlich die Beine an der Rinde aufgescheuert. Das war vielleicht eine Sauerei.«

Claire atmete erleichtert auf. »Die Verbände sieht man ja morgen unter der Anzughose nicht. Überleg mal, du müsstest das ganze Spektakel noch auf die letzte Minute absagen.«

Holgers Antwort klang erstaunlich abgeklärt.

»Dann könnte ich es auch nicht ändern.«

Horst-Kevin gehörte zu der gemütlichen Sorte. Es ging ihm vollkommen an seinem ziemlich breiten Arsch vorbei, als die schwarze Flunder laut hupend auf ihn zugerast kam. Die Vollbremsung betraf ihn auch nicht weiter, schließlich war das Ding in ausreichender Entfernung zum Stehen gekommen. Horst-Kevins einziges Interesse galt dem Appetithappen direkt vor seiner Nase. Er schnupperte ausgiebig daran. Dieses Aroma. So eine Delikatesse bekam man nur selten vor die Nase.

Er hätte ewig daran riechen können, wenn nicht die pure Fresslust gesiegt hätte. Ein herzhafter Biss und Horst-Kevin konnte nur noch bedauern, dass in dem Schlagloch nicht mehr gewachsen war als nur dieser eine ganz besonders üppige Löwenzahn. Er musste sich eine neue Stelle suchen. Doch erst nach einer ausgiebigen Pause. Er hatte ja Zeit. Horst-Kevin schlug mit den Ohren und gähnte.

Ulf trommelte ungeduldig mit den Fingern auf das Lenkrad ein. Es war ein ironischer Zufall, dass der Lokalsender im Autoradio ausgerechnet jetzt einen Werbespot für den örtlichen Rossmetzger brachte. Diese Woche im Angebot: Pferderouladen für dreizehn Euro fünfzig das Kilo.

Ulf blickte sich suchend um. Links erstreckten sich menschenleere Felder, rechts floss in einiger Entfernung die Havel dahin. Aus einiger Entfernung war der Ruf einer

Rohrdommel zu hören.

»Wo kommt dieses blöde Vieh eigentlich her? Ach, egal. Wichtig ist, dass er schnellstens wieder verschwindet. Wie stelle ich das bloß am besten an?«

Hupen? Nein, keine gute Idee. Der olle Klepper sah zwar aus, als hätte er das ausgeglichene Gemüt eines frisch gewickelten Säuglings, aber darauf wollte Ulf sich lieber nicht verlassen. Nachher drehte der doch mal durch. Also warten. Oder ihn einfach umnieten? Man könnte es wie einen Unfall aussehen lassen. Nein, lieber nicht. Der Wagen war gerade erst aus der Werkstatt zurück.

Horst-Kevin ahnte nichts von diesen wenig karitativen Gedanken. Er hatte Durst. Wo gab es nochmal die nächste Möglichkeit für einen kühlen Drink? Bauer Munkwitz mochte es gar nicht gerne, wenn Horst-Kevin auf seinen Hof kam und sich dort aus dem Trog am Schweinegatter bediente. Am besten wäre es, sich auf den Weg nach Hause zu machen. Aber erst nach einer weiteren Pause.

Eine Fliege, die sich nicht damit abfinden wollte, ständig vom Schweif des braun-weiß gescheckten Clydesdale verscheucht zu werden, hatte andere Pläne. Auf Revanche aus, flog sie nach vorne und setzte sich genau in eine der Nüstern, wo sie gleich darauf in einer dicken Ladung Pferderotz ersoff. Horst-Kevin erschrak über seinen eigenen Nieser so sehr, dass er alle Pläne über den Haufen warf. Er bäumte sich auf, wieherte aufgebracht und galoppierte schleunigst davon.

Es dauerte eine Weile, bis Ulfs Herz wieder in einer halbwegs normalen Frequenz schlug. Selbst dann brauchte er noch eine längere Pause, um sich von dem Schrecken zu erholen. In kurzer Entfernung voraus entdeckte er ein Wartehäuschen. Vermutlich eine Haltestelle, obwohl Ulf sich nicht vorstellen konnte, wer hier in dieser gottverlassenen Gegend auf den öffentlichen Nahverkehr warten würde, selbst wenn es nur ein Überlandbus mit weniger als einer

Handvoll Abfahrten pro Tag war. Jedenfalls kam das Ding genau richtig. Als er seinen Alfa in der kleinen Haltebucht abgestellt und den Motor ausgeschaltet hatte, atmete Ulf tief durch. Diese behufte Vieh gerade konnte nur ein Omen gewesen sein. Hoffentlich ein gutes. Hieß es nicht am Theater nicht, dass eine missratene Generalprobe eine gelungene Premiere zur Folge hatte? Er beschloss, es genau so zu sehen.

Sein Handy summte. »Und?«, nahm er das Gespräch ohne langes Vorgeplänkel an.

»Alles gut, er ist wieder da«, erwiderte Roland am anderen Ende der Leitung. »Es hat nicht lange gedauert, ihn zu suchen. Mir war klar, dass es ihn nicht zur S-Bahn zieht. Viel zu weit für einen lauffaulen Teenager. Am Wannsee war er, keine dreihundert Meter vom Haus.«

»Er saß aber nicht mit seiner Emma uff de Banke?«

Roland lachte. »Über den Wannsee ist zwar viel gesungen worden, aber bei diesem Lied geht es um die Krumme Lanke. Banke, Lanke - fällt dir auch auf, oder?«

»Ich kenn mich eben besser mit dem aus, was es auf der Reeperbahn nur bei Nacht gibt.«

»Spaß beiseite. Ich habe über das nachgedacht, was du mir vorhin gesagt hast. Meinst du wirklich, Phillip hat so sehr daran zu knabbern, dass wir aus der Augustastraße wegziehen?«

»Ich bin mir ziemlich sicher. Auch wenn meine Eltern den damals einzigen als normal anerkannten Weg mit neuen Partnern des jeweils anderen Geschlechts gegangen sind, war der Rest aufreibend genug. Allein das ständige Hin und Her am Wochenende und in den Ferien. Ich kam selbst nie vernünftig zur Ruhe, und von den Verwandten hat es keiner gebacken bekommen, mich ganz normal zu behandeln. Entweder haben sie mich armen, armen Kerl zu sehr verwöhnt, oder ich habe die verschärfte Variante von ›Nun reiß dich mal ein bisschen zusammen‹ bekommen.

Als mein alter Herr dann noch das Haus verkauft hat, war es ganz vorbei mit mir. Mir fehlte jeder Halt. Ich habe angefangen, die Schule zu schwänzen. Eines Tages haben sie mich sogar beim Klauen erwischt.«

»Was sollen wir deiner Meinung nach tun?«

Es gab Ulf ein gutes Gefühl, so in Phillips Erziehung einbezogen zu werden. Dadurch war er mehr als »nur« Papas Freund. Sie waren eine Familie.

»Wie fühlst *du* dich eigentlich bei dem Gedanken an den Umzug?«, fragte Ulf nach kurzem Überlegen.

»Gespalten«, kam es nachdenklich zurück. »Ich freue mich. Dennoch lasse ich etwas zurück. Seit du mich vorhin daran erinnert hast, geht mir Phillips Geburt nicht aus dem Kopf. Sechs Tage zu früh ist er gekommen und so schnell, dass ich Christiane nicht mehr ins Krankenhaus bringen konnte. Zum Glück gab es nebenan Frau Fritsche, die mit ihren vier Kindern reichlich Erfahrung vorweisen konnte. Die hat uns dann geholfen. Als die Rettungssanitäter endlich in der Diele standen, schrie Phillip schon munter vor sich hin. Das verbindet mich natürlich auf ewig mit dieser Wohnung.«

»Hast du ihm das schon mal erzählt?«

»Nein.«

»Was macht er gerade?«

»Ich habe ihm zwanzig Euro in die Hand gedrückt, damit er uns Pizza holt. Wenn er wieder da ist, hole ich die große Decke aus meinem Kofferraum, damit wir im Garten ein Picknick machen können.«

»Gute Idee. Kleiner Tipp von mir: Verleg das Picknick in Phillips Zimmer.«

»Da ist es doch so staubig.«

»Wo ist das Problem? Ihr sitzt auf der Decke, und eure Klamotten kann man waschen.«

»Also, schön. Was noch?«

»Erzähl ihm das, was du mir gerade erzählt hast. Erzähl

ihm meinetwegen auch von der unrühmlichen Episode aus meiner Biographie. Damit er weiß, dass es ihm nicht allein so geht. Mach dich zum Schluss darauf gefasst, dass du das Gestell für sein Bett abmontieren lassen musst.«

»Warum das denn?«

»Weil Phillip recht gehabt hat. Diese Kombi mit dem Schreibtisch ist Mist. Ein Teenager will nicht nur eine Koje für sich, der will auch wirklich mal seinen Kumpel über Nacht da haben. Verabschiede dich bei diesem Zimmer von dem ästhetischen Gesamtanspruch für deinen Entwurf. Frag ihn, was er will. Lass ihn sein Zimmer selbst gestalten, noch kann man was ändern.«

»Du gibst mir da eine ganz schöne Hammeraufgabe.«

»Moment! Du hast mich um Rat gefragt. Den hast du bekommen, keinen Dienstbefehl. Was du daraus machst, ist deine Sache.«

»Demnach bin ich in einer besseren Position«, konstatierte Roland. »Ich kann es auch lassen. Mit deiner eigenen Mission gehst du deutlich unnachgiebiger um. Wie war's eigentlich?«

»Es hat noch gar nicht angefangen.« In Kurzfassung berichtete Ulf von seiner Begegnung mit dem Gaul aus der Hölle.

»Dann lass dich von mir nicht weiter aufhalten und bring es hinter dich«, riet Roland. »Du willst es doch immer noch?«

»Natürlich. Wat mutt, dat mutt!«

»Dann endlich ab mit dir.«

»Mach ich. Ich liebe dich.«

»Dito.«

Ulf schaltete das Handy ab. »Nur dito? Der Mann war schon mal leidenschaftlicher. Die *Causa Philipp* muss ihm wirklich ganz schön zusetzen. Naja, da kümmern wir uns später weiter drum.«

Ein Blick auf die Straßenkarte verriet, dass er von seinem

Ziel gar nicht mehr so weit entfernt war. Hinter dem Buswartehäuschen zweigte ein Schotterweg ab, der zu einem altehrwürdigen Gutshof führte. Hier wurde er bereits erwartet.

»Ich dachte schon, du kommst nicht mehr. Was hast du nur so lange getrieben?«

Ulf hütete sich davor, die Wahrheit zu sagen. Es reichte, wenn er sich in ein paar Minuten lächerlich machte. Deshalb erzählte er Rolands Schwester nur von der Sache mit Phillip.

»Hast du gut gemacht«, meinte Katja. »Roland lässt sich manchmal zu sehr davonreißen, wenn er ganz ohne Kundenvorgaben planen kann. Bei dem neuen Haus für unsere Eltern hat er unserer Mutter eine Mansarde als Handarbeitszimmer entworfen. Sah toll aus auf dem Papier, wie das ganze Haus. Nur hatte er völlig vergessen, dass die beiden alten Herrschaften einen Bungalow brauchten, weil Mama ja im Rollstuhl sitzt. Natürlich musste er da mit den Bauplänen von vorne beginnen. Und jetzt komm endlich. Du bist sicher schon ganz aufgeregt.«

»Ich platze vor Ungeduld«, antwortete Ulf. Dabei war ihm speiübel.

Katja führte ihn zu den Stallungen. »Du hast Glück. Ich war gerade kurz davor, dich anzurufen und abzusagen.«

»Wirklich?« Ulfs Miene hellte sich auf.

»Es hat sich dann aber doch erledigt, weil er noch rechtzeitig wieder hier eingetrudelt ist. Zwei Minuten vor dir war er da.«

»Oh. War er weg?«

Katja führte ihn in den Boxengang eines Pferdestalls. »Ja. Vorhin ist er ausgebüxt. Er macht gerne mal auf eigene Faust einen gemütlichen Spaziergang durch die Gemeinde. Keine Sorge, Ulf. Das ist das einzig Rebellische an ihm. Genau darum kann ich jemanden, der so unerfahren wie du ist, ohne schlechtes Gewissen auf ihn drauf setzen.«

»Da bin ich aber beruhigt.«

Katja zog die Schiebetür einer der Boxen auf. Unvermittelt fand Ulf sich Auge in Auge mit einem alten Bekannten wieder.

»Darf ich vorstellen? Das ist Horst-Kevin.«

»Der hat mir gerade noch gefehlt.«

»Christoph hat verdammtes Glück, dass heute die Herbst-
ferien angefangen haben. Anders hätte ich es betriebswirt-
schaftlich nicht vertreten können, den Laden zuhause für
zwei Wochen dichtzumachen.«

Hanna hielt ein Buch unter den Scanner. Die Kasse
piepste vorschriftsmäßig, auf dem Display tauchten der kor-
rekte Titel und der entsprechende Verkaufspreis auf. Test-
lauf erfolgreich. Hanna stornierte die Position wieder.

Die Büchertruhe Fehmarn war startbereit. Die im Sommer noch düstere, halbfertige Gaststätte war nicht mehr
wiederzuerkennen. Die wenig einladenden Möbel waren
einem hellen maritimen Stil gewichen. Regale und Tische
für Bücher nahmen jetzt den meisten Raum ein, nur an
dem Fenster, das den besten Ausblick auf den Marktplatz
bot, gab es zwei kleine Tische, an denen man sich mit
einem Kaffee hinsetzen (heute kostenlos, ab morgen dann
ein Euro pro Tasse, Latte Macchiato zwei Euro) und pro-
belesen oder Postkarten schreiben konnte, Stifte und
Briefmarken gab es an der Kasse.

Christoph bekam von der Geburt seines neuen Babys
nichts mit. Er war nämlich nicht da. Statt sich auf den Be-
grüßungssekt zu freuen, schlürfte er wahrscheinlich gerade
einen ganz furchtbar gesunden Tee.

In einer Kurklinik, deren Name fatal an Friedhof erinnerte.

In einem winzigen Kurort irgendwo in der Pampa bei Heilbronn.

Reisezeit mit der Bahn: Neuneinhalb Stunden, vier Mal umsteigen inklusive.

Der Weg über die Autobahnen der Republik hätte weniger Zeit in Anspruch genommen, nur wie hätte er sein Auto in Bewegung setzen sollen? Denn natürlich hatte er sich bei seinem Sturz vom Baum mehr zugezogen als nur die blutig aufgescheuerten Schenkel, die danach ausgesehen hatten wie über eine Kartoffelreibe gezogene Koteletts. Am Ende seiner unfreiwilligen Rutschpartie war er so blöd auf einer Baumwurzel aufgeschlagen, dass er sich prompt die nächste OP am Fuß mit anschließendem Gips eingehandelt hatte. Diesmal hatte es den linken erwischt, was für den malträtierten Treter an sich ganz gewiss unangenehm war, doch es stellte zumindest die Symmetrie wieder her. Von der Verletzung im Mai war ihm nämlich ein leicht schiefer Gang zurückgeblieben. Oder um es mit Holgers Worten auszudrücken: Er eierte.

Das hatte auch Dr. med. Carsten Metzer-Roehl festgestellt und der Idee einer weiteren Reha in heimischen Gefilden eine glatte Abfuhr erteilt. Das Protestgezeter seines Patienten hatte er sich mit stoischer Miene angehört und diesem dann geraten, künftig leichtere Verletzungen in Erwägung zu ziehen, wenn er diese so dringend zuhause auskurieren wollte.

»Ich hatte kürzlich eine Patientin, die sich beim Stricken den kleinen Finger gebrochen hat. Fragen Sie die doch mal, wie sowas geht. Soll ich Ihnen die Telefonnummer geben?«

»Ihre eigene?«

»Flirten Sie mich etwa gerade an, Herr Collingsen?«

»Würde mir das die Reha ersparen?«

»Nein.«

»Sie sind ein harter Brocken. Gibt es etwas anderes, womit ich Sie glücklich machen könnte?«

»Machen Sie sich einfach schon mal Gedanken darüber, was Sie in Ihren Koffer packen wollen. Ich faxe nämlich jetzt den Antrag an Ihre Krankenkasse.«

»Verdammt.«

Zur Vermeidung eines krachenden Reinfalls war also Improvisation gefragt. Diese bestand zuallererst in der bewährten Kombination aus der göttlichen Jette, die in Vertretung den Hof schmiss, und Holger, der quasi die Rolle des Mundschenks übernehmen und sicherstellen sollte, dass die Premierenkunden nicht durch akuten Sektmangel dahingerafft wurde. Für den literarisch-kaufmännischen Teil war Hanna herbeizitiert worden. Später würde sich noch Merle Jespersen einfinden, um sich hier und da als Mädchen für alles nützlich zu machen. Natürlich gegen einen kleinen Obolus und selbstredend steuerfrei, weil unter der Hand ausbezahlt.

Im Moment waren Hanna und Holger noch alleine, die Uhr zeigte kurz nach sieben am frühen Morgen. Zu dieser Zeit waren nur die übrigen Ladenbesitzer unterwegs und vielleicht der ein oder andere zu früh aus dem Bett gefallene Urlauber, der die Zeit bis zum Frühstück mit Jogging überbrückte. In deren Taschen klimperte dann auch meist ein bisschen Kleingeld vor sich hin, weil sie von ihren unter den kuscheligen Daunen zurückgebliebenen Partnern, Geliebten oder sonstigen Bettgesellen mit dem Arbeitsauftrag »auf dem Rückweg kannst du gleich Brötchen mitbringen« versehen worden waren.

»Christoph hat verdammtes Glück, dass ich ihn nicht längst ersäuft habe.« Holger rückte die von Hanna falsch aufgestellten Prioritäten und das große Glas mit Chocolate Chip Cookies auf dem Tresen zurecht.

»Du hättest ja auch selber nichts davon. Rechtskräftig verurteilte Mörder verlieren für gewöhnlich sämtliche Erbansprüche auf die den Nachlass ihrer Opfer.«

»Im Moment gibt es Tage, an denen ich nicht mal weiß, ob ich Christophs Erbe überhaupt haben will.«

»Steht da etwa Christophs Rückkehr nach Hamburg ins Haus?«

»Nein, natürlich nicht. Obwohl meine Eltern und Charlotte so etwas auch schon befürchtet haben. Ich bin wohl etwas arg laut geworden, als Christoph abends aus dem Krankenhaus angerufen hat, nachdem sie ihn auf seinem Zimmer verstaut hatten. Die drei Teller, die ich dabei an die Wand geschmissen habe, dürften die Befürchtungen noch befeuert haben.«

»Drei Teller waren es nur?« Hanna hatte den Krach auch mitbekommen. Wie jeder, der sich an jenem Tag auf dem Dünenhof aufgehalten hatte. Die Fenster im Knechtshaus hatten nämlich sperrangelweit offen gestanden und Holger besaß eine tragende Stimme.

Verlegen begann er, das Gerät zu polieren, für das »Kaffeemaschine« ein viel zu profaner Begriff gewesen wäre. Ein schniekes, chromglitzerndes Profiding aus Italien mit unzähligen Funktionen war es und so kompliziert zu bedienen, dass der erste Versuch einer simplen Tasse Kaffee mit einer riesigen Sauerei geendet hatte. Ein Gerät gleicher Bauart sollte angeblich auch in einigen der teuersten Caffès um die Piazza di Spagna in Rom stehen. Der Wahrheitsgehalt dieser Werbeaussage ließ sich nicht beweisen, denn die Anschaffungskosten waren viel zu hoch gewesen, um auch noch eine Italienreise zwecks Überprüfung zu rechtfertigen.

»Naja, es dürften etwas mehr gewesen sein. Am nächsten Morgen stand nur noch eine Tasse vom Frühstücksgeschirr im Schrank. Den Rest hatte Claire für irreparabel befunden und fachmännisch entsorgt.«

»Wenn du dich nicht von Christoph trennen willst - was sollte der Spruch mit dem Erbe?« wollte Hanna wissen.

»Ich bin mir selbst nicht ganz sicher. Es hat wohl etwas

damit zu tun, dass mich die Realität, die sich bei störungsfrei verlaufenden Hochzeiten erst in den Monaten danach einstellt, schon jetzt einholt. Statt mit Christoph den Honigmond zu genießen, mache ich mir Gedanken, wie es mal weitergeht, wenn nur noch einer von uns übrig bleibt.«

»Klingt ein bisschen morbide.«

»Dabei ist es nur der natürliche Lauf der Dinge. Was machst du eines Tages, wenn du mal alt und mürbe bist? Du willst mit deinen Florian später mal Kinder und Enkel haben und bist versorgt. Bei uns sieht das anders aus. Collie hat einen Bruder, aber dessen Töchter sollen sich natürlich später mal um ihn und seine Frau kümmern. Da ist allenfalls Zeit für gelegentliche Besuche bei Onkel Chris. Meine eigene Schwester zählt ihre Kormorane an der Küste von Irland. Nur, um mir meine schietigen Windeln zu wechseln, kommt die bestimmt nicht zurück nach Deutschland. Das würde ich auch gar nicht wollen.« Holger warf das Küchenhandtuch locker über seine Schulter und schaltete die Maschine ein. »Es ist völlig egal, wer von uns als letzter übrig bleibt - gekniffen sind wir beide, weil nur ein Heim und Fremde bleiben, die für unsere Pflege bezahlt werden.«

»Es gibt immer noch Freunde - die Wahlfamilie«, gab Hanna zu bedenken.

»Du meinst eine Art *De güllenen Deerns*? *Golden Girls* auf Norddeutsch?«

»So in etwa.«

»Eine schöne Idee, Hanna. Vor allem eine schöne Utopie. Überleg doch mal: Wenn ich in gut dreißig Jahren wirklich so weit bin, dass mir jemand dreimal am Tag die Windeln wechseln muss - wer soll das machen? Christoph, der vielleicht vor lauter Arthritis seine Finger nicht mehr bewegen kann? Sven mit seiner Demenz? Andreas im Rollstuhl? Oder gar Claire? Die wird es am allerwenigsten können, sie hat ja jetzt schon Petrus in Rufweite, und der gibt bekanntlich keinen Urlaub. Verstehst du, worauf ich hinaus will?«

»Ich glaube schon. Nach euch kommt nichts mehr, weil die nächste Generation in der Familie fehlt.«

»Ganz genau, wir dürfen ja nicht mal adoptieren. Letztlich bin ich gar nicht mal so unzuversichtlich. Früher oder später werden sich da die entsprechenden Lösungen finden, möglichst lange ohne Fremde auszukommen. Nur sehe ich es im Moment noch nicht. Das macht mich nervös.« Holger wechselte das Thema. »Soll ich uns mal einen Kaffee mit diesem Schätzchen hier zaubern? Ich muss sowieso noch ein bisschen üben, bevor wir die Tür aufschließen.«

»Gerne.«

Wenige Handgriffe später zischte es, heiße Dampfschwaden stiegen auf. In die beiden Kaffeebecher rann gerade so viel Flüssigkeit, um einen Fingerhut zu füllen. Das war nicht mal ein halber Espresso.

Holger schleuderte das Handtuch quer durch den Raum. »Ich komme mit diesem Monstrum einfach nicht klar, und ich werde es auch bis zehn Uhr nicht mehr lernen. Am liebsten würde ich einfach eine ganz ordinäre Filterkaffeemaschine aufstellen. Aber wo kriege ich die so kurz vor knapp noch her? Der Elektroladen weiter längs macht erst eine halbe Stunde nach uns auf.«

»Von mir.«

»Wie - von dir?«, fragte Holger verblüfft.

»Ich habe drei nagelneue Kaffeemaschinen im Kofferraum. Die müssten wir nur holen und anschließen.«

»Klar, mache ich auch so. Nur habe ich immer drei Grills samt Holzkohle im Auto verstaut. Könnte ja ein Notstand ausbrechen.«

»Willst du sie nun oder nicht?«

»Natürlich will ich sie. Worauf warten wir noch?«

Auf der Rückseite des Hauses gab es einen kleinen Hof, wo Hanna ihren Corsa geparkt hatte.

»Jetzt erzähl mal«, sagte Holger, als er sich von Hanna drei Kartons in die Arme legen ließ. »Wieso fährst du mit einem Kofferraum voller Kaffeemaschinen durch die Weltgeschichte?«

»In letzter Zeit steckt meine Großmutter mir ständig irgendetwas zu, wenn ich sie besuche. Mal ist es ein Satz teure Bettwäsche, mal eine halbvolle Flasche Tosca, die sie schon gekauft hat, als Adenauer noch Bundeskanzler war, manchmal auch nur ein altes Fotoalbum. Bevor ich hierher gekommen bin, war ich auch nochmal kurz bei ihr, und diesmal hat sie mir die Kaffeemaschinen gegeben, die sie warum auch immer gehortet hatte.«

»Weshalb macht sie das?«

»Ich habe das Gefühl, sie räumt in ihrem Leben auf. Das habe ich schon ein paarmal erlebt: Irgendwann fangen die alten Leutchen an, besondere Dinge zu verschenken. Sie scheinen sich unbewusst auf den letzten Vorhang vorzubereiten, wissen aber selber nicht, wie lange es noch dauert. Sie haben das Gefühl, dass ihnen die Zeit langsam davonrennt und wollen lieber mit der warmen Hand geben als mit der kalten.«

»Verstehe.«

»In gewisser Weise ist es natürlich auch ein Weckruf für uns, die Dinge in Angriff zu nehmen, von denen wir wollen, dass unsere Altvorderen sie möglichst noch miterleben. Unsere Zeit mit ihnen läuft genau so ab.«

Zurück im Laden versteckte Holger das italienische Monster hinter ein paar Tüchern, geschickt aufgestellten Topfblumen und drei Exemplaren der aktuellen Nummer eins auf der Bestsellerliste. Dann machte er sich daran, die altmodischen Kaffeemaschinen aufzustellen. Bei einer davon hatte er arge Skrupel, denn der an den Karton geklebte Kassenzettel ließ erkennen, dass das gute Stück im Mai 1982 gekauft worden war. Erst nach Hannas Hinweis, dass der Karton immer noch in seiner Originalfolie eingeschweißt und die Maschine damit unbenutzt, ergo ebenso jungfräulich neu war wie die beiden anderen Maschinen vom letzten und vorletzten Jahr, ließ er sich zumindest dazu überreden, eine Probekanne zu kochen und zu verkosten. Der Kaffee schmeckte besser als aus den beiden jüngeren Maschinen. Danach war er bekehrt und auch das gute Stück mit Museumswert konnte für die Premiere der Büchertruhe Fehmarn eingesetzt werden.

Die wurde ein voller Erfolg. Holger führte das vor allem auf den besonders von älteren Kunden hochgelobten Filterkaffee (»Das ist wenigstens noch richtiger Kaffee!«) zurück, von dem immer wieder neuer gekocht werden musste, während die Kaltgetränke allmählich schal wurden, doch Hanna konnte nach dem Kassenabschluss am Abend glaubhaft versichern, dass der Buchverkauf ebenfalls ganz ordentlich gewesen war.

Christoph hatte den richtigen Riecher bewiesen und den Eröffnungstag ganz bewusst auf den ersten Tag im Oktober gelegt. Die Sommersaison war vorbei und die um Aufmerksamkeit von Touristen und Einheimischen buhlende Konkurrenz durch Dinge wie Minigolfplätze oder bloßes Sonnenbaden am Strand geringer. Da stach die Eröffnung eines neuen Geschäftes etwas mehr heraus. Der Laden brummte und Holger kam erst am Nachmittag dazu, die vielen ungeduldigen SMS aus Schwaben nach dem Stand der Dinge zu beantworten.

»Kommt ihr für einen Moment ohne mich zurecht? Dann würde ich es wagen, unseren Rekonvaleszenten mit einem Anruf zu beglücken.«

Hannas Handbewegung war eindeutig: Verschwinde.

Draußen kramte Holger sein Handy hervor und wählte. Am anderen Ende der Leitung meldete sich eine weibliche Stimme mit einem Elend langen Spruch in unverfälschtem Schwäbisch, von dem er nur mitbekam, dass er es mit einer Schwester Ines zu tun hatte. Somit konnte er nicht in der

Telefonzentrale der Kurklinik gelandet sein. Die Damen und Herren dort konnte man trotz eines deutlichen Akzents bestens verstehen.

»Entschuldigung, bin da richtig mit Zimmer zwo-eins-vier verbunden?«

»Des isch richtig.«

»Könnte ich dann bitte mit Herrn Christoph Collingsen sprechen?«

»Der isch gerade in de Nodfallambulanz.«

»Wie bitte?! Geht es ihm nicht gut? Gibt es Probleme mit seiner Verletzung?«

»Tut mir leid, Informatione über unsere Patiende derf isch nur an die engschde Angehörige weidergebe.«

»Das verstehe ich natürlich«, versicherte Holger. Sein Herz raste. »Ich bin der Lebensgefährte von Herrn Collingsen, insofern sind Sie da auf der sicheren Seite.«

»Lebesgefährde. Aha.« Schwester Ines' Tonfall machte deutlich, was sie davon hielt. »Des kann jeder sage.«

»Glauben Sie mir. Wir wären sogar schon seit ein paar Wochen verheiratet, wenn er nicht diesen Unfall gehabt hätte.«

»Des dürfte kaum möglich sein, gelle? Sie sind doch auch en Mann. Zuminnescht höret Sie sich so an.«

»Ich bitte um Entschuldigung, natürlich meinte ich die eingetragene Lebenspartnerschaft.«

Warum entschuldige ich mich eigentlich bei dieser hohlen Nuss? Ist doch nicht meine Schuld, dass es da immer noch zwei verschiedene Institutionen gibt und eine mich davon obendrein vor dem Gesetz zum Bürger zweiter Klasse macht.

Holger war seit seinem Outing mit neunzehn Jahren so ziemlich jede Beleidigung und Diskriminierung an den Kopf geworfen worden, die es für Schwule gab. Er hatte ein Gespür, worauf das Ganze hinauslief, und beschloss, die Sache abzukürzen. Mit allem, was er noch an Höflichkeit aufbringen konnte, wies er auf Christophs Patientenverfügung zur Schweigepflicht hin, in der er neben Charlotte als Auskunftsberechtigter eingetragen war. Zur Vorsicht hatten sie sogar ein Sicherheitswort vermerkt, um ein »Da könnte ja jeder kommen« von vornherein auszuschließen.

»Das Kennwort lautet ›Göttliche Jette.‹«

Schwester Ines ließ sich nicht beirren. Für sie war Holger kein Angehöriger, Punktum. Die Lebenspartnerschaft beeindruckte sie ebenso wenig wie die Verfügung. »Papier isch geduldig, gelle? Isch derf misch denn wohl verabschiede.«

Klick.

Entgeistert starrte Holger auf sein Handy. Einzig die Sorge um Christoph hielt ihn davon ab, jetzt noch einmal in der Kurklinik anzurufen und eine geharnischte Beschwerde über Schwester Ines an den Mann zu bringen. Es war ein Schuss ins Blaue, als er jetzt einfach auf Christophs Handy anrief. Er traf.

»Moin, Schnuffel. Alles gut bei euch?«

»Alles gut? *Alles gut?*« Holgers Stimme drohte umzukippen. »Hör mal, du Spaßvogel, ich komme hier um vor Sorge, weil du schon wieder in einer Notaufnahme rumkrebst, und du fragst mich, ob alles gut ist?! Was geht da wieder vor?«

»Ganz sinnig und suutje, Schnuffel. Kein Grund zur Panik. Ich bin mit Dieter unterwegs gewesen. Der nette Frankfurter aus dem Zimmer neben meinem, weißt du. Wir waren erst ein bisschen shoppen und dann in einem Café mit einer herrlichen Aussichtsterrasse. Mit Decken auf den Beinen und den Heizpilzen kann man es hier draußen noch ganz gut aushalten.«

Holger platzte fast. Er hatte nicht wegen des Wetterberichtes angerufen!

»Wir hatten gerade gezahlt und wollten gehen, da ist Dieter gestolpert und die Treppe runtergeschossen«, fuhr

Christoph fort. »Armbruch und Platzwunde an der Stirn. Ich bin im Krankenwagen mitgefahren. Irgendeiner musste sich ja um seine Einkaufstaschen kümmern und in der Aufnahme Auskunft geben.«

»Moment mal - dann ist *dir* überhaupt nichts passiert?«

»Nein. Wie kommst du darauf?«

»Wenn du wieder in deinem Sanatorium bist, richte Schwester Ines bitte schöne Grüße aus und erkläre ihr, wie viel Glück sie hat, dass ich nicht mal so eben bei euch auftauchen kann.« Er berichtete von seinem wenig erquicklichen Telefonat.

»Na, warte«, sagte Christoph. »Die nehme ich mir zur Brust. Das hat aber noch einem Moment Zeit. Jetzt will ich erstmal hören, was du eigentlich von mir wolltest.«

Auch davon berichtete Holger. Christoph war zufrieden und wünschte seinen »drei Engeln für Collie« noch viel Erfolg für den Rest des Tages. »Grüß Hanna und Merle von mir.«

»Mach ich. Ik heff di ganz doll leev, mien seuten Schietbüddel!«

»Ich dich auch, Schnuffel.«

Holger kehrte an seine Kaffeemaschinen zurück. Als sie nach Laden- und Kassenschluss die Tür der Büchertruhe abgeschlossen hatten, fuhr Hanna zum Dünenhof, wo sie im privaten Gästezimmer des Knechtshauses untergebracht war. Merle radelte zu ihrem neuen Freund in Vitzdorf, und Holger hatte sich kurz vorher noch umgezogen, um mit einem Umweg über Burgstaaken nach Hause zu joggen.

Der Abend dämmerte bereits, doch für eine Runde von sechs Kilometern reichte das Licht allemal. Körperlich hatte er das kaum nötig, er war tagtäglich genügend in Bewegung, um sich einer glänzenden Kondition zu erfreuen. Er hatte in letzter Zeit nur zunehmend das Bedürfnis nach einer Insel verspürt, die ihm ganz alleine gehörte. Am einfachsten war der Ankauf von Laufbekleidung und einem

Paar guter Sportschuhe gewesen, die seit ein paar Wochen täglich zum Einsatz kamen.

Laufen an, Welt aus - es funktionierte. Zumindest wurde sie leiser, so wie jetzt. Christophs Fehlen an diesem wichtigen Tag, die Konfrontation mit Schwester Ines, der Betrieb im Laden. Es war zuviel passiert um es ganz abschalten zu können. Wenigstens sorgte der Gedanke an die Hochzeit inzwischen mehr für ein amüsiertes Grinsen im Gesicht als für Zornesröte.

So ein dösbaddeliger Schussel, dachte er. *Ich wüsste zu gern, was diese desaströsen Last-Minute-Eskapaden zu bedeuten haben. Will er sich etwas beweisen? Oder mir?*

»Mann, Mann, Mann«, sagte Holger in den Wind hinein. »Ich will dich doch bloß heiraten, Christoph Collingsen, nicht heiligsprechen.«

Oder hat er Schiss? Nein, das kann ich ihm nun wirklich nicht unterstellen. Im Gegenteil. Okay, als feige würde ich mich selbst auch nicht bezeichnen. Im Gegensatz zu ihm habe ich nur ein deutlich höheres Bedürfnis nach Netz und doppeltem Boden. Schon zu der Zeit, als wir uns noch eingeredet haben, nur gute Freunde zu sein, deren gemeinsames Hobby Turmspringen war, ist Collie der deutlich Ehrgeizigere gewesen. Mir haben die Sprünge vom Drei- und Fünf-Meter-Brett vollkommen gereicht. Zu denen aus zehn Metern musste er mich immer überreden.

Was treibt ihn also dazu?

Ich weiß es beim besten Willen nicht. Ich hoffe, sowas bleibt uns beim nächsten Mal erspart. Langsam wird es auch unseren Freunden und der Familie gegenüber richtig peinlich.

Nächstes Mal...

Will ich das überhaupt? Das hat mich Alfred neulich auch schon gefragt. Da konnte ich mich noch vor einer Antwort drücken. Ich glaube, da hätte sie noch ganz impulsiv »Nein« gelautet. Ist wohl nur natürlich. Da war ich nämlich noch stinksauer auf Collie. Eigentlich bin ich es immer noch.

Oder doch nicht?

Zumindest bin ich nicht ausschließlich wegen ihm so angepisst. Geht ja im Moment alles schief. Ich krieche regelrecht auf dem Zahnfleisch. Die Sonnenstudiofamilie aus Mannheim muss ich wegen der Sache mit der Rohrleitung tatsächlich vor den Kadi ziehen. Oder auf der Rechnung sitzen bleiben. Muss ich mal vom Anwalt prüfen lassen, was sich für mich mehr rechnet. Ein neues Auto brauche ich auch. Ich kann froh sein, dass ich nicht drin gesessen habe, als mir der Idiot den Wagen auf dem Supermarktparkplatz zu Brei gefahren hat. Der Sturmschaden am Dach des Altenteilerhauses ist auch nicht ohne. Wird übrigens gerade schon wieder ganz schön windig. Ich sollte besser machen, dass ich nach Hause komme.

Holger nahm die nächste Möglichkeit, den Weg abzukürzen. Der vom Sund her zunehmende Wind zerzauste ihm gehörig die Haare. Obendrein wurde er so kräftig angeschoben, dass er in neuer Rekordzeit auf dem Dünenhof ankam. Bis dahin hatte er auch seine Denksportaufgabe gelöst.

Natürlich gibt es ein nächstes Mal. Mir fehlt derzeit jegliche Vorstellung, wann es stattfinden kann, aber es kommt. Ja, Collie ist die vollkommene Knalltüte. Genau deswegen passt er ja so gut zu mir. »Gegensätze ziehen sich an« - so'n Tünkram. Ich bin doch um keinen Funken besser. Und überhaupt: Irgendwie sind diese töffeligen Malheurs auf eine verquere Art ganz süß. So menschlich. Ich brauche nur nicht noch mehr davon.

Groucho Marx hat mal gesagt, dass die ideale Frau wie Marilyn Monroe aussieht und wortgewandt wie George S. Kaufman ist. Bei unsereinem dürfte die Kombination dann ja wohl aus dem jeweils amtierenden Sexiest Man Alive und Sam Shephard bestehen. Wenn er dann noch wie ein Zuchthengst ausgestattet ist...

Aber mal ehrlich, von so etwas träumst du doch nur als von Komplexen und Pickeln geplagter Teenager, der die Heftchen mit den nackten Kerls heimlich mit einer Taschenlampe unter der Bettdecke liest. Irgendwann kommst du auf dem Boden der Tatsachen an und willst einfach den einen Menschen zum Liebhaben, der viele gute Eigenschaften und mindestens genau so viele Fehler hat. Bei mir ist das eben Collie.

Völlig außer Atem stieß er die Hintertür zum Knechtshaus auf. Hanna und die göttliche Jette saßen in der Küche, jede mit einem dampfenden Teller vor sich. Charly lag in seinem Körbchen und nagte einen Suppenknochen ab. Das Aroma einer frisch gekochten Kürbissuppe mit knusprig gebratenen Speckgrieben stieg Holger in die Nase. Sofort erinnerte ihn sein knurrender Magen daran, dass er den ganzen Tag über kaum etwas Vernünftiges gegessen hatte.

»Holger, Junge«, begrüßte ihn seine Großmutter. »Du kommst genau zur richtigen Zeit. Ich habe was für dich.«

Sie stand auf und zog ihn mit sich ins Wohnzimmer. Auf dem Sofa standen zwei Umzugskartons.

»Guck mal, Holger. Das sind alles Sachen, die ich bei mir in den Schränken hatte.«

Es konnte Einbildung sein, doch Holger hatte das Gefühl, der göttlichen Jette fehlte die sonstige Festigkeit in der Stimme.

»Tortenplatten, das silberne Besteck von meiner Mutter und noch ein paar andere Kleinigkeiten«, fuhr sie fort. »Ich weiß gar nicht, warum ich das erst mit nach Altenteil und jetzt in meine wohl letzte Wohnung geschleppt habe. Ich brauche das in meinem Alter doch alles gar nicht mehr. Aber ich dachte, vielleicht kannst du etwas da mit anfangen.«

»Danke, Oma«, murmelte Holger. Ihm war schwindelig. »Bitte nicht böse sein, aber ich muss nochmal raus. Das wird immer windiger, und ich muss nach dem Altenteilerhaus sehen. Nicht, dass mir da noch mehr Dachpfannen runterkommen.«

Was als *'n büschen pustig* begonnen hatte, pfiff ihm jetzt als ausgewachsener Sturm mit einer ziemlichen Lautstärke um die Ohren. Gut so. Als er das Gefühl hatte, nicht mehr in Hörweite des Knechtshauses zu sein, ließ er seinen Gefühlen freien Lauf. Ein Urschrei war nichts dagegen.

»So eine kreuzverdammte Scheiße!!!«

Auf den letzten Treppenstufen zog Ulf den Mantelkragen höher. Im Untergrund war es beinahe freundlicher gewesen als hier oben. Die dunkle Fassade des großen Kaufhauses vereinnahmte die Szenerie so sehr, dass die freundlicher gestalteten Gebäude an den übrigen drei Ecken der Kreuzung von Osterstraße und Heußweg kaum eine Chance hatten, dagegen zu halten. In den Rinnsteinen lag zu grauem Matsch zusammengefallener Schnee, der Asphalt glänzte feucht. Winter in der Stadt eben.

Ulf ließ sich nicht davon aufhalten. Eigentlich hätte er noch eine Station weiter bis zur Lutterothstraße fahren müssen, doch hier gleich um die Ecke hatte seine erste eigene Wohnung gelegen, auf der Osterstraße hatte er immer eingekauft. Dieses Wiedersehen wollte er sich nicht entgehen lassen. Auf der einen Seite schlenderte er die Eimsbütteler Lebensader hinauf, auf der anderen wieder hinunter. Er kam an vielen neuen Geschäften vorbei, begegnete aber auch einer erfreulichen Anzahl vertrauter Namen. Er wurde zunehmend wehmütiger und dachte über Nostalgie nach. Meist wurde sie mit Sentimentalität gleichgesetzt, der Trauer um Vergangenes. Dabei bedeutete das Wort zuallererst Heimweh.

An der Emilienstraße bog Ulf ab und schlenderte durch den Henry-Vahl-Park. Danach verließ ihn sein Orientierungssinn merklich, er war zu lange nicht mehr hier gewesen. Ab und zu schlug er den falschen Weg ein, bis er sich weitab von seinem Ziel am anderen Ende der Lutterothstraße wiederfand, wodurch er ein paar Minuten zu spät dort ankam.

Die Nachbarschaftstreff hatte seine Heimat in den Kontorräumen in einer ehemaligen Schreinerei, die versteckt in einem freundlich gestalteten Hinterhof lag. Ulf stieß die Eingangstür auf und ging hinein. Über zwei Treppenstufen gelangte er in keinen kleinen Vorraum mit einer Theke, an der wohl früher einmal die Aufträge ausgehandelt und abgeschlossen worden waren. Jetzt standen Barhocker davor. Auf einem davon saß eine Frau in den Dreißigern und stanzte Sterne aus Moosgummi für eine Bastelei aus, mit der ein paar Kinder und samt ihrer Eltern an einem Tisch auf der anderen Seite der Theke beschäftigt waren. Bis Weihnachten waren es quasi nur noch Stunden. Beim Quietschen der Fußbodendielen unter Ulfs Schritten drehte sie sich um.

»Moin«, grüßte sie freundlich und lächelte dabei. »Kann ich dir helfen?«

Kein argwöhnisches »Ja, bitte?« mit missbilligend geschürzten Lippen, wie er es in letzter Zeit in Berlin immer häufiger erlebte. Das gefiel Ulf. Er erwiderte die Begrüßung und stellte sich vor. Sofort nickte sein Gegenüber.

»Schön, dass du da bist, Ulf. Ich bin Franziska. Das dahinten sind Volker, Britta, Ines, Marie und Martin, die Lütten hören auf die Namen Julia, Lea, Max, Johanna und Oskar.«

Die bastelnde Gruppe winkte ihm fröhlich zu. Ulf winkte zurück.

Franziska zeigte auf eine weitere Tür. »Geh einfach durch in die Halle. Da ist schon jemand ganz hiddelig, dass du heute kommst. Seit Tagen ist von nichts anderem die Rede.«

Also ging er in die Halle und war überrascht. Die Andeutungen am Telefon hatte einiges an Interpretationsmöglichkeiten offengelassen, doch eine Halle voller Fahrräder in allen möglichen Stadien zwischen Schrott und vollständiger Restauration war das letzte, womit er gerechnet hatte. Er blickte sich staunend um. Dabei stieß er mit der Hüfte gegen einen Tisch. Eine Fahrradklingel fiel herunter und schlug unter Verursachung sehr atonal anmutender Klänge auf dem Fußboden auf.

»Ich komme gleich!«, tönte es von irgendwo her.

»Nur keine Eile, ich bin es bloß.«

»Ulf?!«

Aus einer gänzlich unerwarteten Ecke schoss ein Blaumann hervor, und der Mann darin flog Ulf vor lauter Enthusiasmus so heftig in die Arme, dass bei Letzterem die Rippen krachten.

»Ich freu mich so, dass du da bist! Mann, du bist ja echt keinen Tag gealtert!«

»Wenigstens hast du nicht diesen ›Du bist aber groß geworden‹-Spruch von irgendwelchen alten Tanten gebracht«, erwiderte Ulf mit berlinerprobter Schnodderigkeit.

»Die ganz netten Nettigkeiten hebe ich mir für später auf.« Mit kritischem Blick wurde Ulfs viel zu dünne Jacke gemustert. »Aber sag mal - warum hast du denn nur so ein Fräckchen an? Du musst doch bis auf die Knochen durchgefroren sein.«

»Und wie. Ich hatte völlig vergessen, wie kalt der Winter an der Elbe sein kann.«

»Und die U-Bahn war bestimmt auch wieder nicht vernünftig geheizt«, frotzelte Gregor und legte noch einmal seine Arme um den Besucher. »Ich weiß, ich wiederhole mich. Trotzdem: Ich finde es so geil, dass du da bist.«

»Vielen Dank für die Einladung.«

»Na, hör mal, das ist doch wohl selbstverständlich. Warum solltest du Kohle für ein Hotelzimmer ausgeben, wenn du hier bei mir pennen kannst? Nein, nicht *hier* in der Halle. Die Zeiten sind vorbei. Wir gehen natürlich in meine Bude rüber.« Gregor hatte Ulfs zweifelnden Blick genau richtig gedeutet. Er nahm einen Schlüsselbund vom Tisch. »Feierabend für heute. Das ist das Schöne, wenn man selber das Sagen hat.«

Er verschloss die Halle, und mit einem Umweg über das Kontor (»Tschüß, ihr Lieben, wir sind dann mal heiraten.« - »Tschüß und viel Spaß euch zwei!«) führte Gregor seinen Gast quer über den Innenhof zu einem Keller. Durch diesen und das Treppenhaus ging es in die erste Etage des Vorderhauses. Gregor schloss die Tür auf und führte Ulf in die Wohnung.

»Hast du eigentlich keinen Koffer?«

»Doch, natürlich. Der ist noch in Altona im Gepäckschließfach verstaut.«

»Kein Problem, den holen wir dann später. Ich frage mich nur, warum du das gemacht hast?«

»Ich hatte doch keine Ahnung, was mich hier erwartet.«

»Ach, du meinst, wozu das Zeug erst hierhin schleppen, wenn wir doch nachher sowieso in die andere Richtung müssen?«

»Richtig. Ich dachte, du wohnst immer noch in diesem Hinterhaus auf St. Pauli. Wenn ich mich recht erinnere, warst du einmal überzeugt davon, deine Bude eines Tages als uralter Mann mit den Füßen voran zu verlassen. Was ist passiert?«

»Na, was wohl? Ich bin entmietet worden.«

Gregor zeigte Ulf den Weg in eine Wohnküche, die geräumig genug war, um auch ein bequemes Sofa zu beherbergen. Es war eine typische Junggesellenküche: Naturbelassene Fußbodendielen, bunt zusammengewürfelte Möbel, Plakate von Ausstellungen in der Kunsthalle an den Wänden, mit Magneten an den Kühlschrank gepinnte Ansichtskarten und Pin up-Fotos von leicht bekleideten

Herren. Es gab keine Gardinen an den Fenstern, dafür umso mehr Grünpflanzen vom winzigen Kaktus bis zur anderthalb Meter hohen Sansevieria. Der Esstisch mit vier verschiedenen Stühlen stand im Erker neben der Tür zum Balkon auf einem selbstgebauten Podest aus alten, mit Laminatresten aus dem Baumarkt verkleideten Europaletten. Auf dem Herd lag ein Stapel ungeöffneter Briefe. Überhaupt war es ein wenig unordentlich hier, gerade eben so, dass es noch angenehm und wohnlich wirkte.

Genau so kannte er es von seinem alten Freund, nur die Wohnung war eine andere. Gregor selbst hatte sich auch kaum verändert. Ein paar graue Strähnen zogen sich durch seine schwarzen Haare, die lang genug waren, um im Nacken zu einem kleinen Knoten gebändigt zu sein. Ein paar Falten hatte er bekommen. Darüber hinaus war er ganz der Alte, den Ulf schon immer gerne gemocht hatte.

Mit einer einladenden Handbewegung signalisierte Gregor seinem Gast, dass sich die Hausregeln in den Jahren seit ihrem letzten Zusammentreffen ebenfalls nicht geändert hatten: Freunde besaßen Hausrecht und brauchten keinesfalls darauf zu warten, dass der Hausherr gnädig geruhte, eine Erfrischung anzubieten. Man konnte sich selber nehmen, worauf man Lust hatte - selbst wenn es einen überkam, sich eine Pfanne Bratkartoffeln machen zu wollen. Ulf nickte verstehend.

»Zu ihrem Triumph und meinem Frust sind sämtliche Kassandrarufe meiner Mutter eingetreten«, erzählte Gregor dabei weiter. »Nach meinem Einzug hat es elf Monate und siebzehn Tage gedauert, bis die Häuserzeile verkauft worden ist. Zuerst hieß es Luxussanierung, saftige Mieterhöhung - du kennst das Spiel. Später ist doch alles abgerissen worden und ich hätte eine Wohnung in dem Neubau kaufen können. Bloß: Soviel habe ich dann bei meinem sogenannten Weltkonzern auch nicht verdient.«

Mit einem Bier machten sie es sich auf dem Sofa bequem, wo Ulf seine Stiefel auszog und wohlig die Beine von sich streckte. Ganz unkompliziert, wie in den alten Zeiten.

»Was hast du nach der Kündigung gemacht?« fragte er.

»Mich mit meinem Nachbarn Joscha zusammengetan, der musste ja auch raus. Drei Jahre haben wir uns eine Wohnung ganz dicht am Hans-Albers-Platz geteilt. War nicht billig, aber zu zweit ging es. Huch, ich habe ja noch den ollen Blaumann an. Ich mache mich mal eben frisch. Bin gleich wieder da.«

Ulf ging zum Fenster und sah sich den Innenhof genauer an. Diesen hatten sich die Bewohner des Karrees drum herum mit Liebe zum Detail und Eigeninitiative zu einer kleinen Oase mit viel Grün hergerichtet. Ein Sandkasten mit Schaukel und Rutsche daneben, in verschiedenen Farben angestrichene Sitzmöbel und einige originelle Pflanzkübel mit immergrünen Sträuchern, die selbst bei strengem Winter die Blätter nicht abwarfen, machten das Ganze bunt und freundlich. Franziska stand am Eingang zur Werkstatt und schüttelte eine Tischdecke aus.

In Strickpulli und Jeans, barfuß und mit noch feuchten Haaren kam Gregor in die Küche zurück. »So, da bin ich wieder.«

»Wirklich schön hast du es hier«, sagte Ulf. »Die Halle da unten ist bestimmt ein echter Glücksfall für dein Zubrot.«

»Zubrot?« In Gregors Stimme lag Belustigung. »Mein Lieber, ich verdiene meine Brötchen mit nichts Anderem.«

»Seit wann?«

Sie setzten sich wieder auf das Sofa.

»Och, ein paar Jahre schon. Habe ich auch Joscha zu verdanken. Der hat sein Geld als Fahrradkurier verdient, war aber bei so einem Ausbeuter, der keinen Cent in die Räder seiner Leute gesteckt hat. Das war regelrecht kriminell. Also hat Joscha sich selber um seinen Drahtesel gekümmert. Jeden Abend hat er ihn auf unserem Küchentisch festgeschnallt und dran rumgeschraubt. Hier ein Teil ersetzt, da was verbessert. Am Ende lief das Ding so spitzenmäßig, dass es regelrecht frisiert war. Das haben seine Kollegen spitzgekriegt und schon bald ständig hier auf der Matte gestanden. Wenn ich ihm nicht geholfen hätte, wäre er mit der Arbeit kaum nachgekommen. Warum sagst du denn nichts?«

Gregor zeigte auf die Bierflaschen, die er vergessen hatte zu öffnen. Mit einem Feuerzeug holte er das Versäumnis nach.

»Prost! Wir sind richtige Profis geworden«, fuhr er fort. »Rumpusseln konnte ich ja schon immer ganz gut - der Rancho hat mich ja förmlich dazu gezwungen.«

Ulf blickte ihn fragend an. Gregor nickte.

»Ja, draußen vorm Haus der ist immer noch meiner. Ich kann mich einfach nicht von ihm trennen, und irgendwie bekomme ich ihn immer wieder so hin, dass der TÜV nix zu meckern hat. Die Schrauberei macht mir eben Spaß. Was ich von meinem Job hinterher nicht mehr behaupten konnte. Unter zwölf Stunden habe ich nie Feierabend gemacht. Dabei schwebte immer das Gefühl über mir, während der Schicht nichts geschafft zu haben. Ein Meeting nach dem anderen für irgendwelchen Kleinkram, der meinen Bereich gar nicht betraf. Kennst du bestimmt auch.«

»Natürlich.«

»Wenn es mir ausnahmsweise mal gelang, ein komplettes Projekt auf die Beine zu stellen, wurde die Hälfte davon aus Budgetgründen gleich wieder einkassiert. Für einen solchen Scheiß ist man dann mit Kollegen und Teamleiter zu den Klienten in ganz Europa getingelt, während einem zuhause die Freunde entglitten und das Liebesleben langsam verreckte. Wenn du dann eines Morgens auf das ›Bom dia‹ vom Hotelpersonal angewiesen bist, damit dir wieder einfällt, in welcher Stadt du gerade bist, merkst du: Hier läuft was schief. Irgendwann war ich nur noch gefrustet. Mir wurde klar, dass ich mir von vornherein den falschen Beruf ausgesucht hatte. Eines Abends habe ich mich mit Joscha ganz furchtbar besoffen. Das Ergebnis war unsere gemeinsame Fahrradwerkstatt.«

Mit dem Daumen zeigte Gregor in Richtung Innenhof.

»Das war ein echter Glücksgriff. Der Schreiner war gestorben und kein Mensch wollte da unten rein. Deswegen war die Miete so spottbillig. Außerdem liegt der Laden genau in der richtigen Gegend - viele Familien mit Kindern, dazu gutverdienende Singles und Pärchen ohne Ambitionen auf Nachwuchs. Aber alle umweltbewusst. Die lassen nicht nur wegen der miesen Parkplatzsituation das Auto stehen, wenn sich auf dem Isemarkt ihr Dinkelbrot holen wollen.«

Gregor zog sich einen Hocker heran und legte die Beine darauf. Ulf brachte sich in den Schneidersitz.

»Draußen am Ladenschild habe ich vorhin nur deinen Namen gelesen. Was ist aus Joscha geworden? Hast du dich mit ihm verkracht?«

»Nein, der hat in Portugal die Frau seines Lebens gefunden und ist ausgewandert. Von da an konnte ich mir unsere Bude auf dem Kiez natürlich nicht mehr leisten. Also habe ich meine Möbel eingelagert und in der Werkstatt auf einer Luftmatratze gepennt. Bis die Hausbesitzerin mich eines Morgens erwischt hat. Erst hat sie mir eine gehörige Standpauke gehalten, weil ich nichts gesagt habe. Danach hat sie mir diese Wohnung angeboten, aus der gerade jemand ausgezogen war. Frau Möller ist wirklich eine Herzensgute und dazu bemerkenswert ungeil aufs große Geld. Seit ich hier wohne, hat sie weder bei mir noch bei den anderen die Miete erhöht. Im Gegenteil - sie hat uns sogar unter die Arme gegriffen, als wir das Kontor für den Nachbarschaftstreff eingerichtet haben. Wir brauchten dringend ein Ort, an dem man auch bei Regenwetter mit den Lütten spielen, den größeren bei den Hausaufgaben helfen oder einfach nur zwanglos einen Kaffee trinken kann. Für meinen Bürokram habe ich hier oben Platz genug.«

»Oh, Mann. Darauf brauche ich erstmal eine.« Ulf leerte seine Bierflasche und holte sich eine neue.

»Was ist? Du guckst wie meine Mutter, als ich ihr erzählt habe, dass ich meine Karriere schmeiße. Dabei schändet ehrliche Arbeit bekanntlich nicht.«

»Das meine ich doch gar nicht«, winkte Ulf ab. »Es ist nur soviel bei dir passiert. Es wird ewig dauern, bis wir uns auf den neuesten Stand gebracht haben.«

»Was meinst du, warum ich vorgeschlagen habe, dass du schon zwei Tage vorher zu mir kommst?« Gregor sprang wieder auf. »Du, ich hab Hunger. Es gibt drei Möglichkeiten: Selber kochen, dann müssten wir allerdings noch einkaufen. Wir könnten essen gehen oder uns was kommen lassen. Ich habe Prospekte vom Italiener, Inder, Türken, Syrer, Griechen, vom Australier und vom Brasilianer. Worauf hast du Lust?«

Ulf überlegte kurz. »Ich wäre für Pizza und bringen lassen. Wozu nochmal raus in die Kälte?«

»Ich wusste, wir werden uns einig.«

Gregor griff zum Telefon und bestellte eine Quattro Stagioni, eine Frutti di Mare und eine doppelte Portion Tiramisù, dazu zwei Flaschen Lambrusco. Ulf wurde gar nicht erst gefragt. Der störte sich auch gar nicht daran. Er staunte nur, dass Gregor sich immer noch auf Kleinigkeiten wie die Lieblingspizza besinnen konnte.

»Und jetzt du«, sagte Gregor aufmunternd, nachdem er das Telefonat beendet und bereits Besteck nebst Weingläsern aus den Schränken geholt hatte. Die nächste Runde Bier stand schon geöffnet vor ihnen. »Bei dir muss sich auch eine Menge getan haben. Wie kommt es zum Beispiel, dass das Mädel aus der Wohnung neben deiner dich mit mir in Verbindung bringen konnte? Und wie bist du nach Berlin geraten? Deine Immobilienheinis hatten dich doch von Hamburg in ihre Hauptverwaltung nach Frankfurt beordert!«

»Bis mich die Konkurrenz abgeworben hat«, antwortete Ulf. »Dadurch bin ich in an der Spree gelandet, wo ich seit elf Jahren sesshaft bin. Nebenbei gesagt, die einzige Konstante. In der Zeit habe ich noch drei Mal den Laden gewechselt.«

»Was macht die Liebe?« fragte Gregor. »Ich habe da mal hintenrum was von einem Robert läuten gehört?«

»Roland«, verbesserte Ulf. »Oder um Schiller die Ehre zu geben: ›Du sprichst von Zeiten, die vergangen sind.‹ Wir waren lange genug zusammen, um gemeinsam ein Haus am Wannsee zu bauen und sogar darin einzuziehen. Drei Monate später hat er mir gestanden, dass er seinem Ex wieder über den Weg gelaufen ist und das alte Feuer immer noch brennt. Lichterloh. Keine Chance auf ein Zurück. Im Austausch gegen mein Selbstwertgefühl habe ich meinen Anteil an den Baukosten zurückbekommen. Ist jetzt drei Jahre her, seit ich nach Schmargendorf gezogen bin.«

Es läutete an der Tür.

»Mann, ausgerechnet jetzt«, moserte Gregor.

»Vielleicht ist das schon die Pizza?«

»Dann ist die Störung natürlich gerechtfertigt.«

Es war aber nur der Paketbote.

»Das müssen die Bremsklötze sein, die ich schon vor vier Wochen bestellt habe.« Gregor stellte den Karton auf dem Boden ab und schob ihn mit dem Fuß in die Ecke neben dem Sofa. Er setzte sich wieder zu Ulf. »Weiter im Text!«

»Also: Das Mädel von nebenan ist mit ihrem Freund Anfang September bei uns im Haus eingezogen. Jonas und Inken heißen sie. Ein wirklich nettes junges Paar mit großartigen Manieren. Die haben sich noch am ersten Tag bei mir als die Neuen vorgestellt und gefragt, wie das mit der Scheuerwoche im Hausflur geregelt ist. Sowas ist man gar nicht mehr gewohnt.«

»Jajajaja.« Gregor machte eine ungeduldige Handbewegung. Selbst wenn sie den ganzen Knigge auswendig konnten - dafür interessierte er sich im Moment nun wirklich nicht.

»Natürlich habe ich sie auf einen Kaffee hereingebeten. Beim zwanglosen Schnack stellt sich plötzlich heraus, dass sie die Tochter der Nachbarin von Holger und Christoph ist. Ich habe mir von ihr die Nummer geben lassen und noch am selben Abend bei den Jungs angerufen. Die beiden haben mich gleich zu ihrer Hochzeit eingeladen. Dass ausgerechnet die beiden mal heiraten würden, überrascht mich schon.«

»Jetzt mach aber mal 'nen Punkt - zwischen denen hat es doch immer unterschwellig geknistert. Als zwischen Christoph und dir ein Jahr später Schluss war und das mit Holger und mir auch nicht mehr lange ging, habe ich immer darauf gewartet, dass die beiden sich bald zusammentun würden. Komischerweise tat sich da nichts und unsere muntere Truppe machte weiter wie bisher, eben nur noch als gute Freunde.«

»Ach, dann hatte nicht nur ich diesen Eindruck? Ich konnte ohnehin niemals völlig den Gedanken ablegen, dass die Paarkombinationen bei uns vieren irgendwie falsch gekuppelt waren«, sagte Ulf leichthin und bemerkte Gregors fragenden Blick nicht. »Nach diesem Telefonat habe ich mich jedenfalls sofort bei deinen Eltern gemeldet, um mich nach dir zu erkundigen. Ich hatte ja nichts mehr von dir.«

»Und jetzt sitzen wir hier.«

»Ja, jetzt sitzen wir hier.«

Sie sahen sich lange in die Augen, bis Gregor den Kopf in den Nacken legte und den Globus im obersten Fach seines Bücherregals fixierte.

»Was ist bloß passiert, dass sich unser mal so verschworenes Grüppchen dermaßen aus den Augen verloren hat? Wir haben uns doch nicht verkracht.«

»Was sollte da großartig passiert sein? Uns ist das Leben dazwischen gekommen.« Ulf zählte an den Fingern ab. »Ich bin nach Frankfurt gegangen, Christoph hat mit seiner Buchhandlung bis zum Hals in Arbeit gesteckt, Holger hat sich ohne Ende fortgebildet, weil er nicht den Rest seines Lebens einfacher Sachbearbeiter bleiben wollte, und du hast nach deinem Studium über ein Jahr wie ein Wilder geschuftet, damit du dir diesen dreimonatigen Roadtrip entlang der Mittelmeerküste leisten konntest. Neue Erfahrungen, neue Menschen, neue Wege.«

»Das sollte kein Grund sein.«

»Nein, sollte es nicht. Aber es passiert eben. Mit manchen Menschen bleibst du ewig in Kontakt, von anderen hörst du nur zwischendurch über die Gerüchteküche, dass manche Leute den Joker gezogen haben, um ihre Spielschulden einzulösen.«

»Du!« Gregor knuffte Ulf freundschaftlich in die Seite. »Musst du ausgerechnet *davon* anfangen?«

Ulf zog ihm eins mit dem Sofakissen über. »Stell dich nicht so an. Du warst immerhin derjenige, der den ganzen Kram überhaupt erst in Gang gesetzt hat!«

»War ich das wirklich? Ich kann mich ehrlich nicht mehr darauf besinnen.«

»Glaub es mir. Ich habe es nie vergessen, und die Folgen begleiten mich heute noch.«

»Ernsthaft? War es so schlimm?«

»Nein, überhaupt nicht. Es war die Begegnung meines Lebens, ich möchte sie nicht mehr missen.«

»Erzähl!«

Ulf erzählte. Immer mehr gemeinsame Erinnerungen fielen ihnen ein, die sie genüsslich auswalzten. Sie kamen vom Hundertsten ins Tausendste, von Arschbacken auf Kuchen backen. Zwischendurch wurde die Pizza angeliefert, der extrem liebliche Lambrusco löste die Zungen und die Stimmung zusätzlich. Der Abend endete damit, dass die beiden alten Freunde sturzbetrunken auf dem Sofa einschliefen und Ulfs Koffer erst am nächsten Tag einsammeln konnten.

Donnerstag, 20. Dezember 2012
Dünenhof
Burg auf Fehmarn

Für den Dünenhof war wieder die Zeit gekommen, in der die Pforten für Touristen geschlossen blieben. Winterschlaf, wie Holger es auf der Webseite nannte. Wenn man bei dieser Metapher bleiben wollte, konnte man dem Hof in diesem Jahr regelrechte Schlafstörungen bescheinigen. Irgendetwas außerhalb des üblichen Trotts tat sich immer. Besonders heute, denn zur Kaffeestunde hatte Christoph Vollbelegung wie zur Hochsaison verkündet. Selbst nebenan bei den Jespersens und im Häuschen der göttlichen Jette waren einige Betten belegt.

Übermorgen sollte es nämlich ernst werden.

Wieder mal.

Und diesmal sollte es klappen.

So richtig.

In echt.

Ohne Flachs.

Kein Scheiß.

Die Feierlichkeiten begannen heute mit dem Polterabend, den Gästereigen hatten Michael und Angelika Clausen, Charlotte Collingsen und Claire Markuse schon gestern eröffnet. Als Eltern beziehungsweise Trauzeugin waren sie in den Studioapartments untergebracht, die etwas abseits vom Trubel lagen und entsprechende Ruhe garantierten. Christoph war zuvor skeptisch gewesen, ausgerechnet die quirlige Claire das Quartier mit seiner Mutter teilen zu lassen, die bei aller Herzlichkeit doch immer eine gewisse Distanz wahrte. Seine Bedenken waren unbegründet, denn die beiden Damen verstanden sich blendend.

Nach und nach kam immer mehr Leben auf den Hof. Am frühen Abend war die Party in vollem Gange. Überall wurde gegessen, getrunken, getanzt, gelacht und vor allem gepoltert. Die Menge an zu Bruch gegangenem Glas und Porzellan sprach für sich. Vor allem die Hamburger Clique hatte mächtig aufgefahren. Über die Details schwieg er sich beharrlich aus, doch es war Alfred gelungen, den kompletten Geschirrbestand eines unlängst pleite gegangenen Hotels in der Nachbarschaft seiner Bar zu sichern, bevor der Insolvenzverwalter ihn in die Finger bekam. Zusammen mit der Nebelmaschine und dem Konfetti wurde das Poltern zu einem echten Happening. Wenn Scherben wirklich Glück brachten, würde der reibungslosen Hochzeit nichts mehr im Weg stehen.

Geplaudert wurde auch. Vor allem Claire erfreute sich besonderer Beliebtheit. Irgendjemand sprach immer mit ihr, und meist schien es um ein ernstes Thema zu gehen, was sich an den verstohlenen Mienen ablesen ließ. Holger fand das so auffällig, dass er den Nächsten festhielt, der an ihm vorbei auf die so Begehrte zueilte.

»He, du! Kannst du mir mal verraten, was euch alle so zu Claire zieht?«

»Was soll uns schon zu ihr ziehen?«, erwiderte Micke Lysdahl ausweichend. »Sie ist eine nette Person und eine witzige Gesprächspartnerin. Gerade habe ich mit deiner Trauzeugin geplaudert, jetzt möchte ich mich mit Christophs unterhalten. So einfach ist das.«

Holger gab sich damit zufrieden und wurde trotzdem den Verdacht nicht los, dass sein aus Nysted auf der dänischen Seite des Fehmarnbelt angereister Freund ihm nicht die Wahrheit gesagt hatte.

»Die planen doch irgendwas«, sagte er bei der nächsten Gelegenheit zu Christoph.

»Darauf kannst du Gift nehmen. Die ganze Clique um Alfred macht sich in einer Tour verdächtig mit ihrem geheimnisvollen Gehabe.«

»Ich will keine Waden abtasten«, stöhnte Holger.

»Was faselst du da?«

»Du kennst doch dieses Hochzeitsspiel: Einem von uns beiden werden die Augen verbunden. Wahrscheinlich mir, denn die wissen genau, womit sie mich ärgern können. Darauf musst du gemeinsam mit ein paar anderen Kerlen deine Hosenbeine hochkrempeln, und ich muss dann ertasten, welche Waden zu dir gehören. Ich hasse sowas.«

»Nun reg dich mal ab. Ist doch nur ein Spiel. Es wird dich schon nicht umbringen, wenn du das einmal in deinem Leben mitmachen musst, du oller Gnatzpickel.«

Holger knirschte mit den Zähnen.

»Oder hast du Angst, im falschen Moment aus Versehen den Namen von Pascal Berger zu rufen?«, fragte Christoph hinterhältig.

»*Si tacuisses, philosophus mansisses*«, sagte Holger kalt.

»Komm mir nicht mit Latein. Du machst ein Geschiss um die Sache, als wärest du wirklich mit ihm in die Koje gegangen. Als du damals im Zug auf der Fahrt von Helsingborg nach Göteborg aus heiterem Himmel mit knallroter Birne sagtest, du müsstest mir unbedingt was beichten, dachte ich: Jetzt kommt wer-weiß-was. Dabei hattest du nur ein bisschen Flirt mit Kopfkino.« Christoph legte den Arm um Holgers Schulter. »Sei nicht immer so verdammt rechtschaffen. Freu dich lieber, dass du noch Phantasie und Bock aufs Flirten hast. Alles andere wäre ein Zeichen, dass irgendwas in dir aufgehört hat zu leben. Willst du das?«

»Nein.«

»Siehst du. Außerdem sind solche kleinen Koller vor der

Hochzeit völlig normal. Meinst du, ich wäre davon verschont geblieben?«

»Ach? Jetzt bin ich aber mal gespannt. Was hast du angestellt?«

»Holger! Holger! Kommst du mal?«

Christophs Nichten Ylvi und Svea rannten auf sie zu. Die beiden hatten einen echten Narren an ihrem neuen Onkel gefressen.

»Ich glaube, dein Typ wird verlangt. Wieder mal.«

»Eifersüchtig?«

»Ich doch nicht.«

»Lügner.«

»Okay, vielleicht ein bisschen. Aber deine neuen Fans seien dir von Herzen gegönnt.«

»Wie gütig!«

»So bin ich eben.«

»Hoooolgeeeer! Kommst du jetzt?«, riefen die Mädchen wieder.

»Hach, die Pflichten eines Gastgebers«, sagte Holger mit gespielter Erschöpfung. »Aber man macht's ja gerne.«

Micke war indes froh, bei Holgers Verhör so leicht davongekommen zu sein. Ganz wohl war ihm nicht. Was er vorhatte, war falsch, unmoralisch und ein bisschen gehässig. Er konnte sich nicht mal damit herausreden, dass er nicht der einzige war. Der Sog der Gruppendynamik hatte ihn erwischt, was es kein bisschen besser machte. Wenn es nur nicht so verdammt amüsant wäre!

Er blickte sich suchend um, als er Claire erreicht hatte.

»Alles gut«, flüsterte diese mit Verschwörermiene. »Holger ist von den Zwillingen in Beschlag genommen worden, und Christoph sticht gerade ein neues Bierfass an.«

»Kann man noch mitmachen?«

»Natürlich. Bis morgen früh um sechs.«

Wer die Idee gehabt hatte, wusste hinterher keiner mehr, aber Holgers und Christophs turbulenter Weg zur Hochzeit, hatte dazu geführt, dass Claire sich in der Rolle einer Kassenwartin wiederfand. Es wurde nämlich auf Teufel komm raus gewettet, ob die Hochzeit nun wirklich stattfinden würde.

Alfred war einer der ersten gewesen, die ihren Einsatz gemacht hatten. Dann hatte er die Gelegenheit genutzt, um eine Weile unauffällig von der Bildfläche zu verschwinden. Jetzt schlich er durch eine Seitentür zurück in die Scheune. Nur einer kleinen Gruppe Eingeweihter fiel auf, dass er seine rote Krawatte gegen eine grüne getauscht hatte. Ab jetzt kam der Höhepunkt eines sorgfältig ausgeheckten Planes zur Ausführung.

Ylvi und Svea hielten unterdessen jeder eine Hand von Holger und zogen ihn mit sich zum Spielplatz.

»Gibst du uns Schwung auf dem Karussell, Holger?«

»Ist das nicht 'n büschen kalt für euch? Und viel zu spät? Es ist gleich neun!«

»Och, büttebüttebütte, Holger. Nur fünf Minuten! Bütte! Büüüüüütteeeee!«

Holger fügte sich. »Ihr gebt ja doch keine Ruhe.«

Der Spielplatz lag im Schein mehrerer kräftiger Halogenlampen, die sonst nur im Sommer zum Einsatz kamen, wenn die jungen Gäste auch nach einem langen Tag am Strand immer noch massenweise Energie übrig hatten. Die beiden Mädels ließen Holger los und stürmten auf das Karussell zu. Sie hatten sich gerade darauf hingesetzt, als die Halogenstrahler ausgingen. Die Mädchen kreischten auf.

»Hilfe! Der Troll will uns holen!«

»Keine Angst«, sagte Holger mit beruhigender Stimme. »Da ist bestimmt nur die Sicherung raus.«

Seine Worte trafen auf taube Ohren. Immer noch kreischend, rannten die beiden Mädchen an ihm vorbei zurück zur Scheune und waren bald nicht mehr zu sehen.

»Bangebüxen«, murmelte Holger und lenkte seine Schritte

selber wieder zurück in die Richtung, aus der er gekommen war. Das Rascheln im Busch nahm er eine Sekunde zu spät wahr. Ehe er sich umdrehen konnte, hielt ihm eine Hand den Mund zu, während andere kräftige Hände ihn festhielten, einen Schal vor seine Augen banden und ihn davontrugen.

In der Scheune hatte Alfred wenig später ein Gespräch mit Claires Schwiegersohn begonnen, als Sven und Gregor dazustießen.

»Mission erfüllt. Wir haben ihn«, sagte Gregor, den die Konspirateure genau wie Ulf gleich in ihrer Mitte aufgenommen hatten.

Clemens schüttelte den Kopf. »Nee, *wir* haben ihn.«

»Kann ja gar nicht angehen«, widersprach Sven. »Ich habe die Tür höchstpersönlich abgeschlossen, nachdem wir ihn in die Waschküche geschubst hatten.«

»Falsch. Er ist in dem Schuppen am Spielplatz.«

»Jungs, ich fürchte, da ist was schiefgegangen«, sagte Alfred mit grimmiger Miene. »Wir müssen das sofort aufdröseln. Ihr trommelt die anderen zusammen, und ich hole Michael. Der soll seinen Sohn mit väterlicher Autorität beruhigen. Mir graut jetzt schon vor Holgers Ausraster.«

Dabei war Holger ganz friedlich, als er aus seinem Gefängnis gelassen wurde. Zuerst hatte er sich noch heftig gegen den Überfall gewehrt, bis er die Stimmen von Clemens, Ulf, Hanna, Florian und Marcus erkannt hatte. Es hatte nicht noch mehr Input bedurft, um zwei und zwei zsammenzuzählen: Er war mitten in einem Hochzeitsstreich gelandet. Von da an hatten seine Entführer leichtes Spiel gehabt. Er hatte sich seelenruhig auf eine Kiste mit Bällen gesetzt, die knallbunt gestrichenen Holzwände betrachtet und drauf gewartet, dass es irgendwie weiterging.

Eine andere Situation erwartete sie bei der Waschküche. Von innen trommelte jemand wie ein Berserker mit Fäusten auf die Tür ein, dazu schimpfte er wie ein Rohrspatz.

»Ich will sofort raus hier! Das ist Freiheitsberaubung, hört ihr? *Freiheitsberaubunt!* Wartet's ab! Wenn ich euch in die Finger kriege! Dann habt ihr in diesem Leben nichts mehr zu lachen!«

Der Wortschwall ebbte auch nicht ab, als Christoph aus seiner misslichen Lage entlassen wurde.

»Nun reg dich mal ab. Ist doch nur ein Spiel«, fiel ihm Holger mit widerlich überlegenem Tonfall ins Wort. »Es wird dich schon nicht umbringen, wenn du das einmal in deinem Leben mitmachen musst, du oller Gnatzpickel.«

Christoph klappte den Mund zu und sagte gar nichts mehr.

»Jetzt zu euch«, sagte Holger. »Wie geht's weiter?«

»Gar nicht«, antwortete Alfred muckschig. »Es sollte ja nur einer von euch entführt werden, der andere sollte sich mit einer Schnitzeljagd quer über den Hof den Schlüssel zum Gelass erspielen.«

»Ah, die Entführung aus dem Serail, sozusagen.« Es hatte zu schneien begonnen, Holger wischte sich ein paar Schneeflocken aus den Augenbrauen. »Was ist schiefgegangen?«

»Scheinbar gibt es unterschiedliche Auffassungen darüber, wen ich mit der Ansage gemeint haben könnte, sie sol len den Bräutigam einzufangen.«

Die Umstehenden waren ähnlich ratlos. Nur Michael Clausen amüsierte sich köstlich. »Ihr seid mir schöne Helden! Stolpert selber über das Bräutigamsdings, erwartet aber von mir, dass ich die perfekte Tischrede abliefere!«

Mitten in das Gelächter platzten Christophs Nichten.

»Du, Alfred«, sagte Ylvi, »kriegen wir jetzt die zehn Euro, die du uns versprochen hast, wenn wir Holger hereinlegen?«

Svea untermauerte die freundliche Erinnerung mit einer handfesten Drohung: »Sonst erzählen wir überall, dass du ihn und Christoph ärgern wolltest.«

»Sind die wirklich von deinem Bruder?« sagte Alfred zu Christoph. »Der ist doch ganz nett. Aber die beiden sind schlimmer als Don Corleone.«

»Er gibt euch die zehn Euro«, versprach Holger. »Und ihr kriegt nochmal soviel von mir, wenn ihr uns jetzt wieder helft. Ich habe eine Idee.«

So kam es, dass Angelika Clausen und Charlotte Collingsen zu mitternächtlicher Stunde einen von Kinderhand geschriebenen Erpresserbrief in bunten Wachsmalstiften zugespielt bekamen. Darin wurden sie aufgefordert, einige knifflige Aufgaben zu lösen, wenn sie nicht wollten, dass ihre Söhne noch in dieser Nacht auf ein Piratenschiff gebracht wurden...

Dieser Spaß heizte die Feierlaune noch einmal an. Es war in den frühen Morgenstunden, als endlich Ruhe auf dem Hof einkehrte. Claire und Charlotte gehörten zu den letzten, die gähnend in ihre Nachtwäsche schlüpften.

»Das war eine gute Idee von den Jungs, den freien Tag einzubauen«, befand Claire und schlug ihr Oberbett nach vorne. Ihr Blick fiel auf den kleinen Reisewecker. »Gleich sechs. Nach dieser Nacht wäre ich gar nicht in der Lage, in fünf Stunden schon wieder parat zu stehen.«

»Claire?« Charlotte lag bereits im Bett.

»Ja?«

»Ich habe da vorhin etwas mitbekommen.«

»Was denn?«

»Stimmt es, dass ihr Wetten abschließt, ob das nun wirklich mit den beiden klappt?«

Claire hielt zuviel von Charlotte, um sie jetzt mit einer Lüge abzuspeisen.

»Ja«, gab sie zu. »Wir konnten der Versuchung einfach nicht widerstehen. Eigentlich wollten wir vermeiden, dass du und Holgers Mutter es mitbekommen. Tut mir leid, dass du es doch erfahren hast.«

»Mach dir keine Gedanken.«

Mit fragend hochgezogenen Augenbrauen drehte Claire sich zu Charlotte um. Die hielt drei Geldscheine in der Hand.

»Hier. Zwanzig von mir, zwanzig von Angelika und zwanzig von Jette.«

Freitag, 21. Dezember 2012
Dünenhof
Burg auf Fehmarn

Über Nacht war weiterer Schnee gefallen. Am letzten Wochenende vor Heiligabend zeigte sich Fehmarn wie eine Aneinanderreihung von Postkartenmotiven. Die Landschaft wirkte vor dem strahlendblauen Himmel wie mit Puderzucker bestäubt.

Der Dünenhof lag still da. Um Viertel nach sechs waren die letzten Lichter ausgegangen. Trotzdem flammten sie bei einigen Unverwüstlichen schon gegen kurz nach sieben wieder auf. Es wurden Jalousien nach oben gezogen und die ersten Kaffeemaschinen in Gang gesetzt.

Claire Markuse zählte die Geldscheine aus der Wettkasse und war beinahe schockiert, welche Summe da zusammengekommen war.

Im Knechtshaus war man gar nicht erst zu Bett gegangen. Holger und Christoph waren von der ausgelassenen Nacht noch so aufgekratzt, dass sie ihre überschüssigen Energien mit ersten Aufräumarbeiten abbauten. Gegen acht brachen sie mit Charly zu einem langen Morgenspaziergang auf.

Die Wege durch die Felder um Burg waren verlassen. Die Sonne schien, was nichts daran änderte, dass es mit nur zwei Grad gerade noch warm genug war um die Teiche, zu denen sich die Entwässerungsgräben an einigen Stellen aufgestaut hatten, nicht völlig zufrieren zu lassen. Ihre eigenen Atemwolken konnten die beiden Spaziergänger und ihr Hund auch sehen. Die von Christoph waren besonders groß, denn immer wieder gähnte er ausgiebig.

»Wer schwächelt denn da?«, lästerte Holger.

»Sagt ausgerechnet derjenige, der schon gestern Nachmittag unter der Dusche stehend eingeschlafen ist und dabei sogar geschnarcht hat!«

»Denkst du bitte daran, wie viel Zeit ich am Mittwoch in der Küche für das Abendessen mit unseren Eltern, Claire und der göttlichen Jette verbracht habe? Das war ziemlich anstrengend.«

»Dein Kalbsschmorbraten war wieder einmal göttlich!«

»Wenigstens hast du ihn diesmal nicht gleich wieder ausgekotzt. Du, das nehme ich dir heute noch übel, dass du dich damals vorher so vollgestopft hast.«

»Hui, mir war gar nicht bewusst, was ich da für einen nüchternen Geist heiraten werde! Ob du es glaubst oder nicht, das lag gar nicht an dem ganzen Süßkram. Ich war wirklich und wahrhaftig so nervös, dass mein Magen die offene Revolte ausgerufen hat. Ich will mich nicht selbst loben, aber im Nachhinein finde ich das doch recht romantisch.«

»Wie? *Du* hattest Schiss? Du großer starker Kerl, vor dem andere Angst haben müssen?«

»Wer bin ich? Frankenstein?!«

Die vielsagende Pause dauerte einen Wimpernschlag zu lange. Christoph bückte sich und nahm mit beiden Händen eine große Ladung Schnee, die er zu einem Ball presste.

»Das wirst du noch bereuen, Freundchen...«

»Untersteh dich!« Holger suchte Schutz hinter einer mannshohen Holzmiete am Wegesrand. Dabei übersah er, dass er unter den schneebedeckten Zweigen einer weit ausladenden Tanne stand.

»Bitte, dann eben nicht!« Christoph presste den Schneeball noch ein bisschen fester, holte aus und warf ihn zielsicher in das Geäst. Eine dichte Wolke der weißen Masse ging auf Holger nieder.

»Iiiiiiih! Du Mistkerl!« Holger sprang aus seiner nur vermeintlich sicheren Deckung hervor und stürzte sich auf Christoph. »Das wirst du noch bereuen!«

»Wenn du das Echo vertragen kannst.«

Holger bückte sich nach einer Ladung Schnee und wollte sie Christoph mitten ins Gesicht drücken, doch der fing die Attacke geschickt ab. Sie gingen zu Boden und rauften albern gackernd miteinander. Charly sprang aufgeregt um sie herum, wobei er sich die Seele aus dem Leib kläffte.

»Aaargh, pass rauf! Sonst rollen wir noch in den ollen Tümpel da!«

Als sie voneinander abließen, hatten beide eine sehr gesunde Gesichtsfarbe. Nach einem langen Kuss rappelte sich Holger als erster vom Boden auf. »Düwel ook«, stöhnte er. »Langsam werde ich zu alt für solchen Schietkrom.«

»Eben, es wird Zeit, dass du unter die Haube kommst, sonst endest du als alte Jungfer.« Christoph klopfte sich den Schnee von der Hose.

»*Dafür* ist es ja wohl bei mir schon lange zu spät. In Weiß kann ich jedenfalls nicht mehr vor den Standesbeamten schreiten. Da könnte nicht mal *ich* ernst bleiben.«

Er schloss die Augen und sog die klare Winterluft tief ein. Ein gedämpftes Tuten war zu hören. Bis zum Hafen von Burgstaaken war nicht weit, wahrscheinlich lief gerade der alte Seebäderdampfer zu einer seiner vorweihnachtlichen Sonderfahrten durch die Lübecker Bucht mit Brunch oder Gänseessen aus. Ein paar Touristen fanden sich dafür immer.

Als Holger sich zu seinem Verlobten umdrehte, hatte der seinen Parka und den Norwegerpulli ausgezogen. Unter normalen Umständen hätte Holger wie sonst auch Christophs sportlichen Oberkörper mit dem feinen Haarflaum wohlwollend gemustert, jetzt reichte es nur für ein »Sag mal, spinnst du?!«

»Überhaupt nicht. Ich wollte nur schon immer mal eisbaden, und was bietet sich da besser an als so ein Wasserloch, bei dem man dem Eis nicht erst mit der Kettensäge zuleibe rücken muss?« Christoph setzte sich auf einen Gemarkungsstein dicht an der Uferböschung.

»Mensch, Collie, lass den Scheiß. Das geht doch nur wieder in die Hose.«

»Deswegen ziehe ich sie aus.« Er beugte sich vor und schob die Reißverschlüsse seiner Stiefel nach unten. »Ich will doch kein stundenlanges Vollbad nehmen. Ich gehe da kurz rein. Bis zu den Kniekehlen habe ich mir vorgenommen, höchstens bis zum Bauchnabel. Danach komme ich sofort wieder raus.«

Christoph schlüpfte aus seinen Wollsocken, stand auf und öffnete den obersten Hosenknopf. Holger machte einen Satz auf ihn zu und hielt ihn an einer Gürtelschlaufe fest.

»Hör auf damit. Bitte.«

»Lass mich! Ich will das jetzt machen!«

Er versuchte sich loszureißen, doch Holger gab nicht nach. Sie rangelten miteinander. Dabei stieß Christoph gegen den Stein und geriet ins Straucheln. Holger schaffte es nicht mehr, seinen Finger aus der Schlaufe zu befreien. Gemeinsam stürzten sie dem Wasser entgegen.

»Ach, du Scheeeeeeeiiii…«

Ab hier fehlten Christoph später ein paar Meter Film. Er bekam nur irgendwann durch einen dicken wabernden Nebel mit, wie eine Hand seine Stirn fühlte. Sein Kopf dröhnte, die Nase saß zu und sein Hals fühlte sich an, als hätte jemand Schmirgelpapier hineingestopft. Langsam öffnete er die Augen. Draußen war es schon dunkel. Neben dem Bett stand Claire mit ungewohnt ernstem Gesicht.

»Noch nicht wieder so kalt wie Charlys Nase, aber besser

als heute Mittag«, sagte sie. »Guten Abend, Lazarus. Oder möchtest du lieber Mark Spitz genannt werden?«

»Mein Name ist Trottel. *Voll*trottel«, brachte Christoph mühsam hervor.

»Mir fällt spontan niemand ein, der dir widersprechen würde. Was hat dich nur zu diesem Unsinn getrieben?«

Darauf gab Christoph keine Antwort. Er wollte nur eins wissen. »Wie bin ich eigentlich nach Hause gekommen?«

»Du hast mal wieder mehr Glück als Verstand gehabt. Zufällig ist der Bauer vom nächstgelegenen Hof mit seinem Trecker vorbeigekommen. Der hat euch eingesammelt und hierher gebracht. Vorher hat er euch noch in ein paar alte Kartoffelsäcke gewickelt, die er auf dem Hänger hatte. Bloß wart ihr beide durch deine Dummheit natürlich inzwischen so durchgefroren, dass es kaum etwas gebracht hat. Wir haben dich sofort in die heiße Wanne gesteckt, literweise heiße Zitrone in dich reingekippt, dich mit Eukalyptus eingerieben und dann ins Bett gepackt. Hat aber nichts geholfen. Zum Mittagessen hattest du schon neunundreißig-fünf Fieber.«

»Wo ist Holgi?«

»Der ist drüben bei Gregor, Ulf und den anderen Jungs in der großen Sechserwohnung, die hat ja auch eine Wanne. Gemeinsam versuchen sie, die Antwort auf eine ganz wichtige Frage zu finden: Warum du ihn nicht mehr heiraten willst.«

Christoph schlug die Bettdecke zur Seite. »Ich muss das dringend klären.«

Claire drückte ihn energisch in die Kissen zurück. »Aber bestimmt nicht so. Ich beratschlage mal mit den Jungs, wie wir Holger hierher bekommen, ohne ihm weiter zu schaden. Ihn hat es zum Glück nicht so schlimm erwischt wie dich.«

Mit den Jungs kam sie rasch zu einer Einigung. Schwieriger wurde es mit Holger. Claire fand ihn allein in dem

Schlafzimmer, das Gregor und Ulf für ihn mit den beiden Sofas im Wohnzimmer getauscht hatten. Er saß auf der Bettkante und starrte auf die Steckdose in der Wand. Er schien kilometerweit weg zu sein.

»Holger?«, sagte Claire sanft. »Christoph ist wach. Er würde gerne mit dir sprechen.«

»Vergiss es.«

»Holger.«

»Nein!«

»Holger...«

»Was soll großartig dabei rausspringen, wenn ich mit ihm rede? Es wird die alte Platte auflegen: Es war dumm von ihm, es tut ihm leid, er wird es bestimmt nicht wieder tun, bla-bla-bla, schwätz-schwätz-schwätz. Das ist inzwischen doch abgenudelter als *Dinner for one* an Altjahrsabend.«

»Sag es ihm - ich bin die falsche Adresse dafür.«

»Nein. Ein für allemal nein. Ich habe die Nase gestrichen voll. Von ihm, von dieser verschissenen Hochzeit und überhaupt von allem. Manchmal frage ich mich, was ich verbrochen habe, dass mich dieses Jahr so straft.«

»Und was willst du jetzt tun? Hier rumsitzen? Selbstmitleidig dein gekränktes Ego pflegen? Warten, dass sich alles selbst auflöst? Dass wir alle packen und gutgelaunt abreisen, als wäre nichts gewesen?«

Holger schwieg.

»Also gut. Du willst nicht mehr. Ist vielleicht sogar verständlich. Aber so einfach kommst du aus der Nummer nicht raus. Geh zu ihm, sprich dich mit ihm aus, fetzt euch und beruhigt euch wieder. Dann sagt ihr allen gemeinsam, wie furchtbar leid euch die Umstände tun. Nur wenn du es anständig zu Ende bringst, wird irgendwann Ruhe in euren Leben einkehren. Das bist du Christoph schuldig, deinen Freunden und deiner Familie nur bedingt, aber auf jeden Fall dir selbst.«

Holger nahm sich für die Antwort Zeit.

»Also gut. Ich rede mit ihm. Aber nur wenn er vor allen Leuten eingesteht, dass er ein vollkommen hirnverbrannter, verantwortungsloser und durchgeknallter Schwachkopf ist und mich überhaupt nicht verdient.«

»So dämlich wie ihr beiden tickenden Zeitbomben seid, habt ihr einander mehr als verdient.«

»Was war das?«, fragte Holger scharf.

»Nichts, nichts.« Claire rollte mit den Augen. »Ich sagte nur, dass sich dein Wunsch sicher erfüllen lassen wird.«

Zwanzig Minuten später zog eine merkwürdige Prozession über den Hof. Allen voran ging Claire, gefolgt von Holger, dessen Figur sich auf wundersame Weise verdoppelt zu haben schien. Kein Wunder, denn er war dick eingepackt in alles, was sich auf die Schnelle auftreiben ließ. Auf dem Kopf trug er eine giftgrüne Pudelmütze. Den Abschluss bildeten Gregor, Ulf, Alfred, Marcus, Sven und Andreas. Gemeinsam stiegen sie in die obere Etage des Knechtshauses. Es wurde verdammt eng in dem kleinen Flur vor dem Schlafzimmer, denn keiner wollte sich diesen Showdown entgehen lassen.

Christoph sah noch grässlicher aus als Claire ihn zurückgelassen hatte. Die lange Wartezeit hatte ihm zugesetzt, inzwischen war er vollkommen verheult. Holger erschrak, als Claire ihn in das Zimmer führte und die Tür von draußen schließen wollte. Der Anblick war verstörend neu für ihn.

»Ich lass euch dann mal alleine.«

»Bleib«, bat Holger. »Die anderen sollen auch reinkommen. Ich brauche jetzt gute Freunde um mich.«

Das Zimmer füllte sich. Andreas fiel auf, dass sie zu siebt um das Bett standen. »Wie die sieben Zwerge«, flüsterte er Sven zu.

»Holger sieht nun wirklich nicht aus wie ein Prinz, der das arme Schneewittchen erlösen will.«

»Sondern?«

»Wie jemand, der kurz davor ist, ordentlich Dresche auszuteilen.«

»Könntet ihr vielleicht die Klappe halten?«, zischte Alfred. »Sonst werden wir hier nie fertig.«

»Richtig, Alfred. Bringen wir die Märchenstunde hinter uns.« Holger verschränkte die Arme vor der Brust. »Ich kann kaum erwarten, was unser kleiner Romancier zu berichten hat.«

Christoph schob sich langsam nach oben, damit er sitzen und sich an die Wand anlehnen konnte. Er suchte nach Worten. »Es begann an dem Tag, als Claire mich zu der Luftnummer mit ihrem unerwünschten Kavalier überredet hat...«

»Ach!« Sofort ging Claire in die Luft. »Das wird ja immer doller. Jetzt soll das alles wohl auch noch *meine* Schuld sein?!«

»Sch-sch-sch.« Alfred legte beruhigend eine Hand auf ihre Schulter. »Das hat er ja gar nicht gesagt.«

»Genau. Okay, dass sie mich mehr oder weniger als Spießer bezeichnet hat, weil ich zuerst nicht bei diesem Loverboy-Zirkus mitmachen wollte, mag mich ein wenig provoziert haben. Aber das war nur Beiwerk. Bevor sie aufgetaucht ist, war ich mit Aufräumen beschäftigt. Dabei habe ich das hier gefunden.« Christoph holte das Foto von der Wasserbahn im Freizeitpark aus der Nachttischschublade und reichte es Holger. »Weißt du noch?«

Die innere Anspannung konnte nicht verhindern, dass ein warmes Lächeln über Holgers Gesicht huschte. »Klar. Die Schrecklichen Vier. Mann, war das ein schöner Tag.«

Er reichte das Bild an Gregor und Ulf weiter, die ihre fünfzehn Jahre jüngeren Ichs sofort wiedererkannten.

»O Gott«, sagte Ulf. »Wie sehen wir denn da aus?«

Andreas reckte sich, um über seine Schulter blicken zu können. »Stattliche Mannsbilder. Lang ist's her.«

»Nicht frech werden, Hupfdohle«, warnte Gregor. »Wir

sind Männer in den besten Jahren.«

»Stimmt, die guten sind schon eine ganze Weile vorbei.«

»Schnauze!«, schnappte Claire. »Ihr seid schlimmer als schwatzende Schulkinder. Wir waren bei einem schönen Tag im Freizeitpark stehengeblieben.«

»Den Abend fand ich noch schöner«, fuhr Christoph fort. »Wir waren zwar schon alle über zwanzig, aber weil Gregor als Letzter mit seinem Studium fertig war, haben wir da erst das offizielle Ende der unbeschwerten Jugend gefeiert.«

»Ich erinnere mich«, sagte Holger.

»Dann weißt du vielleicht, worum es geht. Der Abend war geradezu richtungweisend. Wenn mir meine Erinnerung keinen Streich spielt, bin ich nicht ganz unschuldig daran gewesen, obwohl es damit angefangen hat, dass du dich über das Lagerfeuer mokiert hast...«

Sonnabend, 30. August 1997
Brodtener Steilufer
Lübeck

»Sei nicht immer so entsetzlich vernünftig und erwachsen«, nörgelte Christoph.

»Ich denke nur an die Schiffe draußen auf See!«

»Herr, schmeiß Hirn vom Himmel. Oder Steine. Hauptsache, du triffst.« Ulf blickte gottergeben zum Himmel. »Mann, Holger, wir sind hier an der Ostsee. Es ist Sommer. Touris in Scharen. Was machen die am Strand? Richtig, Sandburgen bauen. Genau wie wir jetzt. Diese Reihe von Findlingen da drüben schützt uns zusätzlich. Von dem Lagerfeuer wird man allenfalls einen kleinen, unbedeutenden Schimmer sehen. Du brauchst keine Angst haben, als Strandpirat im Knast zu landen. Los, keine Müdigkeit vorschützen.«

Mit einem Campingspaten und zwei Kehrblechen begannen sie, eine flache Grube auszuheben und einen nahezu hüfthohen Damm drum herum aufzuschichten. Gregor war mit seinem Rancho zum nächsten Supermarkt unterwegs, um alles Notwendige für einen Grillabend unter Männern zu besorgen. Als er mit einer riesigen, zum Bersten gefüllten Einkaufstasche und einer Kühlbox mit Dosenbier dazustieß, war die Sandburg fast fertig.

»Großartig«, lobte er. »So kann man das Lagerfeuer draußen auf See nicht sehen, denn wir wollen ja nicht, dass wegen uns so ein Bananendampfer da draußen auf

Grund läuft.«

»Habe ich es nicht gesagt?«, trumpfte Holger auf.

»Ja, mein Junge, du bist ein Genie.« Christoph schlug jenen Ton an, den man sonst für besserwisserische Grundschulkinder reserviert: Immer schön beipflichten, dann geben sie irgendwann Ruhe. »Wie wär's wenn du jetzt mal Feuerholz und ein paar Äste zusammensuchst, an denen wir unser Abendbrot aufspießen können?«

»Brot?« Ulf war misstrauisch.

»Rein metaphorisch gesprochen, alter Knabe, rein metaphorisch«, beruhigte Gregor. »Natürlich habe ich Fleisch besorgt. Selbst im Krautsalat sind Schinkenwürfel.«

Ulf war erleichtert. Zu Holger gewandt sagte er: »Solltest du nicht Holz besorgen? Bist ja immer noch da.«

»Ich fürchte mich alleine im Dunkeln.«

»Na, dann komm ich doch einfach mit und beschütze dich«, bot Gregor selbstlos an.

»Aber keine Schweinereien!« rief Christoph ihnen nach. »Dafür ist keine Zeit, wir haben Hunger!«

Zu weit vorgerückter Stunde waren die Flammen schon wieder ein ganzes Stück kleiner geworden und mit ihnen die geheimnisvollen Schatten der Findlinge um sie herum. Die vier Männer lagerten im Halbkreis um die Feuerstelle. Sie waren satt, zufrieden und nicht mehr ganz nüchtern.

»Nun bin ich also fertiger Werbefachfuzzi mit Diplom«, sinnierte Gregor. »Ab Oktober eine feste Stelle, alle paar Jahre gibt es eine Bewerbung auf einen besser dotierten Posten. Irgendwann kommt die Unterschrift auf dem Kreditvertrag fürs Einfamilienhäuschen, ich zahle dreißig Jahre mit der Zuverlässigkeit einer Schweizer Taschenuhr meine Raten, und zum Ruhestand gibt es ein übertuertes Timesharing-Apartment auf Ibiza.«

Ulf fand diese Feststellung wenig sensationell. »Wem blüht das nicht? Ich bei meinen Immobilienfritzen, Holger bei seinem Spediteur...«

»Laaaaangweilig«, sagte Holger gedehnt. »Wir hätten auf unsere Eltern pfeifen und Schauspieler, Sänger, Tänzer werden sollen. Oder zum Zirkus gehen..«

»Mann, habt ihr Luxusprobleme«, warf Christoph spöttisch ein.

Gregor richtete sich halb auf und warf einen kampfeslustigen Blick in die Runde. »Was, bitteschön, soll das denn heißen?«

»Na, ihr habt wenigstens noch einen Weg vor euch. Was soll ich denn sagen? Ich bin nach der Ausbildung in meinem Betrieb klebengeblieben, und als der Alte in den Ruhestand gegangen ist, habe ich den Laden übernommen. Mit dreiundzwanzig! Was habe ich denn noch groß vor mir? Selbst wenn ich eine Filiale nach der anderen aufmache, bleibe ich das, was ich jetzt schon bin: The Big Boss. Keine Aufstiegschancen mehr.«

»Setz den Laden in den Sand und fang von vorne an.«

»Mein lieber Holger, du solltest dringend eine Werkstatt aufsuchen. An deinem Gehirnkasten blinkt mal wieder das Fehlerlämpchen.«

Gregor schaute in den sternenklaren Nachthimmel. »Man müsste nochmal ganz was Verrücktes anstellen, bevor man wirklich im Einfamilienhäuschen versauert.«

»Pff«, machte Holger ablehnend. »Du weißt doch, wie das immer läuft. Man nimmt sich was vor und verschiebt es aus Vernunft ein ums andere Jahr nach hinten, bis man zu alt dafür und das Haus längst abbezahlt ist. Ist nicht wirklich verkehrt.«

»Es wundert mich gar nicht, dass das von dir kommt«, sagte Gregor hinterhältig. »Du schlägst ja schon wegen einem harmlosen Lagerfeuer Alarm. Aber was, wenn einem jemand anders diese Aufgabe stellt?«

»Was meinst du?«

»Moment, Moment - es ist noch nicht ganz ausgegoren.« Er schnippte mit den Fingern. »Ah, jetzt weiß ich.«

»Ich ahne Böses«, orakelte Ulf.

Gregor kramte in seinem Rucksack. Er zog ein Notizbuch hervor, aus dem er einzelne Zettel herausriss. »Jeder von uns schreibt für jeden von uns anderen jeweils drei Verrücktheiten auf. Irgendwas mit Schmackes, aber auch nicht zu wild. Wir wissen ja alle in etwa, wo unsere kleinen Schwächen liegen. Mein Schatz hat doch diese Spinnenphobie. Also könnte ich auf einem Los für ihn die Aufgabe stellen, dass er ein Foto von sich mit einer Vogelspinne auf der Hand machen muss.« Er tätschelte Holger beruhigend den Arm. »Keine Sorge, das nehme ich jetzt nicht.«

»Ja, vielen Dank auch für Pietät und Takt!«

Gregor ließ sich nicht beirren. »Am Ende haben wir für jeden eine hübsche Auswahl an Aufgaben. Rein in einen Lostopf damit und durchgemischt. Weil aller guten Dinge drei sind, zieht jeder genau so viele Aufgaben, behält aber schön für sich, was er machen muss. Er kommt erst dann damit um die Ecke, wenn er Vollzug melden kann. Nachweislich, natürlich. Foto, Videofilmchen, vom Pastor beglaubigte Erklärung, Sensationsbericht in der Zeitung, was auch immer. Frist: Jeder, wie er will - nur bis zum Einzugstag ins Einfamilienhaus muss es passiert sein. Hochzeit können wir bei uns ja wohl getrost ausschließen. Wer es nicht schafft, muss eine Riesenparty für die anderen schmeißen.«

»Du hast einen Knall.« Ulf hielt überhaupt nichts von Gregors Idee.

Holger ebenso wenig: »Hört, hört.«

»Haltet mich ruhig für bescheuert«, sagte Christoph und setzte sich mit funkelnden Augen auf. »Vielleicht bin ich inzwischen auch einfach zu besoffen, aber ich finde die Idee großartig. Ich bin dabei.«

»Ist nicht dein Ernst!« rief Holger.

»Warum denn nicht? Haben wir uns nicht gerade noch

darüber beschwert, wie entsetzlich vernünftig wir bis jetzt immer gewesen sind? Warum ist denn keiner von uns Schauspieler geworden?«

»Weil zumindest ich mir nicht mal einen Vierzeiler von Heinz Erhardt merken kann«, sagte Ulf.

»Du weißt genau, was ich meine: Weil wir feige waren und den sicheren Weg gegangen sind.«

»Naja, wenn man es so betrachtet...« Holger wurde weich. »Also gut, ich mache auch mit.«

»Und du, Schatz?«, fragte Christoph.

Ulf zögerte noch. »Wir haben gar keine Lostöpfe.«

»Wir nehmen die leeren Plastikpötte von den Salaten. Ich wasch sie schnell aus. Du kannst solange überlegen.«

Christoph sprang auf und sprintete ein paar Meter in die sanfte Brandung hinein. Kurz darauf kam er zurück. »Jetzt noch abtrocknen und fertig.«

»Sehr gut.« Gregor rieb sich zufrieden die Hände. »Machen denn jetzt alle mit? Ulf?«

Ulf seufzte. »Ich weiß, dass ich es eines Tages bereuen werde, aber gut, von mir aus. Ich mache mit.«

Es dauerte eine Weile, bis die ganzen Zettel beschriftet und sorgfältig gefaltet in den nun Plastikbechern gelandet waren. Jetzt, wo es so konkret wurde, war es gar nicht so leicht, auf genügend originelle Ideen zu kommen.

»Und auch für Holger sechs, sieben, acht, neun«, zählte Christoph den letzten Stapel Lose durch, warf sie in den Topf und mischte. »Prima. Wir sind komplett. Dann mal zu.«

Er warf einen fordernden Blick in die Runde. Noch zögerten sie alle vier, bis schließlich doch jemand die Hand ausstreckte.

»Ach, was soll's.«

»Also war Ulf der erste, der ein Los gezogen hat«, beendete Christoph seine Erzählung. »Danach gab es für keinen mehr ein Zurück.«

Sven war der erste, dem sich allmählich die Zusammenhänge erschlossen: »Auf deinen Losen standen die Sache mit dem Baumklettern, der Fallschirmsprung und das Eisbaden?«

»Ja.«

»Schön und gut«, ging Claire dazwischen. »Nur war das ja alles nicht ungefährlich, wie du eindrucksvoll bewiesen hast. Warum jedesmal so kurz vor der Hochzeit?«

»Weshalb wohl? Den Stichtag mit dem Einzug ins wirklich eigene Eigenheim hatte ich schon zweimal verpasst. Dabei sind Spielschulden Ehrenschulden. Hinzu kam ein gehöriges Muffensausen. Mensch, Claire - Heirat! Schluss mit dem Lotterleben, endgültig erwachsen...«

Irgendjemand hustete spöttisch.

»Aber da war doch noch so vieles, was es vorher zu erleben gab. Diese Straße nicht gegangen, an jener Rose nicht geschnüffelt. Du weißt schon, der ganze kitschige Kram wie aus einer deiner schmalztriefenden Schmonzetten.«

»Ich muss doch sehr bitten!«

»Irgendwie kann ich dich sogar verstehen«, sagte An-

225

dreas. »So geht es mir jedesmal vor der Premiere mit einem neuen Programm. Nur gönne ich mir dann kurz vorher einen schönen Nachmittag in der Wellnesssauna. Hochzeit ist dann wohl das nächste Level. Hättest du nicht einfach beim Junggesellenabschied mit Stripper und Lapdance noch einmal über die Stränge schlagen können?«

»Hinterher ist man immer schlauer.«

»Scheinbar nicht, sonst wärest du schon nach der ersten Aktion kuriert gewesen«, stellte Alfred fest.

»Du musst jetzt nicht noch drauf rumhacken! Ich fühle mich auch so sowieso schon beschissen genug! Alles in Ordnung?«

Christoph blickte besorgt zu Holger hinüber, der sich beide Hände vor den Mund hielt und am ganzen Körper bebte. Dicke Tränen kullerten über seine Wangen.

»Schnuffel? Nein, bitte... Bitte nicht weinen... Es tut mir alles so schrecklich leid. Wirklich.«

»I-hi-hich heul' ja ga-ge-gar nicht. Du... du... O mein Gott, ist das komisch...« Holger bekam kaum Luft vor Lachen. »Ist dir... ist dir klar, dass du dein Soll vollkommen übererfüllt hast?«

»Hä?«

»Er-er-er... erinnerst du dich noch an das Wo-wochenende im Ja-ha-hanuar, als du den Grü-hünkohl gekocht ha-hast?«

Sofort stieg Übelkeit in Christoph auf. »Als könnte ich das je vergessen. Das schlimmste erste Mal meines Lebens.«

»Mag sein. Aber dadurch warst du auf einen Schlag mit allem fertig.«

»Wieso das denn?«

»Weißt du echt nicht mehr, dass der Grünkohl dein Joker war?«

»Mein *WAS*?«

»Dein Joker.« Inzwischen konnte Holger wieder klar sprechen. Erschöpft setzte er sich auf die Bettkante und nahm Christophs Hand. »Da war doch was mit einem Jo-ker, oder täusche ich mich da?«

»Nein, das stimmt wirklich«, sagte Ulf. »Gregor und ich haben neulich noch darüber gesprochen. Das Lagerfeuer, die Lotterie - stimmt alles. Es fehlte nur der Joker. Ich glaube, das war auch Gregors Idee, der hat im letzten Moment nämlich doch noch kalte Füße bekommen.«

Gregor nickte. »Das muss ich zu meiner Schande einge-stehen. Auch wenn die Idee für diesen Schwachsinn auf meinem Mist gewachsen war, ging mir auf einmal ziemlich der Arsch auf Grundeis. Nachdem wir die Lose gezogen hatten, durfte jeder von uns sich noch eine wirklich ganz besonders fiese Aufgabe selber stellen. Sie musste schlim-mer sein als alle Aufgaben von den Losen zusammenge-nommen. Wer den Joker eingelöst hatte, brauchte den Rest nicht mehr zu erfüllen.«

»Scheiße.« Vor Christophs Augen drehte sich alles, was ausnahmsweise nicht an dem Infekt lag. »Und du, Schnuf-fel? Hast du deine drei Aufgaben erfüllt?«

»Bei mir ist es gleich der Joker geworden. Eine Achter-bahn mit Looping bezwingen. Das habe ich sofort beim nächsten Hamburger Dom hinter mich gebracht. Ihr wart live dabei. Auf die drei ›normalen‹ Aufgaben kann ich mich kaum noch besinnen. Nur auf die Sache mit dem Besuch im Schlangenhaus von Hagenbeck. Das kam nämlich von dir.«

Christoph verschränkte die Arme vor der Brust. »Garnie-nimmernich!«

»Und ob. Du hast dich zwar schön angestrengt, Gregors Schrift nachzumachen, aber der Smiley hat dich verraten.«

»Da hab' ich ja was angerichtet.«

»Kein Einspruch von meiner Seite. In punkto blöde Im-pulsivaktionen hast du richtig schön mit mir gleichgezo-gen. Respekt, mein Lieber.« Holger warf Christoph ein mokantes Lächeln zu. »Hast du nichts mehr zu sagen?«, hakte er nach.

»Höchstens ›Und nu'?‹«

»Und nu'?«, wiederholte Holger. Er seufzte. »Und nu' werde ich dafür sorgen, dass du dauerhaft unter Bewachung stehst. Sind ja genügend Leute da, die sich abwechseln können. Wer weiß, was dir sonst noch einfällt. Und du wirst jede Rosskur über dich ergehen lassen, die dich wieder auf die Beine bringt. Schwitzpackungen, Zwiebelsaft mit Honig und Thymian, Halswickel aus heißen Kartoffeln - all die kleinen Torturen, die du so richtig grässlich findest. Ich weiß selbst nicht, warum ich mir das antue, aber morgen wird wie geplant um Punkt elf Uhr geheiratet!«

»Willst du mich denn überhaupt noch?«

Holger tat, als hätte er nichts gehört. »Kinners, wisst ihr was? Jetzt habe ich richtig Hunger. Auf was Deftiges. Was meint ihr? Ist es wohl sehr unverschämt, wenn ich die göttliche Jette darum bitte, ihre Gefriertruhe zu räubern, um uns hier im Hausen einen riesigen Pott appetitlich duftenden Grünkohl...«

»Okay, okay, okay, Schnuffel - ich sehe dich dann morgen um elf Uhr vor der Standesbeamtin.«

»Geht doch.«

Sonnabend, 22. Dezember 2012
Dünenhof
Burg auf Fehmarn

Ein Tag nimmt seinen Lauf so oder so. Dabei pfeift er ungeniert auf alle, die ihn überstehen müssen. Holger und Christoph wären am liebsten liegen geblieben, sie hatten immer noch ziemlich viel Watte in ihren Köpfen. Als Hauptakteure des heutigen Spektakels konnten sie sich das nicht erlauben. Zerknautscht, aber folgsam standen sie auf, als in aller Frühe der Wecker klingelte.

Die letzte Nacht als Verlobte hatten sie unter getrennten Dächern verbracht, daran hatte auch die gestrige Versöhnung nichts geändert. Der Brauch wollte es so, und nicht nur der. Sämtliche Gäste waren entschlossen, nichts mehr riskieren zu wollen.

Vorsichtshalber war auch Holger unter strenge Kuratel gestellt worden. Der bekam mitten in der Nacht noch einen hysterischen Anfall und wollte im Schlafanzug in die Dunkelheit hinaus. Andreas konnte gerade noch beide Arme um Holgers Taille werfen und ihn festhalten.

»Hiergeblieben, Freundchen! Wenn du zum Klo musst - durch die andere Tür da!«

»Bleib mir weg mit dem verdammten Scheißhaus! Ich muss in die Scheune!«

»Um halb drei? Kann ich mir kaum vorstellen. Du musst höchstens husch-husch zurück ins Bettchen!«

»Was'n hier los?« Schlaftrunken steckte Alfred den Kopf

aus der Tür zu seinem und Marcus' Schlafzimmer.

»Der Kleine hier dreht plötzlich durch und will türmen.«

»Kommt ja gar nicht in die Tüte!« Alfred drehte den Schlüssel in der Wohnungstür um und zog ihn ab.

»Mann, versteht mich doch«, flehte Holger. »Uns ist doch der ganze Tag gestern verloren gegangen. Niemand hat die Hilfscrew angerufen, dass sie kommen können. Irgendwer muss doch jetzt saubermachen und alles aufbauen, sonst stehen wir nachher in einer völlig versifften Scheune!«

»Na, und wenn schon. Das macht euren großen Tag halt noch unvergesslicher. Und jetzt ab in die Koje mit dir, sonst gibt es morgen keinen Nachtisch!«

Abgesehen von diesem Intermezzo verlief die Nacht ruhig. Erst mit dem besagten Weckerklingeln um sieben wurde der Dünenhof zum Tollhaus. Überall warf man sich in Schale, machte man sich die Haare, legte Make up *auf*, den Schmuck *um* und beruhigte die Nerven mit dem einen oder anderen Schluck Sekt..

Um Viertel nach zehn war Christoph fertig. Er hielt sich noch wackelig auf den Beinen, ansonsten war er nicht von jedem anderen Bräutigam zu unterscheiden· Er konnte nicht stillsitzen, machte sich ständig an dem Knoten seiner Krawatte zu schaffen, prüfte den Sitz seiner Socken und war überhaupt ganz furchtbar nervös.

Sein Outfit war großartig: Zu einem sandfarbenen Anzug trug er ein weißes Hemd, am Revers des Jacketts steckte eine kleine weiße Rose und in der Brusttasche ein fliederfarbenes Tuch, das zu der Krawatte und den nagelneuen Chucks in der selben Farbe passte. Holger würde das Gleiche tragen.

Zwischendurch trat Michael Clausen ins das Schlafzimmer und wollte wissen, wo die Trauringe aufbewahrt wurden.

»In dem Sekretär im Wohnzimmer, kleinstes Fach rechts. Oder links? Keine Ahnung. Guck einfach. Im schlimmsten

Fall fragst du die göttliche Jette. Die weiß es garantiert.«

»In Ordnung. Bis gleich.«

Kaum hatte Holgers Vater die Tür wieder geschlossen, wurde Christoph noch bleicher, sofern das überhaupt möglich war. Er musste sich am Bettpfosten festhalten. »Omeingottomeingottomeingott.«

»Was ist?«

Ulf und Gregor, die ihm beim Anziehen geholfen hatten, waren alarmiert.

»Du willst uns jetzt hoffentlich nicht noch aus den Latschen kippen?«, fragte Ulf.

»Wir können nicht heiraten«, flüsterte Christoph. »Es ist gar nichts hergerichtet. In der Scheune steht immer noch der Rest vom Polterabend.«

»Jetzt fang du nicht auch noch an«, sagte Gregor. »Es reicht, dass Holger deswegen schon völlig durchgedreht ist. Es lässt sich jetzt eben nicht mehr ändern und wir machen das Beste draus.«

Christoph fügte sich.

»Kann ich euch mal was fragen?«

»Tust du doch schon.«

Gregor gab Ulf eine freundschaftliche Kopfnuss. »Nun ärger ihn nicht noch, der ist eh schon hiddeliger als eine Jungfrau vor dem ersten Kuss. Was möchtest du wissen, Christoph?«

»Welche Aufgaben habt *ihr* bei dieser dösigen Lotterie gezogen?«

»Ich sollte mindestens einen Tag auf dem Festival in Wacken durchstehen, zu einem HSV-Spiel im St.-Pauli-Trikot gehen und einen Bungeesprung machen. Aber genau wie Holger habe ich meinen Joker eingesetzt: Ich musste eine Nacht in einem Haus verbringen, das als Spukhaus galt.«

»Hast du durchgehalten?«

»Nee. Drei Stunden war ich tapfer. Getürmt bin ich erst,

als mir von einem Dachbalken eine Ratte in den Nacken gesprungen ist.«

Christoph wandte den Blick zu Ulf. »Und du?«

»Bei mir ist es auch der Joker geworden: Ich musste meine Angst vor Pferden überwinden und eine Reitstunde nehmen. Tja, was soll ich sagen? Es war großartig. Seitdem zahle ich brav meinen Mitgliedsbeitrag und sämtliche Kosten, die für meinen eigenen Gaul anfallen. Horst-Kevin heißt er übrigens.«

»Mit anderen Worten: Ihr habt es alle geschafft, nur ich nicht?«, fragte Gregor ungläubig.

»Sieht ganz so aus.«

In diesem Moment öffnete sich die Tür erneut. Diesmal machten Alfred und Claire ihre Aufwartung.

»Seid ihr soweit?«

»Sind wir soweit?« fragte Christoph in die Runde. Allgemeines Nicken. »Wir sind soweit.«

»Worauf wartet ihr dann noch?«

Begleitet von den drei alten Freunden und seiner Trauzeugin trat Christoph den zugleich schönsten und schwersten Weg seines Lebens an. Himmel, würde dieses Schlottern jemals aufhören? Er wollte Alfred ein Kompliment für den sensationellen Anzug machen, den Wanda ihm geschneidert hatte, doch heraus kam nur unverständliches Gebrabbel.

Alfred legte ihm aufmunternd die Hand auf die Schulter. »Spar dir deinen Atem lieber für die wichtigen Worte in der nächsten Dreiviertelstunde auf.«

Vor der geschlossenen Scheunentür blieb die Gruppe stehen. Aus dem Inneren war gedämpftes Gemurmel zu hören.

»Fertig?« Claire hakte sich an Christophs Arm ein.

Christoph straffte sich. »Fertig.«

»Dann rein mit dir.«

Als Gregor und Ulf die doppelflügelige Tür vor ihm öffneten, fiel Christoph die Kinnlade herunter. Sämtliche Spuren des Polterabends waren verschwunden, die Scheune war zu einem perfekt geschmückten Hochzeitssaal geworden. Die weißen Stoffe, die im Sommer noch an die Bäume geknotet waren, hingen in glatten Bahnen von den Deckenbalken oder waren dekorativ um die Stuhllehnen gebunden. Die in bunter Folge aufgestellten Esstische im vorderen Bereich waren einladend gedeckt und mit Rosen in Glasvasen geschmückt. Im hinteren Bereich war ein etwas förmlicherer Teil für die Trauung hergerichtet.

Christoph schluckte schwer.

Gregor schob ihn sanft über die Türschwelle. »Habe ich dir nicht gesagt, wir machen das Beste draus?«

»Wart ihr das etwa?« Christoph stiegen Tränen in die Augen.

»Nee, das waren die Heinzelmännchen. *Wir* haben die ganze Zeit auf unseren fetten Ärschen gesessen und Pralinen gefuttert. Jetzt geh, verdammichnocheins, endlich auf deinen Platz!«

Christoph ging.

»Natürlich waren wir das«, flüsterte Claire ihm auf dem Weg durch die Scheune zu, »Die Kerle haben die ganzen Möbel aufgebaut, und wir Frauen sind von der göttlichen Jette verdonnert worden, ihr beim Büffet zu helfen. Ich sage dir, so einen Spaß hatten wir alle schon seit Jahren nicht mehr.«

Christoph konnte sich vor Rührung nicht einmal vernünftig bedanken. Claire sah einen neuen Gefühlsausbruch herannahen. Schnelle Ablenkung war gefragt.

»Jetzt kannst du es mir doch sagen - auf die paar Minuten kommt es ja wohl nicht mehr an: Wie werdet ihr denn nun ab heute heißen?«

»Hanni und Nanni!«

»Alles klar, er ist wieder der Alte.«

An dem Tisch angelangt, wo bereits sämtliche Unterlagen für die Zeremonie ausgebreitet waren, setzte sich Christoph auf den für ihn bestimmten Stuhl.

»Sind wir schon komplett?«, fragte die Standesbeamtin amüsiert.

»Verzeihung, tut mir leid.« Hastig sprang Christoph wieder auf. Ein leises Schmunzeln ging durch die Gästemenge.

Die Entscheidung der Herren Holger und Christoph, ganz klassisch Mendelssohns Hochzeitsmarch spielen zu lassen, war von zwei Gästen eigenmächtig gekippt worden. Andreas und Sven hatten die CD heimlich gegen eine andere aus ihren eigenen Beständen ausgetauscht. Als die Musik begann, erhoben sie sich von ihren Plätzen und stimmten angesichts der vorausgegangenen Katastrophen *Let's Call The Whole Thing Off* an. Nichts konnte passender sein als dieser humorvolle Jazzklassiker über ein Paar, das ständig über Kreuz miteinander lag und doch nicht ohne einander konnte.

Jetzt platzte auch der letzte Knoten. Ein befreiendes Lachen brachte die Scheune zum Beben, das auch nicht verstummte, als Holger am Arm der göttlichen Jette, die natürlich seine Trauzeugin war, endlich selber dazustieß und dabei kaum die Fassung waren konnte. Nein, absagen wollte hier niemand mehr etwas.

Zwanzig Minuten später war auch Claire Markuse endlich zufrieden. Kraft des ihr verliehenen Amtes verkündete die Standesbeamtin die rechtskräftig geschlossene eingetragene Lebenspartnerschaft von Holger Clausen und Christoph Clausen geb. Collingsen.

Christoph hatte die Augen geschlossen, in seinen Ohren steckten die Kopfhörer von seinem mp3-Player. Unlängst hatte er klassische Musik für sich entdeckt. Konnte man den ersten richtig freundlichen Morgen in diesem eher mauen Sommer besser verbringen als in bequemer Parkposition und mit Händels *Wassermusik* auf den Ohren? Heute war sowieso sein freier Tag. Über die Büchertruhe Fehmarn wachten seine beiden Angestellten, in Altona brauchte man ihn nicht mehr. Der Laden gehörte jetzt Hanna.

Christoph war der Welt entrückt. Er bekam nicht einmal mit, dass Holger schimpfend einem Corgi auf den Fersen war, der wieder einmal einen Schuh seiner beiden Herrchen geklaut hatte. Vier Sommer lang waren alle Vorsichtsmaßnahmen erfolgreich gewesen, letztes Jahr im fünften hatten Charly und Püppi die Menschen überlistet und ihre eigene kleine Familie gegründet. Die Doggendame wohnte weiterhin bei ihren Menschen in Franken, doch wenigstens einer der Welpen aus diesem Wurf lebte dauerhaft bei seinem Vater Charly auf dem Dünenhof. Der kam allmählich in die Jahre und war vollauf zufrieden, wenn er es sich neben Christoph bequem machen konnte. Es war sein Sohn Otto, der alle auf Trab hielt.

Die erste Suite in F-Dur bekam Christoph noch bei vollem Bewusstsein mit, bis zur Sarabande in der dritten Suite war er eingeschlafen und wurde erst von einem schrillen Pfiff auf zwei Fingern wieder wach. Noch ganz matschig im Kopf, rupfte er sich die Hörer aus den Gehörgängen.

»Was ist?«

Holger hatte sich weit aus dem offenen Wohnzimmerfenster gelehnt und winkte ihn zu sich. »Es ist soweit.«

»Ich komme!«

Christoph sprang von der Liege, was Charly überhaupt nicht witzig fand, und eilte ins Knechtshaus. Dort lief der Fernseher, eine Liveübertragung aus dem Bundestag. Bei aller Eile kam er doch zu spät. Er musste sich das Ergebnis der Abstimmung von Holger sagen lassen. Der machte es spannend: »Vier Enthaltungen, zweihundertundsechsundzwanzig dagegen.«

»Und wie viele dafür? Nu' schnack endlich!«

»Dreihundertdreiundneunzig.«

Damit war das Ende der eingetragenen Lebenspartnerschaft besiegelt, in Deutschland würde es künftig nur noch die Ehe für alle geben. Bestehende Lebenspartnerschaften konnten umgeschrieben werden.

Sie fielen sich jubelnd in die Arme.

»Ich hole den Sekt«, sagte Christoph und verschwand in der Küche. Als er mit zwei gefüllten Gläsern zurückkehrte, war Holger ins Arbeitszimmer gegangen und saß an seinem Computer.

Über dem Schreibtisch hing eine Pinnwand mit auf Fotos gebannten Erinnerungen. Eins davon zeigte Christophs und Holgers Nichten am Tag der Hochzeit. Sie hielten dicke Geldscheinbündel in den Händen, in ihre Gesichter standen Fassungslosigkeit und Freude zugleich geschrieben. Um sie nach ihrer Komplizenschaft bei der Entführung nicht vom weiteren Geschehen auszuschließen, war ihnen erlaubt worden, sich mit zehn Cent an der Hochzeitswette zu beteiligen. Dadurch hatte sich alles Taktieren der Erwachsenen nicht ausgezahlt: In der Annahme, dass doch noch etwas in die Grütze gehen, sich aber niemand trauen würde, darauf zu wetten, hatten alle genau das getan. Nur Ylvi und Svea hatten an eine erfolgreiche Hochzeit geglaubt und den kompletten Pott eingestrichen.

»Warum musst du dich ausgerechnet jetzt um Bürokram kümmern?«, fragte Christoph muckschig und stellte die Sektgläser ab.

»In bin doch in meinem privaten Account«, erwiderte Holger. »Da ist was von Gregor gekommen.«

Christoph kniff die Augen zusammen. Seit ein paar Monaten brauchte er eine Lesebrille. Die lag draußen, darum konnte er nur den Betreff »Tolle Neuigkeiten!« lesen. Der eMail-Text war in einer kleineren Schrift und für ihn nur als schwarzer Matsch zu erkennen.

»Die beiden freuen sich also auch.«

»Nicht nur das. Schau mal auf das Foto.«

Er zeigte auf das separate Fenster, in dem die geöffnete Anlage zu sehen war.

Das Selfie zeigte Gregor und Ulf. Sie saßen auf Ulfs Sofa, das seit dreieinhalb Jahren in der Wohnung in Eimsbüttel stand. Beide hielten zum Toast erhobene Sektgläser. Dazu trugen sie T-Shirts mit Pfeilen, die auf den jeweils anderen zeigten. Darüber stand »Er hat JA gesagt!«

»Sie machen es also wahr«, stellte Christoph fest. »Heiraten erst, wenn es für alle zu gleichen Bedingungen geschieht.«

»In der Tat, sie tun es«, sagte Holger. »Und weißt du auch, wo?«

»Keine Ahnung.«

»In Wacken.«

»Das kann doch nur auf Gregors Mist gewachsen sein.«

»Auf wessen sonst? Es hat ihn doch all die Jahre gewurmt, dass er als einziger diese alberne Lotterie in den Sand gesetzt hat. Den Bungeesprung hat er inzwischen nachgeholt, das HSV-Spiel in St.-Pauli-Kledaasche auch, nur Wacken fehlt ihm noch.«

»Dass Ulf das mitmacht.«

»Warum nicht? Er steht doch auf Heavy Metal.«

»Und was ist mit uns beiden?«

»Was soll mit uns sein?«

»Du weißt genau was ich meine, Schnuffel. Schreiben wir unsere Lebenspartnerschaft auf eine echte Ehe um?«

»Natürlich tun wir das. Sobald das Gesetz in Kraft getreten ist.«

»Kaum zu glauben, dass wir das noch erleben dürfen.« Christoph blickte aus dem Fenster. Seine Liege im Garten war jetzt von Vater Charly und Sohn Otto besetzt. »Wir haben schon 'ne Menge Verrücktes zusammen erlebt...«

»Das bleibt bei zwei so bescheuerten Gestalten wie uns nicht aus.«

»So richtig erwachsen sind wir doch immer noch nicht, oder?«

»Nein. Ich habe auch nicht vor, das jemals zu erreichen.«

»Von allem, was wir noch zusammen erleben wollen, gefällt mir das am besten.« Christoph streckte die Hand nach Holger aus. Der zierte sich. »Nun komm schon her. Das Keuschchen-rühr-mich-nicht an nimmt dir doch kein Mensch ab.«

»Man kann es zumindest mal versuchen.« Holger ließ ich von Christoph in die Arme nehmen und schmiegte sich an seinen sonnenwarmen Körper.

»Du, Schnuffel?«, fragte Christoph mit zärtlicher Stimme

»Ja?«

»Mal angenommen, wir hätten auch bis zu dieser Entscheidung)gewartet und ich würde dir erst jetzt den Antrag machen... Mit all dem Wissen der vergangenen Jahre - würdest du mich überhaupt nehmen wollen?«

»Ohne drüber nachzudenken!«